Annette Bluhm

Die hässlichste Tanne der Welt

Roman

Rowohlt Taschenbuch Verlag

Originalausgabe
Veröffentlicht im Rowohlt Taschenbuch Verlag,
Reinbek bei Hamburg, November 2013

Umschlaggestaltung any.way, Barbara Hanke / Cordula Schmidt
(Illustration: Kai Pannen)
Typografie Farnschläder & Mahlstedt, Hamburg
Satz aus der Adobe Caslon Pro
Druck und Bindung CPI books GmbH, Leck
Printed in Germany
ISBN 978 3 499 22775 2

ro
ro
ro

Annette Bluhm ist das Pseudonym von Lilli Beck. Sie stammt aus Weiden in der Oberpfalz und hat als Model, Schauspielerin und Visagistin gearbeitet, bevor sie mit dem Schreiben begann. Inzwischen sind zahlreiche Romane von ihr erschienen. Annette Bluhm lebt in München.

Weihnachten ist ein Fest der Freude.
Leider wird dabei zu wenig gelacht!

Jean-Paul Sartre

14. Dezember, Samstag,
10 Tage und 2 lange Samstage bis Weihnachten

Christmas is all around … dudelt aus den Lautsprechern. *Uff* stöhne ich lautlos, als eine Kundin ihre großen Einkaufstüten auf den Tresen wuchtet.

«Als Geschenk verpackt», verlangt sie mit nervösem Zucken um den Mund.

Wäre ich von alleine nie drauf gekommen. Aber diese unhöflichen Kommandos ignoriere ich inzwischen. In den letzten Tagen vor dem größten Fest des Jahres sind die meisten Kunden im totalen Dauerstress, da verteilen sie keine netten Worte mehr, geschweige denn ein freundliches Bitte.

«Welches Papier darf's denn sein, gnädige Frau?» Lächelnd deute ich zu den Folien-Rollen mit Weihnachtsmotiven, die an der Wand befestigt sind.

Die nerzmantelumhüllte Dame rümpft die Nase. «Wie, *das* ist alles?» Ihr schrill-vorwurfsvoller Ton klingt, als wollte ich ihre Präsente in die vergilbte Weihnachtsausgabe der Süddeutschen Zeitung vom letzten Jahr einwickeln und mit ordinärer Paketschnur zusammenbinden.

Aber ich muss zugeben, die Geschenkfolien-Auswahl ist in

den letzten Jahren tatsächlich immer bescheidener geworden. Dunkelblau mit hellblauen Streifen. Rot mit weißen Schneeflocken. Weiß mit lustigen roten Weihnachtsmännern. Nicht hässlich. Aber banal. Absichtlich. Wie sagt der Chef immer: «Wir sind schließlich nicht die Heilsarmee, sondern ein gewinnorientiertes Unternehmen und führen ein respektables Sortiment allerfeinsten Geschenkpapiers. Zum Kaufen!» *Das* sollen die Kunden bitte schön erwerben und nicht Verpackungen schnorren. Der kostenlose Service war ursprünglich mal ein Angebot für Menschen, denen am 24. Dezember kurz vor Ladenschluss siedend heiß einfällt, dass Weihnachten ist und man an diesem Tag seine Lieben beschenkt. Inzwischen nutzt jeder Zweite das Geiz-ist-geil-Angebot (auch so eine Formulierung meines Chefs), kaum jemand wickelt seine Einkäufe noch selbst ein, und der Service verursacht längst zu viele Kosten. An den Samstagen packen wir hier ohnehin schon immer zu zweit und in den letzten Tagen vor Weihnachten teilweise sogar zu viert. Anders ist der Ansturm nicht zu bewältigen. Damit die vermeintlichen Schnorrer nicht überhandnehmen, wurde die Auswahl auf drei mickrige Motive nebst scheußlicher Zwirbelbänder reduziert. Dafür stecken wir Packengel jetzt in rot-grünen Kostümen und tragen rote Mützen, unter der mir heute ziemlich heiß ist.

«Haben Sie denn nicht etwas … Wie soll ich sagen …» Ihre Stimme klingt nun wesentlich freundlicher, und sie überlegt sichtlich angestrengt. «Etwas Eleganteres?», presst sie dann zwischen den pinkfarben bemalten Lippen hervor. «Man möchte schließlich ein repräsentatives Geschenk unter den Baum legen. Nicht so ein Nullachtfünfzehn-Päckchen mit Plastikbändchen. Da erkennt doch jeder gleich, woher die Verpackung stammt.»

Ach, da wäre ich nie im Leben drauf gekommen, feixe ich im

Stillen und schlucke das Genörgel runter wie ein staubtrockenes Weihnachtsplätzchen vom letzten Jahr. Zu gerne würde ich entgegnen, dass es auf den Inhalt und nicht auf die Verpackung ankommt. Ihre lieblos ausgesuchten SOS-Geschenke, eine phantasielose Barbiepuppe und ein grausliches Videospiel, kann keine noch so güldene Hülle aufwerten.

Natürlich verkneife ich mir jegliche Bemerkung und sage: «Verstehe, gnädige Frau», während ich auf die große Bodenvase deute, in der wir diverse Rollen Geschenkpapier bereithalten. «Hier hätten wir einige sehr edle Papierbogen, echte Stoffbänder und diverses Dekorationsmaterial. Leider müsste ich Ihnen dafür aber etwas berechnen.»

Sie stutzt einen Moment. «Frechheit!», faucht sie dann entrüstet. «Dem Kunden auch dafür noch das Geld aus der Tasche ziehen.»

Na, die paar Euros extra werden sie wohl nicht gleich aufs Sozialamt treiben. Der Nerzmantel, die protzige Krokotasche und vor allem die schweren Goldkugeln an den Ohren verraten nur allzu deutlich, dass sie nicht im Pappkarton unter einer Brücke haust. Aber wie heißt es so schön? Von den Reichen muss man Sparen lernen!

Wortlos lächelnd, wie ich es jeden Morgen vor dem Spiegel übe, bleibe ich ruhig und schiele unauffällig auf meine Armbanduhr. Noch knapp zehn Minuten, dann ist meine heutige Packengel-Schicht zu Ende. Bis um sechzehn Uhr die Ablöse kommt, muss ich aber noch mindestens zwanzig Päckchen fabrizieren, wenn ich den nächsten vollbeladenen Kunden betrachte, der ungeduldig in der Schlange steht.

Nach kurzem Überlegen lässt Madame Nerzmantel doch eine Verpackung springen. Tannengrünes Samtpapier mit geprägten

Glitzersternen, passend zum grünen Schlips, dazu eine pistaziengrüne Satinschleife, sowie das weihnachtlich duftende Bouquet aus getrockneter Orangenscheibe, Nelken und Zimtstange, umwickelt mit Messingdraht.

«Bitte sorgfältig einpacken, das ist für meinen Sohn, der gerade seine eigene Kanzlei eröffnet hat», verrät sie und blickt sich stolz um. Fehlt nur noch, dass sie Visitenkarten vom Filius verteilt. «Das Spielzeug ins Nikolauspapier. Die verwöhnten Gören reißen sowieso gleich alles auf, da ist jeder Euro zu schade.»

Das kenne ich allerdings auch. Für Jan und Eric, meine Enkel, ist Verpackung lediglich dazu da, sie als Papierball durchs Zimmer kicken zu können. Und die Oma kickt fröhlich mit, was wiederum ihre Mutter, meine Tochter Katja nervt, die es auch nicht leiden kann, wenn ich die Doppelnamen unterschlage. Aber Jungs im Kindergartenalter Jan-Georg und Eric-Anton zu rufen, finde ich einfach zu albern.

«Wie lange dauert das denn hier noch? Egal, wo man hinschaut, unfähiges Personal. Servicewüste Deutschland!» Der junge Mann im tannengrünen Lodenmantel wird ungeduldig. Er gehört in die Schublade «bayrischer Schnösel», ist vermutlich Besitzer einer noblen Skihütte im österreichischen Kitzbühel, in die er an den Wochenenden mit seinem BMW düst. Er hält zwei große, prall gefüllte Tüten unseres Hauses in den Händen, die er nun leicht anhebt, um mir zu signalisieren, warum er hier ist. Als würde irgendjemand hier nur zum Spaß in der Schlange rumstehen.

Madame Nerzmantel dreht sich um. «Wenn S' drängeln, geht's auch nicht schneller», schnauzt sie ungnädig.

In der Schlange bei der Kollegin kichert ein junges Pärchen mit gleichfarbigen Strickmützen: «Eilt doch nicht. Weihnachten ist erst in zehn Tagen.»

«Genau!», bestätigt Madame Nerz und schnappt sich ihre fertig eingepackten Geschenke, ohne sich zu bedanken. Für sie bin ich nur Personal – das vom Kaufhaus bezahlt wird.

«Frohes Fest», wünsche ich ihr noch, aber das nimmt sie schon nicht mehr zur Kenntnis. Begleitet von einer rockigen Jingle-Bells-Version aus dem Hintergrund stöckelt sie davon.

Noch bevor ich die Verpackungsreste wegräumen kann, knallt der Jungschnösel seine Tüten auf den Tresen. «Ich hab's eilig!»

Gut, dass er es erwähnt, ich hätte mir sonst eingebildet, wir trinken vorher ein Tässchen Glühwein zusammen und philosophieren über Sinn und Zweck von Verpackungen.

Stumm nickend reiße ich die von ihm ausgewählten Folien ab, verpacke gewissenhaft seine Geschenke und ziehe dann das Kräuselband über die Schere.

Dreißig Minuten später kann ich mir endlich die dämliche Mütze mit den Blinksternchen vom Kopf reißen. Den Blick in den Spiegel der Personalgarderobe vermeide ich. Dass mein kinnlanges braunes Haar scheußlich angeklatscht am Kopf liegt, weiß ich ohnehin. Es lässt mich diesen befreienden Moment aber trotzdem genießen.

Auf der Straße atme ich tief durch, sauge gierig die kalte Winterluft ein und blicke versonnen den weißen Atemwölkchen nach. Endlich Frischluft. Würde mich nicht wundern, wenn ich demnächst *graue* Wölkchen ausatme. Auf Dauer kann die von der Klimaanlage umgewälzte Luft nicht gesund sein, mal abgesehen davon, dass der Kaufhausmief, das ständige Weihnachtsgedudel und die gestressten Kunden meinen Job nicht gerade zu Wellnesstagen machen. Aber was tut man nicht alles für seine Lieben. Für meine lieben Enkelsöhne, um genau zu sein. Normalerweise komme ich mit der Witwenrente gut über die Runden. Ich kann sogar ein paar Euros zur Seite legen. Für den alljährlichen Weihnachtsgeschenke-Tsunami muss ich aber etwas dazuverdienen. Ich persönlich könnte auf das ganze Brimborium gut verzichten. Am meisten auf die zwei Millionen Knödel-Gänsebraten-Kalorien, die dann bis zum Muttertag auf meinen Hüften sitzen. Allein Jan und Erics wegen beteilige ich mich an dem Weihnachtswirbel und freue mich an ihren strahlenden Kinderaugen.

Mein Heimweg führt über den großen Weihnachtsmarkt am Marienplatz, der an den Samstagen noch voller ist als unter der Woche. Wer keine Angst vor dichtem Gedränge, hektischem Geschiebe oder gar Taschendieben hat und das eigenwillige Duftgemisch aus Bratwurst-Glühwein-Lebkuchen köstlich findet, der wird sich hier wie im Paradies fühlen.

Um den appetitanregenden Gerüchen zu entkommen, schlängle ich mich möglichst schnell durch die Menschenmassen Richtung Sendlinger Tor. Im Blumenladen, Ecke Stephansplatz, wartet das bestellte Grabgesteck für meinen verstorbenen Mann. Ein teurer Luxus, aber morgen ist Hermanns Geburtstag, und ich möchte seine letzte Ruhestätte festlich schmücken.

Als ich in die Pestalozzistraße einbiege, freue ich mich auf mein Appartement. Zimmer mit Schlafnische, eine in den Wohnraum integrierte offene Küche und ein Minibad, das zumindest über eine Badewanne verfügt. In dem winzigen Flur kann ich bei ausgestreckten Armen links und rechts die Wände berühren. Verglichen mit der großzügigen Vierzimmerwohnung, in der wir über fünfundzwanzig Jahre als Familie gelebt haben und täglich in der großen Wohnküche saßen, gleicht meine jetzige Behausung einer Schuhschachtel. Aber sie liegt zumindest im selben Haus.

Kurz nachdem ich Witwe geworden war, konnte ich unsere

Wohnung in der ersten Etage mit einem frisch verheirateten Paar gegen deren gemütliches Appartement unterm Dach tauschen. Inzwischen haben die beiden ein kleines Mädchen, das zweite Baby ist unterwegs. Für mich alleine genügen die zweiundvierzig Quadratmeter vollkommen. Nur wenn mich meine lebhaften Enkel besuchen, bricht regelmäßig das Chaos aus.

Heute ist es mal wieder so weit. Jan und Eric bleiben sogar über Nacht. Ich freue mich sehr auf die Racker. Auch auf das geplante Plätzchenbacken morgen, um das Katja mich gebeten hat. Sie selbst ist beruflich zu sehr eingespannt und kommt einfach nicht dazu. Aber es ist ihr wichtig, dass die beiden möglichst viele Weihnachtsrituale mitbekommen. Und für mich gehört die Weihnachtsbäckerei zu den schönsten Bräuchen.

Zu Hause angekommen verstaue ich das Grabgesteck zur Sicherheit auf dem Kleiderschrank. Da reichen die Jungs garantiert nicht ran. Anschließend schlüpfe ich in eine graue Jogginghose plus hellblauen Pulli und setze Teewasser auf. Mit dem herrlich duftenden Tee auf dem Tablett begebe ich mich zur Sitzecke und lasse mich aufatmend auf die Schlafcouch fallen, wo ich heute auch nächtigen werde. Eigentlich wollte ich noch den hellen Teppich wegräumen, den ich erst vor kurzem angeschafft habe. Doch ich bin einfach zu erschöpft. Nur fünf Minuten die müden Beine ausstrecken, bis morgen Vormittag werde ich kaum mehr dazu kommen. Der Teppich wird das Wochenende schon heil überstehen.

Die zweite Tasse Tee ist noch halb voll, da schrillt die Türklingel derart fordernd, als stünde irgendwo im Haus ein Adventskranz in Flammen. Ich haste durch den Flur und höre Katjas mahnende Stimme durch die Tür: «Es reicht, Jan-Georg. Schluss damit, Eric-Anton, die Oma kriegt noch einen Herzkasper.»

Als ich öffne, stürmen die Jungs mit fröhlichem Gekicher auf mich zu.

Der dreijährige Eric sieht mich mit fragenden Augen an. «Oma, wie lange dauern zehn Tage?»

«Mal überlegen», sage ich ausweichend.

«Macht nix, Oma», beruhigt er mich. «Ich weiß es auch nicht. Aba die Mama hat gesagt, noch zehn Mal schlafen, dann bringt das Christkind gaaanz viele Geschenke ...» Sein kleines Gesicht leuchtet vor Freude.

«Der Weihnachtsmann bringt viiiel schönere Sachen, du Baby», entgegnet der zwei Jahre ältere Jan, der durch den Wachstumsschub im Sommer sichtlich schulreif geworden ist.

«Hallo, Mama.» Katja begrüßt mich mit einem flüchtigen Kuss auf die Wange. «Kinder, Schuhe aus, Jacken, Mützen, Schals ... Los, trödelt nicht rum ... flotti Karotti ...»

Kichernd reißen die beiden sich die buntgemusterten Strickmützen von den Köpfen, pfeffern sie samt den Schals in die Ecke, lassen ihre dunkelblauen Anoraks fallen und setzen sich zum Schuheausziehen auf den Fußboden. Katja behält ihren grauen Mohairmantel, den lila Schal und die grau-lila Strickkappe auf den blonden Haaren, als wäre sie lediglich der Kinderlieferservice.

«Und du?», frage ich meine Tochter, die mit Schatten unter den Augen ziemlich gehetzt aussieht. «Willst du eine Tasse Tee mit mir trinken?»

«Liebend gerne, Mama, aber ich muss leider gleich wieder los», seufzt sie. «Bernd hat ...»

«Ich will aber bei der Oma bleiben», schreit Jan trotzig dazwischen und saust auf Socken ins Zimmer, als wolle er sich vor seiner Mutter verstecken.

«Ich auhauch», ruft der kleine Eric und läuft ihm nach.

«Schon gut, ihr bleibt ja hier», beruhigt Katja sie und stellt den Rucksack ab. «Da sind Zahnbürsten, Schlafanzüge, die Stoppersocken und zwei alte Herrenhemden fürs Plätzchenbacken drin. Ich düse gleich wieder los. Katastrophen-Notdienst.»

«Was ist denn los?», frage ich.

Sie zieht eine Grimasse. «Mein geliebter Gatte hat den falschen Christbaum gekauft», zischt sie leise, damit es ihre Söhne nicht hören.

Oh, oh, dicke Luft, und das bereits zwei Wochen *vor* dem Fest. Na, super. Meine tatkräftige Tochter kann sehr ungemütlich werden, wenn irgendwas nicht nach Plan läuft. Vor allem, wenn Bernd querschießt. Katja wusste schon als Teenager, wie ihr Leben verlaufen würde, wann sie heiraten und wie viele Kinder sie haben wollte. Aber wieso ein Baum falsch sein kann, verstehe ich nicht.

«*Falscher* Baum?»

«Er hat die hässlichste Tanne der Welt angeschleppt», erklärt sie mit zornblitzenden Augen. «Jan-Georg, Eric-Anton, setzt euch nicht so dicht ran», ruft sie durch die Tür zum Wohnraum, wo die Jungs den Fernseher eingeschaltet haben.

«Wie, *hässlich*?», wiederhole ich irritiert. Schließlich sehen die gezüchteten Bäume bis auf die Größe alle ziemlich gleich aus.

Katja dreht sich wieder zu mir. «Na ja, es ist einer von diesen scheußlichen Allerweltsbäumen. Obwohl ich ihm genau erklärt habe, dass es eine Coloradotanne sein muss und wo er sie bekommt. Angeblich waren sie ausverkauft. Völliger Quatsch.» Sie tippt sich an die Stirn. «Zwei Wochen vor Weihnachten. Jetzt muss ich selber los. Dieses grässliche Gewächs werde ich auf den Müll befördern.» Sie wendet sich zum Gehen. «Noch was, Mama …

Ich wollte dich bitten, sparsam mit Zuckerguss und Farbstoffperlen umzugehen. Ich war neulich mit den Jungs beim Zahnarzt, er war nicht begeistert. Milchzähne sollten kariesfrei sein, hat er mir erklärt, sie seien der Grundstock fürs spätere Gebiss.»

«Dann verstecke ich die Zuckerperlen am besten sofort. Oder hast du erst gar keine gekauft?»

«Ähm … also der Einkauf …», stammelt sie mit betretener Miene. «Ich muss doch jetzt den Baum besorgen und noch die Geschenke für die Nachbarn und einen Kuchen für den Kiga backen und … Danke, dass du die Jungs nimmst. Du bist die Beste.» Sie küsst mich auf die Wange und greift nach der Klinke. «Jetzt muss ich aber los.»

«Ach Katja, laste dir doch nicht immer so viel Arbeit auf. Eigentlich kommt es doch nur darauf an, dass wir Weihnachten gemütlich zusammensitzen und …»

«Apropos zusammensitzen», unterbricht sie mich hektisch. «Hat Madeleine dich schon angerufen?»

«Nicht in den letzten Tagen. Hat sie den neuen Job schon wieder verloren?», erkundige ich mich besorgt nach meiner Zweitgeborenen.

«Im Gegenteil!», schnaubt Katja. «Ihr Chef will sie mit in die Karibik nehmen, wo er irgendwelche Rituale fotografieren will.»

«Das ist doch wunderbar!» Ich freue mich für meine Kleine, die ein Praktikum bei einem renommierten Werbefotografen absolviert, der viel in der Weltgeschichte rumreist.

«Aber doch nicht ausgerechnet über Weihnachten!» Katja ist sichtlich aufgebracht. «Wer macht denn so was? Ein selbstsüchtiges Biest ist sie. Will unser Familienfest boykottieren. Papa hätte das niemals gutgeheißen. Da bin ich mir ganz sicher.»

Seit ihr Vater gestorben ist, fühlt sich Katja als älteste Tochter verpflichtet, die Familie an Weihnachten zusammenzuhalten. Einerseits finde ich das wirklich schön, und es rührt mich zutiefst, aber es darf nicht in Stress ausarten. Schließlich hat sie mit ihrem anstrengenden Beruf als Simultandolmetscherin und den zwei lebhaften Kindern genug am Hals.

Im Zimmer höre ich das Telefon klingeln.

«Omaaa ... Teflon ... Teflon», ruft Eric und stürmt einen Moment später zu uns in den Flur. «Tante Leni is dran, sie will aba nua mit dia reden.» Er hält mir das Mobilteil vor die Nase.

Katja verabschiedet sich noch einmal von den Jungs und strubbelt liebevoll durch die aschblonden Köpfe. «Benehmt euch anständig, ärgert die Oma nicht und macht nichts kaputt.» Mir winkt sie beiläufig zu. «Die sollen ihre Stoppersocken anziehen, auf dem Laminatboden ist es gefährlich glatt.» Und schon ist sie verschwunden.

«Alles wird gut!», rufe ich ihr nach.

«Hallooo ... Mamilein», begrüßt mich Madeleine fröhlich.

«Grüß dich, Leni», sage ich. «Na, schon aufgeregt?»

Sie lacht. «Ah, die alte Petze hat mal wieder alles ausgeplaudert. Ich hab sie gerade gehört.»

«Es ist nicht nett, seine Schwester Petze zu nennen.»

«Ist doch wahr. Ich wollte dir die tolle Neuigkeit lieber selber erzählen, und jetzt hat die doofe Kuh die Überraschung verdorben», entgegnet Madeleine und sprudelt aufgeregt weiter. «Eigentlich hätte Mikes Assistent mitfahren sollen. Aber der liegt in der Klinik mit einem Blinddarmdurchbruch, und wenn er rauskommt, darf er nichts Schweres tragen. Und die Kamerataschen sind definitiv schwer, deshalb hat Mike mich gefragt, ob ich mitkommen möchte. Stell dir vor Mami, Karibik, da wollte ich immer schon mal hin.»

«Ich freue mich für dich, Kind. Sehen wir uns vorher noch mal, damit ich dir dein Weihnachtsgeschenk überreichen kann, oder sitzt du bereits auf gepackten Koffern?»

«Also … ähm … Ich wollte etwas mit dir besprechen», haspelt sie unsicher.

«Omaaaaa … Omaaaaa …»

«Nun sag schon, Leni, Jan und Eric sind hier und wollen beschäftigt werden … Hast du keinen Koffer oder nichts anzuziehen?»

«Klamotten besitze ich reichlich, Mamilein», antwortet sie kichernd. «Auch einen Koffer …»

«Ooomaaa … Ooomaaa …»

«Die Kinder werden ungeduldig», drängle ich Madeleine. «Hast du vielleicht morgen Zeit, um mit uns Plätzchen zu backen? Dann können wir nebenbei reden.»

«Okay, das ist ne super Idee … Dann bis morgen, Mamilein», antwortet sie fröhlich.

Beim Auflegen wird mir klar, dass ich vielleicht erst einmal nachschauen sollte, was Küche und Kühlschrank in Sachen Zutaten so zu bieten haben.

Eier. Zwei, um genau zu sein. Ein kleines Stück Butter und einen Rest Mehl finde ich auch. Davon kann ich höchstens ein paar Pfannkuchen backen und das auch nur mit Wasser. Für zwei oder drei Sorten Weihnachtsplätzchen reicht das hinten und vorne nicht. Ich brauche Nüsse, ein Pfund Butter, reichlich Eier, Puderzucker, Zitronen, Schokolade und ein paar von den Zuckerperlen. Ganz verboten hat die gestrenge Mama sie ja nicht.

Ich begebe mich zu den Kindern, die mit gekreuzten Beinen vor dem Fernseher sitzen, wo sie auf dem Kinderkanal einen Zeichentrickfilm ansehen. «Hört mal, ihr Lausbuben …», beginne ich und werde von heftigem Lachen unterbrochen.

Sie amüsieren sich jedes Mal köstlich über diesen altmodischen Ausdruck, deuten mit Fingern aufeinander und kichern: «Du bist eine Lauuuhaus … selber Lauuuhaus …», quietschen sie, lassen sich auf den Rücken fallen und strampeln vergnügt mit den Beinen. «Lauuuhaus … Lauuuhaus …»

«So, ihr Läuse», unterbreche ich den Spaß. «Wer will morgen Plätzchen backen?»

Sie springen hoch wie Pingpong-Bälle. «Ich, ich, ich …»

«Gut, dann zieht euch an, wir müssen in den Supermarkt und die Zutaten besorgen.»

Sie stürmen mit Gebrüll in den Flur, Eric kriegt die Kurve nicht, rutscht aus und schlägt sich den Kopf am Türrahmen an. Ich bin sofort bei ihm. Eine Schrecksekunde lang blickt er aus großen Augen zu mir auf. Dann holt er Luft und fängt so laut zu brüllen an, dass ich Angst bekomme.

«Eric, wo tut es weh?» Ich sehe mich schon den Abend in der Notaufnahme verbringen, wo ich mir glaubwürdige Ausflüchte überlege, warum die Kinder ihre Stoppersocken nicht anhatten.

Aber einen Atemzug später ist alles wieder gut.

Er reibt sich über dem Ohr am Kopf. «Tut … nix … weh», antwortet er dann zwischen Luftholen und Tränenwegwischen. «Indianer hat nie Schmerz.»

Blut fließt zum Glück keines, und wenn es einen blauen Fleck geben sollte, dann in den Haaren, wo es Katja nicht sehen kann. Was für eine Erleichterung. Dann mal weiter im Programm.

Bis die zwei auf der Toilette waren, angezogen sind und wir loskönnen, vergehen weitere fünfzehn Minuten.

Kaum treten wir aus dem Haus, beginnt es zu regnen. Es war

die letzten Tage und Nächte sehr kalt, die Nässe könnte schnell gefrieren. Besorgt fasse ich meine Enkel bei den Händen und sage streng: «Wer mich loslässt, bekommt weder vom Christkind noch vom Weihnachtsmann ein Geschenk.»

«Ich hab aber mit dem Papa ein Emil an Santa Claus geschrieben, und der hat zurückgeschrieben, dass ich alles kriege, weil ich so brav bin», grinst Jan frech.

«Ich bin viel mehr brav», behauptet Eric.

«Und ich habe die ganz, ganz geheime Geheim-Handynummer vom Oberelfenkönig, der die große Himmels-Spielzeugwerkstatt leitet», entgegne ich mit fester Stimme.

Ungläubig sehen beide zu mir auf. «Echt?»

«Ganz in echt. Die geheime Geheimnummer bekommen nämlich nur Omas», erkläre ich, ein Grinsen unterdrückend.

Ach ja, seufze ich still in mich hinein, wenn meine Enkel nicht wären, würde ich tatsächlich gerne auf den ganzen Weihnachtszauber verzichten. Wie schön wäre es, an Heiligabend nach Arbeitsschluss ins nächste Flugzeug zu steigen und wie Madeleine einfach zu verschwinden. Irgendwohin, wo statt Tannen vielleicht Palmen mit Kugeln behängt werden, wo Weihnachtsmänner nicht Schlitten, sondern Wasserski fahren. Wo ich mich nicht mit schwerem Gänsebraten vollstopfen müsste, sondern stattdessen kühle Fruchtcocktails schlürfen könnte. Das wäre sicher erholsamer als ein deutsches Weihnachtsfest. Obwohl, was sollte ich alleine unter einer geschmückten Palme? Und es macht auch keinen Spaß, mit niemandem darüber lachen zu können, wenn der Weihnachtsmann ins Wasser fällt.

15. Dezember, Sonntagvormittag, 3. Advent, noch 9 Tage!

«Wenn Omaaa die Augen zuhat, dann schläft sie», höre ich Eric zischeln.

«Oder sie ist tot, wie der Opa», überlegt Jan. «Und wer tot ist, kriegt Blumen ... Auf dem Schrank ist so ein Kranz, wie der Opa immer auf dem Grab hat ... Ich kann ihn mit dem Stuhl runterholen ... Den legen wir ihr dann aufs Bett ...»

Abrupt fahre ich hoch: «Untersteht euch, ihr Lausejungs.»

Kichernd rennen die beiden Schlafanzug-Helden davon. Ich schmunzle vor mich hin. *Tot wie der Opa*, auf was für Ideen Kinder kommen!

«Ooomaaa, baaacken ...», brüllt Jan auch schon und öffnet den Backofen.

Etwas übermüdet nach dem gestrigen Lesemarathon vor dem Zubettgehen und den Vorbereitungen des Teiges strecke ich mich ausgiebig. «Wir frühstücken erst noch, danach geht's los», antworte ich, während ich mich von der Schlafcouch erhebe.

Im Morgenmantel schlurfe ich in die Miniküche, wo sich die Jungs inzwischen am offenen Kühlschrank zu schaffen machen. Der kleine reicht dem großen Bruder Milch, Butterdose und Eier.

Da sie öfter an den Wochenenden hier übernachten, wissen sie natürlich, wo sie was finden, und dass ich nicht wie sie Haferflocken in Kakaomilch löffle, sondern zwei weiche Eier verzehre.

Mit vereinten Kräften räumen wir noch das Bettzeug weg, schieben die Schlafcouch zusammen und begeben uns danach ins Bad. Als wir am gedeckten Couchtisch sitzen, stelle ich beruhigt fest, dass bis hierhin alles unfallfrei verlaufen und mein Teppich fleckenfrei geblieben ist.

Im Radio läuft Weihnachtsmusik, die dritte Kerze am Adventskranz brennt in sicherer Entfernung auf der Kommode, und meine Enkel essen erstaunlich manierlich. Ich setze gerade das Messer an, um das erste Ei zu köpfen, als es an der Tür klingelt.

«Tante Leni!», ruft Jan.

«Ja, das wird Madeleine sein. Ihr dürft öffnen», erlaube ich. Sie warten schon sehnlichst auf ihre Tante, die wie eine große Schwester für sie ist.

«Leni! Leni!», schreit nun auch Eric.

Ich will noch zur Vorsicht mahnen, aber da springt der kleine bereits hoch, und auch der große Bruder bleibt nicht sitzen. Kein Wunder, dass er in der Hektik die Haferflocken-Schüssel umschubst. Als sich die schokoladigen Flocken über den hellen Teppich ergießen, klingt es passenderweise aus dem Radio: «Schneeflöckchen, Weißröckchen». Hektisch versuche ich, das Malheur mit den Servietten zu beseitigen, als die Kinder mit langen Gesichtern zurückkommen.

«Uiii», staunt Eric und schubst seinen Bruder an. «Guck mal, was die Oma gemacht hat.»

«Wer war denn an der Tür?», frage ich, während ich erfolglos weiterschrubbe.

«Bloß eine Frau», murrt Eric.

«Die will Zucker», erklärt Jan.

«Kommen Sie doch rein», rufe ich über die Schulter, weil ich ahne, wer es ist.

«Na, servus, wie is denn das passiert?», höre ich gleich darauf Frau Janatscheck, meine österreichische Nachbarin aus der zweiten Etage, fragen.

«Die Oma hat eine Schweinsauerei gemacht!», sagt Eric mit bekümmerter Miene.

Sie wirft mir einen amüsierten Blick zu. «Wenn's Rotwein wär, tät's mit Weißwein rausgehn», flachst sie.

Jan zupft sie an ihrer mit Mehl und Butterflecken verzierten weißen Schürze. «Kinder dürfen keinen Wein trinken, das musst du doch wissen.»

Lachend fährt sie ihm durchs Haar. «Hast ja recht, Schneckerl! Probieren S' mal Backpulver», wendet sie sich wieder an mich. «Dick bestreuen, eine Nacht einwirken lassen und dann mit dem Staubsauger drüber.»

Ich bedanke mich für den praktischen Tipp und frage, was ich für sie tun könne.

«Ein Packerl Staubzucker wollt ich ausleihen, falls S' eins übrig hättn. Grad, wie ich nämlich einen Zitronenguss für die Butterplatzerl anrührn möcht, merke ich, dass zu wenig im Haus ist. Allerweil vergess ich was, vermaledeiter Weihnachtsstress!», stöhnt sie.

Hab ich's doch gewusst. Alle Jahre wieder. Seit fünfzehn Jahren. «Mit Puderzucker kann ich aushelfen», antworte ich und erhebe mich ächzend. Gut, dass ich gestern ein Extrapäckchen mitgenommen habe.

«Die Mama hat auch ein so viiiel Arbeit, weil … weil …» Eric verzieht sein kleines Gesicht. «Weil sie eine Colortanne sucht.»

«Ach ja, die stade Zeit», sinniert Frau Janatscheck. «Aber bei Ihnen ist es schön ruhig.»

Ich überreiche ihr den Zucker. «*Noch*», flüstere ich. «Wenn wir nachher Plätzchen ausstechen ...» Den Rest lasse ich ungesagt. Sie versteht mich auch so.

«Dann viel Spaß», wünscht sie im Hinausgehen. «Und dank schön für den Zucker. Ich bring ihn morgen zurück. Baba.»

Na, da bin ich mal gespannt, ob sie dieses Jahr ihr Versprechen einhält. Vielleicht bringt sie auch gleich die anderen vierzehn Päckchen mit, die sie mir noch schuldet.

«Was ist daaahann, wenn wir Plätzchen stechen?», will Eric wissen, der die kurze Unterhaltung doch verstanden hat.

«Ähm ... dann singen wir Weihnachtslieder und haben gaaanz viel Spaß», improvisiere ich. «Aber jetzt kippen wir erst mal Backpulver auf den Teppich. So viel wie möglich. Vielleicht hat die Frau Janatscheck recht, und der Fleck verschwindet wie durch Zauberei.»

Während die Jungs ein Backpulvertütchen nach dem anderen aufreißen, fragt Eric: «Bekommst du jetzt kein Geschenk vom Weihnachtsmann, weil du so eine Schweinsauerei gemacht hast?»

Ich muss mir ein Lachen verkneifen. «Ach weißt du, der Weihnachtsmann hat sooo viel Arbeit, dass er vielleicht nicht gesehen hat, wie die Flocken auf den Teppich gekippt sind.»

«Aba, wenn du doch nix kriegst, musst du nicht traurig sein, Oma», fährt er fort. «Du darfst mit allen meinen Sachen spielen. Gaaanz lang.»

«Das ist lieb von dir, vielen Dank, mein Schatz.» Ich nehme ihn in den Arm und drücke ihn fest an mich. «Was hast du dir denn gewünscht?», frage ich, obwohl er es mir natürlich längst verraten hat.

«Ein Schwert und eine Ritterrüstung und ein Cowboyhut und noch ein Revolver und eine Drachenburg», zählt er mit großen Augen auf.

«Prima, dann könnten wir Burgfräulein und Ritter spielen.»

«Ich hab mir einen neuen Fußball gewünscht», stimmt Jan in die Aufzählung ein. «Und eine Kakaotasse mit Unterschrift von Thomas Müller und eine Kuscheldecke mit Bayern-Logo und …»

Die Türklingel unterbricht ihn.

Sofort rennen die Jungs mit Gebrüll an die Tür. «Tante Leni! Tante Leni!»

Diesmal ist es tatsächlich meine Tochter.

«Na ihr Helden, was geht ab?», höre ich sie im Flur. «Ärgert ihr die Oma oder seid ihr lieb?»

«Die Oma hat eine Schweinsauerei gemacht», informiert Jan seine Tante.

Als Madeleine auf Strümpfen das Zimmer betritt und mich kniend sieht, lacht sie: «Na so was, die Oma wird doch nicht alt und tatterig werden?»

«Sieht ganz so aus.» Seufzend rapple ich mich hoch. «Heute Morgen wollten mir die Lausejungs schon den Kranz aufs Bett legen», sage ich und liefere einen kurzen Bericht unseres Vormittags, zu dem die beiden Racker ausdauernd kichern. «Aber lass dich erst mal ansehen.»

Madeleines kältegerötetes Gesicht ist noch gebräunt von der letzten Reise und das lange dunkle Haar zu einem schlampigen Dutt gedreht. Sie trägt verwaschene Jeans, dazu einen kunterbunten Pulli und um den Hals einen dicken Schal.

«Wird der nicht beim Backen stören?», sage ich mit Blick auf das Strickgewirr.

«Seit wann brauche ich meinen Hals dazu?», stellt sie lachend die Gegenfrage und setzt sich dann mit den Kindern aufs Sofa. «Was wollt ihr zuerst backen? Herzen, Sterne oder lieber Engel?»

Die zwei ziehen einen Flunsch. «Oooch … Engel und Herzen sind doof …», sagt Eric.

«Alles Mädchenkram», findet Jan. «Voll, voll doof.»

Madeleine angelt eine Tüte aus ihrer gelbgrünen Collegetasche, die sie neben der Couch hat fallen gelassen. «Wie würde es euch gefallen, wenn wir Drachen, Lokomotiven oder Piratenschiffe ausstechen?»

«Jaaaaa!» Begeistert stürzen sie sich auf das Mitbringsel.

Die Packung enthält tatsächlich die angekündigten Formen. Und noch eine Fledermaus, eine Eule und ein Schwert.

«Das ist mein Nikolausgeschenk für euch, weil ich letzte Woche nicht da sein konnte», erklärt sie.

Aber das interessiert die zwei überhaupt nicht mehr. Sie schnappen sich die Ausstecher, wollen Piratenschiffe backen, und zwar sofort.

«Ich muss erst den Tisch abräumen, dann geht's los.»

Madeleine hilft den Jungs in die abgelegten Hemden ihres Vaters, knöpft rückwärts zu und krempelt die Ärmel hoch. «Und wie geht's jetzt weiter?», fragt sie, ihre Pulloverärmel hochschiebend.

«Teig ausrollen!» Jan dreht sich mit ausgebreiteten Armen im Kreis. «Ich bin ein Engel.»

«Und wir wollen ein Weihnachtslied singen», erklärt Eric. «Hat die Oma gesagt …»

Madeleine lässt sich aufs Sofa plumpsen. «Gut, dann sing mir mal was Schönes vor.»

Eric baut sich vor ihr auf, holt tief Luft und beginnt mit groß aufgerissenen Augen: «Alle Jahre wiiiedher brennt deeeher Weihnachtsbaum …»

«Ich kann auch eins», unterbricht Jan seinen Bruder. «Kling Glöckchen, klingelingeling, lasset rein den Wiiinter, ist arschkalt ihr Kiiinder …», kräht er aus voller Brust.

Madeleine kugelt sich vor Lachen.

Ich bin einfach nur hingerissen von meinen zwei kleinen Engeln ohne Flügel. Gerührt tupfe ich mir Tränen aus den Augenwinkeln. Das sind die Momente, in denen ich die Weihnachtszeit durchaus genieße. «Wer hat euch denn die lustigen Lieder beigebracht?», frage ich.

Erics Version stammt aus dem Kindergarten. Jan erzählt von einem älteren Spielkameraden, der es auf dem Schulhof kreiert hat.

«Oma muss auch was singen», fordert Eric jetzt.

«Na gut … Lass mich mal überlegen … Oh, ich weiß …» Grinsend klatsche ich den Takt. «Ihr Kinderlein kommet, oh kommet doch all …» Nach einer kleinen Pause wechsle ich in einen Sprechgesang: «… in die Küche zum Teigausrollen!»

Dazu muss ich die Sängerknaben nicht zweimal auffordern. Unter dem Schlachtruf: «Baaackeeen!!!» stürmen sie los.

«Habt ihr schon eure Wunschzettel ans Christkind geschrieben?», fragt Madeleine, während sie ein Stück vom Teig abschneidet.

Jan und Eric haben die Frage nicht gehört, denn sie streiten sich um das kleine Kinder-Nudelholz.

Jan gewinnt, doch Eric entwickelt in seinem Frust übermächtige Kräfte, reißt es ihm aus der Hand und streift seinen Bruder dabei übers Gesicht.

«Aua!», schreit Jan auf, hustet, fasst sich an den Mund und spuckt in seine Hand: «Bluuuhut!»

Eine Sekunde lang glaube ich, mein Herzschlag setzt aus.

Gestern Erics Ausrutscher auf dem glatten Boden, heute Jans Verletzung in der Küche.

Madeleine bleibt ruhig. «Ach was, ist bestimmt nur ein Kratzer. Lass mal sehen», sagt sie.

Jan hält ihr die offene Hand hin, in der zwischen ein paar Blutspuren etwas Weißes glänzt. «Das … hab … ich … ausgespuckt!», stammelt er schniefend.

«Ein Zahn!» Madeleine klatscht in die Hände.

«Lach mal», sage ich.

Unsicher grinst Jan uns an. «Der war sson locker.»

Der erste Schneidezahn ist rausgefallen!

Madeleine säubert das Zähnchen unter fließendem Wasser, verpackt es in ein Papiertaschentuch und bindet eine rote Schleife drum. «Das legst du zu Hause für die Zahnfee unters Kopfkissen», erklärt sie.

Jan nickt glücklich. «Ich weiß sson, dann legt die Fee mir ein Geld dafür hin.»

Madeleine und ich sehen uns an und müssen lachen. Nach diesem Schreck benötige ich erst mal einen starken Kaffee. Madeleine möchte Milchkaffee und die Jungs Kakao.

Während ich die Getränke zubereite, schafft Madeleine es tatsächlich, die erste Lage Teig auszurollen, ohne weitere Zwischenfälle.

«Kennt ihr auch schon ein Weihnachtsgedicht?», fragt sie ihre Neffen und beginnt zu rezitieren: «Ich wünsche mir ein Haus aus Marzipan, mit Nüssen und Rosinen dran.»

«Und Schokolade!», schreit Eric.

«Mit einem Pool aus Milch und Honig», fabuliert Madeleine weiter.

«Und Ssokolade!», schreit jetzt Jan.

«Na gut, und einem Teich aus Schokoladenmilch», dichtet die Tante, während die Jungs ihre Ausstecher in den Teig drücken.

Schließlich wandern die ersten Piratenschiffe, die unverzichtbaren Schwerter und ein paar Eulen in den Ofen. Konzentriert füllen wir zusammen ein Blech nach dem anderen, und ich bin angenehm überrascht, dass nichts weiter schiefgeht.

Gegen Mittag sind wir fertig.

Kaum ist das Backchaos einigermaßen beseitigt und die Jungs sehen wieder manierlich aus, klingelt das Telefon. Es ist Katja. Sie findet keinen Parkplatz und bittet mich, die Jungs nach unten zu bringen. Leider sträuben sie sich. Wir haben die Plätzchen nämlich noch nicht verziert, und wenn sie das später mit Mama erledigen, gibt's keine bunten Zuckerperlen.

«Ohne Perlen ssauen die Ssiffe voll nackig aus», lispelt Jan durch die Zahnlücke, als ich unsere Werke in Keksdosen verpacke. «Dann gewinnt wieder die doofe Jasmin den Wettbewerb.»

«Was denn für einen Wettbewerb?», frage ich.

Eric nickt heftig. «Im Kindergarten. Wer die Schönsten hat, der darf bei der Krippe mitspielen.»

«Ach, und die *doofe* Jasmin hat immer die schönsten Plätzchen?», fragt Madeleine, während sie beim Anziehen hilft.

«Nein.» Jan guckt mich traurig an. «Die ssönsten Haare, und sie darf die Maria sein.»

Eric reißt sich die bereits aufgesetzte Mütze vom Kopf und schüttelt seine halblangen Fransen. «Meine Haare sind aba auch superschööön», verkündet er selbstbewusst und stampft mit dem Fuß auf. «Ich will die Maria sein!»

«Maria war eine Frau, das weißt du doch», versuche ich ihn zu besänftigen. «Außerdem dürft ihr doch die Hirten spielen, hat Mama erzählt.»

Eric nickt, schaut mich aber mit fragenden Augen an. «Ich will aba viel lieba die Maria sein, weil die hat sowie ein so schöööns Kleid an.»

«Ach, Hirten haben lange Mäntel und Hirtenstäbe», tröste ich ihn. «Die sind genauso toll wie Schwerter.»

Er schüttelt den Kopf. «Und wenn ich eine Perücke aufsetzte, wie der Papa zu Fasching? Darf ich dann die Maria sein?»

Ich verkneife mir ein Lachen. «Das kann ich leider nicht entscheiden», antworte ich bedauernd. «Da musst du die Kindergärtnerin fragen.»

«Und wann malen wir die Pläzzchen an?», hakt Jan nach, als ich die Dosen zum Mitnehmen in einen Stoffbeutel packe.

«Ich rede mal mit Mama, vielleicht hat sie ja heute Nachmittag Zeit. Oder wir dekorieren sie am Abend, wenn ich zum Adventsessen komme.» Darauf legt Katja nämlich großen Wert: An jedem der vier Sonntage vor Weihnachten trommelt sie die Familie zusammen.

Damit geben sich die zwei Krippenhirten in spe erst mal zufrieden, schlingen ihre Schals um die Hälse und sind endlich bereit zum Abmarsch.

Fünf Minuten später ist meine kleine Witwenbude kinderfrei, und ich sinke erschöpft auf mein Sofa.

Madeleine hat frischen Tee aufgebrüht und die beim Verpacken zerbrochenen Plätzchen dazugelegt.

Genüsslich beiße ich in eine halbe Lokomotive – und stocke. «Mhm … das ist doch … oh, nein!»

Madeleine sieht mich fragend an. «Was ist?»

«Probier mal», antworte ich.

Sie nimmt einen Keks vom Teller und kaut. «Hmm … schmecken irgendwie nicht nach Weihnachtsplätzchen», stellt sie fest. «Eher wie … Brot … Es fehlt …»

«Zucker!», ergänze ich niedergeschlagen. «War wohl doch keine gute Idee, gestern Abend nach dem langen Vorlesen noch den Teig zu kneten. Ich war einfach schon zu müde und unkonzentriert. Oje, die Brot-Plätzchen werden den Kindern nicht schmecken. Die armen Jungs werden sich im Kindergarten blamieren. Was mache ich denn jetzt mit den ungenießbaren Dingern?» Fragend blicke ich Madeleine an.

«Superdick mit Zuckerguss bestreichen und bunte Perlen draufstreuen!» Gelassen nimmt sie einen Schluck Tee. «Katja gegenüber behauptest du einfach, den Zucker absichtlich weggelassen zu haben, um eben *nicht* an bunter Verzierung sparen zu müssen.»

Amüsiert schüttle ich den Kopf. «Was du immer für Ideen hast!»

«Ach, ich finde diese ganze Weihnachtssause übertrieben. Wir leben doch das ganze Jahr über wie in einem weihnachtlichen Schlaraffenland.»

Fragend blicke ich Madeleine an. Kommt jetzt ihre berühmte Kapitalismus-Kritik?

«Ich meine dieses Land, den Überfluss, die Massen an Lebensmitteln, die täglich im Müll landen, und all das. In anderen Ländern hungern die Menschen oder leben auf den Straßen. Ich finde, dieser Weihnachtsrummel hat längst Dimensionen angenommen, die nichts mehr mit dem Ursprung zu tun haben. Von wegen Fest der Liebe und so, und an diejenigen denken, die weniger oder gar nichts haben …»

«Aber über Geschenke würdest du dich schon freuen, oder?», frage ich spöttisch.

«Genau darüber wollte ich mit dir sprechen, denn ehrlich gesagt wäre es mir lieber, du würdest mir dieses Jahr nichts schenken. Kannst ja stattdessen für einen wohltätigen Zweck spenden.»

Ich streichle ihr übers Haar. «Damit wirst du die Welt auch nicht retten können», gebe ich zu bedenken.

«Vielleicht nicht, aber wir können es versuchen», sagt sie.

«Na gut, sag mir nur, welche Organisation die Spende bekommen soll.» Was meine älteste Tochter mit Fleiß und Ehrgeiz erreicht, bekommt Madeleine durch ihre charmante Art. Ich habe ihr zwar bereits die Kameratasche gekauft, von der sie erzählt hat, aber vielleicht kann ich sie zurückgeben.

15. Dezember, Sonntagnachmittag, 3. Advent, noch 8,5 Tage bis Weihnachten

Alles Gute zum Geburtstag, Hermann!»

Ich habe mir angewöhnt, am Grab meines Mannes halblaut mit ihm zu plaudern. Jeder, der seine bessere Hälfte nach fünfunddreißigjähriger Ehe verloren hat, wird verstehen, dass ich mit einem Toten rede. «Stoßt ihr da oben mit einer Maß auf deinen Geburtstag an?»

Dass Hermann biertrinkend auf mich herabschaut, hat mit *seiner* Vorstellung vom Jenseits zu tun. Er war nämlich überzeugt, nach dem Tod in einem bayrischen Biergarten-Eden zu landen. Einem idyllischen Fleckchen ohne Sperrstunde, wo die Sonne niemals untergeht und die Kastanienbäume immer grün bleiben. Dort würde er bis in alle Ewigkeit im Halbschatten der Bäume sitzen, eine gut eingeschenkte Maß schwenken und dazu einen knusprigen Schweinsbraten mit Blaukraut und Kartoffelknödel verspeisen. Selbstredend würde er weder betrunken werden noch ein einziges Kilo zunehmen von den üppig-deftigen Schmankerln.

Früher fand ich Hermanns Vorstellung albern. Mittlerweile amüsiert mich der Gedanke. Das Paradies hat er sich redlich verdient. Hermann war Briefträger, hat bei Wind und Wetter

Post ausgetragen und war nie krank. Als er mit sechzig in den Vorruhestand ging und die Hausmeisterstelle für unseren Wohnblock übernahm, hat er sich an einem eisig kalten Januarmorgen beim Schneeschippen so verausgabt, dass sich eine harmlose Erkältung zur tödlichen Lungenentzündung auswuchs. Da war er gerade mal vierundsechzig. Mittlerweile gönne ich ihm die ewige Ruhe – und jede Ewigkeits-Maß.

Ich säubere den immergrünen Bodendecker vom angewehten Laub der umliegenden Bäume, drapiere das weihnachtliche Gesteck und stelle das neue Grablicht dazu. Ein Solar-LED-Grablicht mit Dämmerungssensor, das sich auch bei bewölktem Himmel auflädt, abends dann allein entzündet und sozusagen ewig brennen soll. Frisch dekoriert sieht nun auch Hermanns letzte Ruhestätte weihnachtlich aus. Viele der anderen Grabstätten sind mit Tannenzweigen, Kugeln, kleinen Adventskränzen oder sogar Nikolausstiefeln geschmückt. Und überall flackern Lichter.

«Deine Enkel waren zum Plätzchenbacken bei mir», plaudere ich weiter. «Heute Morgen dachten sie, ich sei tot, und wollten mir dein Geburtstagsgesteck auf den Bauch legen. Wie findest du das?» Einen Augenblick lang glaube ich, seine Stimme zu hören, wie er sagt: *Du bleibst noch eine Weile unten.*

Als ganz in der Nähe ein Hund bellt, erhebe ich mich kopfschüttelnd und blicke mich vorsichtig um. Obwohl ich sicher bin, dass viele der Hinterbliebenen mit ihren Verstorbenen reden, wäre es mir doch peinlich, belauscht zu werden. Zu meiner Erleichterung kann ich niemand entdecken.

Nachdem ich mich verabschiedet habe, schlendere ich langsam zum Ausgang. Am schmiedeeisernen Eingangstor sitzt ein kleiner Hund, mit der Leine am Gitter festgebunden. Als ich vor ihm stehe, blickt er aus großen dunklen Augen zu mir auf. Es ist ein hellbrauner Mischlingshund, dessen struppiges Fell viele graue Stellen aufweist.

Wurde er ausgesetzt, weil er alt ist? Auf dem Friedhof?! Nein, das kann ich mir einfach nicht vorstellen. Das wäre zu makaber. Sicher besucht sein Mensch das Grab eines Angehörigen und hat ihn nur kurz angebunden, da Hunde auf Friedhöfen leider nicht erlaubt sind. Oder hat Hermann ihn geschickt?

Er mochte zwar keine Haustiere, wusste aber, wie gerne ich immer einen Begleiter gehabt hätte. Der Wunsch ist seit seinem Tod noch größer geworden.

«Na, du bist aber ein Süßer», sage ich und halte ihm eine Hand hin, damit er meinen Geruch aufnehmen kann.

Während er schnüffelt, wedelt er träge im Sitzen, als wäre es zu anstrengend, das Hinterteil zu erheben.

Suchend blicke ich mich um. Niemand zu sehen. «Was machen wir denn jetzt?», frage ich ihn.

Er antwortet mit leisem Fiepen, als befürchte er, alleine bleiben zu müssen.

Ich untersuche sein Halsband nach einer Adressmarke, finde aber nichts dergleichen. «Weißt du was? Ich leiste dir noch eine Weile Gesellschaft und warte, bis deine Besitzer auftauchen.»

Unter Schnaufen richtet er sich langsam auf und rückt dichter an mich ran. Dann lässt er sich wieder nieder und bettet seinen Kopf auf meine Füße.

Gerührt von so viel Zutraulichkeit erkläre ich: «Und wenn dich dein Frauchen oder Herrchen im Stich gelassen hat, nehme ich dich mit nach Hause als mein Weihnachtsge-»

«Churchill, du alter Gauner! Flirtest du mit schönen Frauen?»

Eine sonore Männerstimme unterbricht meine tröstenden Worte an den Hund, der nun die Ohren spitzt, den Kopf hebt und sich aufrappelt. Ich drehe mich um und erblicke einen älteren Herrn im dunklen Wintermantel. Als er näher kommt, kann ich kaum fassen, wer da mit großen Schritten auf mich zueilt.

«Das gibt's doch nicht!», sagt er ebenfalls überrascht. «Ursel!»

«Hallo, Friedrich! Das ist wirklich ein lustiger Zufall!» Ich mustere ihn verstohlen. Friedrich Hirsch war immer schon ein gutaussehender Mann und sieht auch mit den inzwischen ergrauten Haaren äußerst attraktiv aus.

«Hallo Ursel.» Er drückt meine Hand. «Ewig her, dass wir uns gesehen haben. Müssen an die fünfzehn Jahre sein. Ich habe oft überlegt, wie es euch wohl geht, und ob ihr überhaupt noch im Viertel wohnt. Umso schöner, dass wir uns zufällig über den Weg laufen. Wenn auch an einem etwas seltsamen Ort.» Er lässt meine Hand los und löst die Leine vom Torgitter. «Du erinnerst dich an Churchill?»

«Ehrlich gesagt habe ich ihn nicht erkannt», antworte ich wahrheitsgemäß. «Er mich aber scheinbar schon, denn er war ungewöhnlich zutraulich.»

«Der alte Charmeur. Trotz seiner fast siebzehn Jahre immer noch hinter den Damen her.» Liebevoll tätschelt Friedrich den Kopf des Rüden. «Aber erzähl, wie geht es dir? Du siehst blendend aus! Was machen die Kinder? Alle wohlauf will ich hoffen?!»

«Nun, die *Kinder* sind längst erwachsen. Madeleine folgt immer noch ihrem eigenen Kopf. Und Katja ist verheiratet, hat zwei Jungs und mich zur stolzen Großmutter gemacht», liefere ich einen kurzen Bericht und frage nach Solveig und Robert.

«Robert ist in meine Fußstapfen getreten und hat die Apotheke übernommen», sagt Friedrich. «Was mich natürlich sehr glücklich gemacht hat. Und die Kleine, also Solveig …» Er stockt, weil Churchill an der Leine zerrt. «Hast ja recht, alter Knabe», redet er dem Tier zu. «Dem ist langweilig. Und besonders gemütlich ist es hier auch nicht. Hast du etwas Zeit? Darf ich dich zu einem Glühwein einladen?»

«Sehr gern!»

«Wenn du magst, können wir auf dem kleinen Weihnachtsmarkt am Stephansplatz etwas trinken und Solveig besuchen», schlägt er vor, während Churchill die Straße entlangzieht. «Sie hat dort einen Stand gemietet. Ich verrate dir noch nicht, was sie verkauft, aber du wirst bestimmt überrascht sein.»

Das Gespräch ist seltsam vertraut zwischen uns. Was aber auch kein Wunder ist. Die Kinder des Apothekers sind mit unseren Töchtern auf dasselbe Gymnasium gegangen, und Katja war früher eng mit Solveig befreundet. Leider hat sich der Kontakt nicht gehalten. Das Letzte, was ich von Familie Hirsch erfahren hatte, war, dass Friedrichs Frau vor zwei oder drei Jahren an Lungenkrebs gestorben ist.

«Ich war vorhin an Erikas Grab», erklärt Friedrich, und nach einer kurzen Pause sagt er mit seltsam ruhiger Stimme: «Jetzt geht es ihr hoffentlich besser als im letzten Lebensjahr, wo sie kaum noch Luft bekam.»

«Oh, das tut mir leid! Das war sicher eine schwere Zeit für die Familie.»

«Danke, Ursel. Ja, es war schwer, und vor allem wurde mir in dieser Zeit bewusst, dass das Leben endlich ist. Zu Lebzeiten habe ich Erika manchmal mit ihrer Sucht aufgezogen, und dass sie wohl im Grab weiterrauchen würde. Worauf sie meinte, ich könne ja bei jedem Friedhofbesuch eine Zigarette für sie anzünden. Wenn ich sie besuche und mich daran erinnere, muss ich jedes Mal lachen. Ich hoffe nur, dass mich niemand dabei beobachtet.»

«Das Gefühl kenne ich … Bevor wir uns trafen, habe ich Hermanns Grab besucht und ein Gesteck hingelegt, er wäre heute sechsundsechzig geworden, und mich ein wenig mit ihm *unterhalten*, wenn du verstehst …»

Friedrich bleibt stehen, weil Churchill eine Hausecke ausgiebig beschnüffelt und sie dann halb im Sitzen wie eine Hündin markiert. «Sieh dir den Hund an. Auch er ist alt geworden, kann sein Bein nicht mehr richtig heben, pinkelt wie ein Mädchen und hat einen Herzfehler. Laut Tierarzt kann es jeden Tag zu Ende gehen. Wer weiß, ob das nicht sein letztes Weihnachten ist.»

«Auf mich macht er noch einen ganz munteren Eindruck.» Ich mustere den struppigen Vierbeiner. «Bisschen langsam vielleicht, aber das werden wir doch alle mit den Jahren. Ich kann mich noch gut erinnern, wie ihr ihn bekommen habt.»

«Ja, das war sehr lustig», lacht Friedrich. «Gleich am ersten Tag hat er eine Zigarre aus dem Aschenbecher gemopst. Damals habe ich noch geraucht. Zum Glück waren die Kinder dabei und konnten sie ihm wegnehmen, sonst hätte er sie bestimmt verschluckt und wäre vielleicht einer Nikotinvergiftung erlegen.» Er zuckt mit den Schultern. «Na, immerhin verdankt er diesem *Malheur* seinen exzentrischen Namen.»

Er lacht, und mir fällt auf, was für schöne blaugrüne Augen Friedrich hat.

Wir sind am Stephansplatz angekommen, wo zahlreiche, im Kreis angeordnete Buden im fröhlich-bunten Glitzerdesign erstrahlen. Seit einigen Jahren findet hier «Pink Christmas» statt, ein kleiner schwul-lesbischer Weihnachtsmarkt, auf dem abends Travestiekünstler auftreten, aber tagsüber kein Gedränge herrscht. Bisher hatte ich allerdings weder abends noch tagsüber Gelegenheit, ihn zu besuchen.

Es riecht unwiderstehlich nach frischen Crêpes, Glühwein und gebratenen Würstchen. Das kulinarische Angebot beschränkt sich allerdings auf jeweils eine Bude, und der Besucher wird nicht von einer mächtigen *Geruchskeule* erschlagen, wie auf den großen Märkten.

«Dort drüben.» Friedrich weist mit der freien Hand zu einem offenen Marktstand unter weißer Plane, deren Spitze eine überdimensionale pinkfarbene Mütze ziert.

Staunend betrachte ich den Stand. «Beeindruckend!» Dass Solveig dort zu finden ist, muss er nicht erwähnen, denn Churchill zieht heftig wedelnd in diese Richtung.

Friedrich blickt mich warmherzig an. «Danke Ursel, dass du nicht schockiert bist», flüstert er mir noch schnell zu, bevor wir Solveigs Verkaufsstand erreichen.

Wäre ich Friedrichs Tochter auf der Straße begegnet, hätte ich sie nicht wiedererkannt. Sie ist sehr groß und schlank, trägt weite Jeans und eine knallrote wattierte Jacke, die bis zur Hüfte reicht. Um den Hals einen dicken rosaroten Zopfmuster-Schal und auf dem Kopf einen Zylinder mit rosa Stricküberzug und einem silbernglitzernden Hutband. Flüchtig betrachtet könnte man sie auch für einen jungen Mann halten. Sie war immer schon ein burschikoses Mädchen, das sich nie viel aus Kleidern oder Make-up gemacht hat. Erst beim zweiten Blick erkennt man ihr feingeschnittenes Gesicht, mit den langen Wimpern um die blauen Augen und dem vollen Mund.

«Na, Väterchen!» Lachend breitet sie die Arme aus, drückt ihn kurz an sich und mustert dann mich. «Sie sind doch … Frau Amberger?»

«Grüß dich, Solveig, wie schön, dich nach so vielen Jahren wiederzusehen … Dein Vater und ich haben uns zufällig getroffen … Toller Stand.» Ich betrachte die bunte Vielfalt an witzigen Hüten und Mützen in verschiedenen Formen und Schals für Kinder und Erwachsene. «Ein Modell schöner als das andere.»

«Vielen Dank. Freut mich, dass Ihnen meine Arbeiten gefallen.» Leicht verlegen schiebt sie ihren Zylinder zurecht.

«Deine Arbeiten!? Du hast alles selbst hergestellt?» Ich bin ehrlich überrascht, soweit ich mich erinnere, hat sie davon geträumt, Börsenmaklerin und steinreich zu werden.

«Hmm … Ich bin Modedesignerin geworden, müssen Sie wissen.»

«Beeindruckend!»

«Wir wollten nebenan einen Glühwein trinken», mischt sich Friedrich in das Gespräch. «Hast du vielleicht ein warmes Plätzchen für Churchill? Der alte Knabe möchte bestimmt ein Nickerchen machen.»

«Logisch! Komm hierher, Churchi», lockt sie ihn und deutet auf einen Pappkarton in der Ecke, der zur Hälfte mit Zeitungspapier gefüllt ist. Der Hund trottet willig dorthin und steigt behäbig in den Karton. Solveig legt ihm noch eine Decke drüber, was er sich offensichtlich gerne gefallen lässt.

«Bis später», verabschiedet sich Friedrich, hakt mich freundschaftlich unter und steuert den Glühweinstand an.

«Warum sollte ich schockiert sein?», frage ich, als wir die dampfenden Tassen in Händen halten.

«Wegen … Solveigs sexueller … Orientierung», antwortet er leise und lächelt mich verlegen an.

«Ach, hier im Glockenbachviertel begegnet man doch alle fünfzig Meter einem gleichgeschlechtlichen Pärchen. Selbst der Christopher Street Day findet im Viertel statt, und jetzt haben wir eben auch noch ‹Pink Christmas›.»

«Ja», seufzt er. «Zum Glück hat sich die Ansicht der meisten Menschen inzwischen geändert.» Friedrich hebt seine Glühweintasse: «Also, auf die … sexuelle Freiheit!»

«Unbedingt!», stimme ich lachend zu.

Wir nehmen beide einen großen Schluck.

«Reden wir von wirklich wichtigen Dingen: Wie verbringst *du* das größte Fest des Jahres?», möchte Friedrich wissen.

Mir entfährt ein tiefer Seufzer. «Erinnere mich bloß nicht daran!»

Friedrich runzelt die Stirn. «Stresst dich der Geschenkeeinkauf, oder gehörst du vielleicht zum exklusiven Club der Weihnachtshasser?»

«Könnte man sagen. Meinetwegen kann Weihnachten dieses Jahr ausfallen! Und das nicht nur, weil ich nach meinem Aushilfsjob als Packengel im Kaufhaus genug davon habe», antworte ich und gebe Katjas Coloradotannen-Drama zum Besten. «Du kannst dir nicht vorstellen, wie sehr sie sich auf genau diesen Baum versteift. Ihrer Meinung nach ist es ohne die depperte Tanne kein *richtiges* Weihnachtsfest. Als ob es darauf ankäme. Aber seit Hermanns Tod führt sie sich auf wie die Patriarchin, die unsere Familie zusammenhalten muss. Sie hat sich auch mit Madeleine gestritten, die gerade ein Foto-Praktikum absolviert und mit ihrem Chef über die Feiertage in die Karibik reisen darf. *Ich* spiele bei dem Zirkus nur wegen der Jungs mit. Meine zwei Enkelsöhne sind ja in dem Alter, wo sie noch ans Christkind glauben. Du hast keine Enkel?»

«Doch, Sarah, Roberts kleine Tochter. Ein niedliches Mädchen von vier Jahren, die seit der Scheidung bei der Mutter lebt, was ihn ziemlich mitnimmt.»

Auch Friedrich scheint das Thema zu beschäftigen. Er wirkt

sehr nachdenklich. Nach einer kurzen Pause sammelt er sich und fragt: «Noch einen?»

«Gerne.» Ich kann gerade noch ein albernes Kichern unterdrücken. Der heiße Alkohol steigt mir anscheinend schneller zu Kopf als gedacht. Aber die Wirkung gefällt mir.

Als Friedrich Nachschub holt, wage ich einen Blick auf meine Armbanduhr. Oh! Eigentlich müsste ich los, Katja erwartet mich zum Abendessen, und die Plätzchen müssen noch glasiert werden. Ach was, sage ich mir, heute denke ich mal nur an mich. Und *ich* amüsiere mich gerade königlich. Was schon sehr lange nicht mehr der Fall war.

Friedrich kommt mit den Getränken und zwei leckeren Bratwurstsemmeln zurück. «Um den Alkohol zu neutralisieren», erklärt er und schaut mir tief in die Augen, als wir mit den heißen Getränken anstoßen. «Auf unser Wiedersehen!»

«Und auf den Zufall», ergänze ich.

«Diesen *Herrn* konnte ich immer schon sehr gut leiden», flachst er zum leisen Klirren der Tassen.

«Und, wo wirst *du* denn den Vierundzwanzigsten verbringen?»

«Ach, darüber streite ich seit Tagen mit meinem Sohn», antwortet er verhalten. «Solveig wird nach dem Ende von ‹Pink Christmas› mit den Standbetreibern und ein paar Freunden eine Art Abschlussfeier veranstalten. Robert scheint mächtigen Bammel zu haben, ganz alleine mit seinem betagten Vater und dem altersschwachen Hund vor dem Fernseher versauern zu müssen. Deshalb plant er ein riesiges Xmas-Fest im amerikanischen Stil, mit lauter Musik, Burger-Buffet und vielen Gästen. Seit Wochen schon überreicht er unseren Stammkunden Einladungen, die darauf ein wenig irritiert reagieren, wie ich mitbekommen habe. Kein Wunder, hierzulande ist Weihnachten noch immer ein Familienfest. Mir wär's egal, aber Churchills wegen bin ich strikt gegen eine Party, er verträgt nämlich keinen Lärm. Ich müsste den Armen irgendwo einsperren oder mich mit ihm in ein stilles Kämmerlein verziehen. Kurz gesagt: *Ich* könnte auch gut ohne Heiligabend auskommen.» Er seufzt aus voller Brust.

«Ja, genauso empfinde ich es auch», stimme ich ihm zu. «Erst hetzt man durch die Adventszeit nach Geschenken, Coloradotannen und backt Unmengen Plätzchen, damit es auch bestimmt ein schönes Fest wird, um sich letztendlich in den Haaren zu liegen.»

«Wir sind Weihnachtsopfer!», erklärt Friedrich grinsend. «Manchmal ist es ein rechtes Elend mit dem Nachwuchs ... Ja, wenn Churchill nicht mehr leben würde ...» Er stockt, als wäre es unmoralisch, darüber nachzudenken.

«Was wäre dann?», frage ich neugierig nach.

«Dann ... Hmm ... Würde ich die Flucht ergreifen!» Er verzehrt genussvoll den Rest des Wurstbrötchens. «Irgendwohin, wo ich noch nie war. Ich würde nach ... Paris, London oder New York reisen ... Alles Städte, die ich immer schon mal kennenlernen wollte, es aber nie geschafft habe.»

«O ja, Paris könnte mir auch gefallen!», antworte ich übermütig.

Mit verstohlenem Schmunzeln auf den Lippen hebt er seine Glühweintasse und blickt mir tief in die Augen. «Also, auf Paris! Wir entfliehen bei Nacht und Nebel still und heimlich ins schöne Frankreich.»

«Auf Paris!», erwidere ich seinen Toast.

15. Dezember, Sonntagabend, 3. Advent, noch 8,25 Tage bis Weihnachten

Katja wohnt mit ihrer Familie auf der Schwanthaler Höhe in einer Vierzimmerneubauwohnung, etwa eine halbe Stunde Fußweg von mir entfernt. Im Sommer ist das ein gemütlicher Spaziergang über den Goetheplatz und die Theresienwiese. Nach dem kalorienlastigen Nachmittag wäre etwas Bewegung zwar nötig, aber ich nehme ein Taxi, denn ich bin spät dran. Und Katja hasst Unpünktlichkeit.

Weit nach der vereinbarten Zeit klingle ich bei meiner Tochter.

«Na endlich!», empfängt sie mich in einer seltsamen Mischung aus Besorgnis und Verärgerung. «Ich dachte schon, wir müssen dich als vermisst melden.»

«Ich freue mich auch, dich zu sehen.» Ich umarme mein besorgtes Kind, die in Jeans, einem rot-weiß-getupften Fleecehemd und der Weihnachtsmannschürze heute tatsächlich wie ein Teenager aussieht. «Es ist alles in Ordnung.»

Sie schnüffelt an mir. «Mama, du hast getrunken!», stellt sie dann schockiert fest.

«Nur einen Fingerhut voll Glühwein!», gluckse ich überdreht.

«Mit Friedrich Hirsch von der Apotheke. Du erinnerst dich doch sicher an ihn und Solveig, oder?» Ich schäle mich aus dem Mantel, den sie mir abnimmt und an die Garderobe hängt.

«Du hattest ein Rendezvous mit dem alten Hirsch?», scherzt sie auf dem Weg ins Wohnzimmer. «Hast du deshalb nicht bemerkt, wie die Zeit vergeht?»

«Kein Rendezvous! Wir haben uns zufällig vor dem Friedhof getroffen, wo sich auch das Grab seiner Frau befindet», erkläre ich mit fester Stimme.

«So, so ...» Katja öffnet die Tür, und als die Jungs auf mich zustürmen, bleibt mir jede weitere Diskussion erspart.

«Oma, hör mal.» Eric zerrt an meinem Kleid. «Papa hat eine lustige CD von Udens.»

«Udo Jürgens», berichtigt Bernd, der in bequemen Jogginghosen und blauem Pulli im Sessel lümmelt.

Mein dunkelblonder Schwiegersohn trägt eine Hornbrille, die ihm einen intellektuellen Touch verleiht. Er wirkt damit wie ein Lehrer oder Professor. Einer, der hauptsächlich am Schreibtisch arbeitet, wie sein Bauchansatz verrät. Aber er gehört zur sympathischen Lieblingslehrer-Fraktion, von der man gerne unterrichtet worden wäre. Bernd lehrt Musik und Philosophie am Gymnasium und wird von seinen Schülern umschwärmt. Ich mochte ihn von der ersten Begegnung an, und es stört mich auch nicht, dass aus der angestrebten Universitätskarriere nichts geworden ist. Zielstrebigkeit ist nun mal nicht sein Ding. Das überlässt er gerne seiner Frau. Auch wenn es oft Streit deswegen gibt, halte ich die beiden für das ideale Paar. Auf meine hektische Tochter wirkt Bernds Phlegma angenehm ausgleichend.

Mein Schwiegersohn erhebt sich zur Begrüßung und umarmt mich kumpelhaft. «Servus, Ursel ... Die Oma möchte sich bestimmt erst mal setzen und ausruhen», wendet er sich dann an die Jungs.

Ich nehme auf der Dreisitzer-Couch Platz, klemme mir eines der Kissen in den Rücken und strecke die Beine aus. Das Treffen mit Friedrich und der Besuch auf dem rosa Weihnachtsmarkt waren wunderschön, aber ein bisschen anstrengend. Und der Packengel-Job ist auch kein Erholungsurlaub. Aufatmend lasse ich meinen Blick durch das weihnachtlich dekorierte Wohnzimmer schweifen. Auf dem halbhohen Couchtisch liegt eine rote Sternenmuster-Decke, darüber schwebt ein Adventskranz an breiten roten Bändern, geschmückt mit dicken roten Kerzen und goldenen Glaskugeln. An den Fenstern blinken Eiskristalle aus glitzernder Klebefolie, davor baumeln selbstgebastelte Strohsterne und im Bücherregal qualmen drei Räucherwichtel. Auch die Weihnachtskarten ihrer Freunde hat Katja im Regal verteilt und die zahlreichen gerahmten Familienfotos mit kleinen Kugeln geschmückt. Vor dem ihres Vaters brennt eine Extrakerze. Sehr stimmungsvoll, das muss ich zugeben.

Eric setzt sich an meine Seite. «Omaaa, waaahann hast du denn genuuuhug ausgeruuuhut?»

«Jetzt», sage ich. «Dann lasst mal hören, ihr Lausejungs.»

Die Kinder sausen um die Wette zur Hi-Fi-Anlage, die im mittleren Fach des Bücherregals untergebracht ist. Wenige Sekunden danach erklingt Udo Jürgens' Stimme, der ein Lied in seltsamem Kauderwelsch zum Besten gibt.

«When the snow falls wunderbar,
and the children happy are …

«Christmas is im Eimer!», krähen Eric und Jan den Refrain dann fröhlich mit.

«Wie bei uns, gell Oma?», fragt Eric mich, nachdem die letzten Takte verklungen sind.

«Ach was», winke ich ab, obwohl ich auf das Schlimmste vorbereitet bin. «Es wird ein gaaanz tolles Fest.»

Katja stellt eine Flasche Mineralwasser und ein Glas auf den Tisch. «Noch haben wir nicht mal einen Baum», sagt sie warnend mit einem Seitenblick auf Bernd, der wieder im Sessel lümmelt.

«Und wie nennst du das, was auf dem Balkon steht?», wehrt er sich mit ruhiger Stimme.

«Das hässlichste Monstrum der …»

«Moment», gehe ich dazwischen, bevor sie sich an die Gurgel springen. «Darf ich das Streitobjekt mal begutachten?»

Katja verschränkt abweisend die Arme. «Egal wie lange oder liebevoll du die Krücke auch betrachtest. Schöner wird sie dadurch nicht.»

Bernd erhebt sich umständlich und öffnet mir dann die Tür zu der vom Wohnzimmer abgehenden überdachten Loggia. Wettergeschützt lehnt der Baum in der Ecke des länglichen Balkons.

«Und, was ist das für eine Tanne? Ich meine, welche Sorte», frage ich meinen Schwiegersohn, der das Nadelgewächs jetzt an der Spitze anpackt, um es aufrecht zu präsentieren.

Es ist zwar bereits dunkel, doch durchs Fenster fällt ausreichend Licht, um beurteilen zu können, dass es sich um einen ganz normalen Christbaum handelt. Jedenfalls, was ich darunter verstehe.

«Eine Tanne halt», antwortet er achselzuckend und stellt das Gewächs wieder ins Eck. «Ich glaube, der Verkäufer hat *Nordmann* gesagt. Die würden besonders lange halten, nicht nadeln und ließen sich am sechsten Januar prima durchs Fenster entsorgen. Fand ich ein gutes Argument. Wie auch immer, es ist ein prächtiger Weihnachtsbaum, der eine Stange Geld gekostet hat. Dafür hätten wir locker in einem Fünf-Sterne-Restaurant essen können.»

«Ausgerechnet *du* möchtest ein überteuertes Restaurant besuchen, wo man höchstens daumennagelgroße Portionen auf dem Teller hat?» Katja steht plötzlich hinter mir. «Und der …» Sie zeigt mit spitzen Fingern auf das arme Bäumchen. «Ist erstens viel zu klein, denn ein richtiger Christbaum reicht bis zur Decke. Und zweitens lasse ich keine Nordmanntannen in mein Wohnzimmer! So einen Allerweltsbaum, den jeder hat.» Sie redet sich in Rage. «Mit etwas gutem Willen lasse ich die Krücke als Edelfichte durchgehen. Der Verkäufer hatte keinen blassen Schimmer von Weihnachtsbäumen. Coloradotannen sind etwas ganz Besonderes. Sie wachsen pyramidenförmig, haben lange silberne Nadeln und duften nach Zitrone. Im Übrigen hast du mir immer noch nicht verraten, welches Schlitzohr dir dieses … dieses Dingsda aufgeschwatzt hat.»

«Unten, auf der Theresienwiese», antwortet Bernd grummelnd, während er uns zurück ins Zimmer schiebt und die Balkontür wieder schließt. «Aber ich kapiere nicht, was du für einen Bohei machst. Die Dinger sehen doch alle gleich aus. Wir hängen einfach eine Überdosis Kugeln und den andern Schmuck dran, und gut is.»

Katja ignoriert seine Argumente. «Nicht *wo*, sondern *wer* ihn dir verkauft hat, würde ich gern wissen. War es vielleicht ein arabischer Wüstenprinz, der unsere Bräuche nicht kennt und natürlich auch keine Ahnung hat, wie eine Coloradotanne aussieht? Dann rede ich mit ihm, vielleicht tauscht er den Baum um.»

Bernd murmelt etwas vor sich hin, das sich wie «Kann mich

nicht erinnern, wie der Typ aussah» anhört, und das Thema ist damit beendet. Vorerst.

Ich setze mich wieder aufs Sofa zu Jan und Eric, die noch immer Udo Jürgens lauschen.

«Oma, malsst du jezz Pläzzchen mit uns an?», zischelt Jan durch die niedliche Zahnlücke.

Was Katja wohl dazu gesagt hat?, frage ich mich, stelle die Frage aber ganz sicher nicht laut.

«Gaaanzz bunt und gaaanz viele Perlen, wir wollen doch gewinnen.»

Katja fährt herum. «Die sind noch unglasiert?! Ich dachte, das habt ihr heute Vormittag erledigt.»

«Na ja … Die Zeit verging so rasend schnell, dann hat Jan den Zahn verloren und auf einmal warst du schon da, um die Jungs abzuholen.»

Katja hört mir gar nicht richtig zu, verlässt das Wohnzimmer und kommt kurz darauf mit den zwei Plätzchendosen zurück. Sie stellt sie auf den Couchtisch und nimmt die Deckel ab. «Der Zahn war doch schon seit Tagen locker, irgendwann musste er ja rausfallen …» Sie wirft mir einen verzweifelten Blick zu. «Mama, wie sollen wir das nur alles schaffen?»

«Wie, *alles*?», frage ich nach. «Was hattest du denn heute noch vor? Ich dachte, es gibt Abendessen, und wir unterhalten uns ein bisschen.»

«Noch mal Eimer-Christmas!», kräht Eric am Ende des Liedes.

Als Jan die CD erneut abspielen möchte, meint Katja, dass es jetzt gleich Essen gäbe und ordnet Händewaschen an. «Aber flotti Karotti», scheucht sie ihre Kinder.

Damit es um des lieben Weihnachtsfriedens willen keine Verzögerungen gibt, begleite ich die Jungs ins Bad. «Die Plätzchen streichen wir später an», verspreche ich auf dem Weg durch den Flur.

Daraufhin verläuft die Säuberungsaktion höchst friedlich. Meine wilden Enkel sind wie zwei kleine Engelchen, die aufgeregt über die Farbe der Piratenschiffe diskutieren.

Eric wünscht sich viele rote Schiffe. «Eine gaaanz große Piralotte, damit die doofe Jasmin Angst bekommt.»

«Eine Piratenflotte?», enträtsle ich die Wortschöpfung.

«Weiß schon, Oma, sowie ganz viele Schiffe. Ein, zwei Trillionen», fügt er noch hinzu.

Jan möchte die Schwerter golden anmalen, damit sie zu Zauberschwertern werden und er die Kindergartenfreunde besiegen kann.

«Wir werden es auf jeden Fall versuchen», antworte ich indirekt. «Aber jetzt schnell, bevor das Essen kalt wird.»

Es gibt Kartoffelsalat und Wiener Würstchen. Das Traditionsgericht der Familie Amberger, das an Heiligabend immer auf den Tisch kam. Katja hat das kulinarische Wettrennen bis Heiligabend in den letzten Jahren aber professionalisiert. Kartoffelsalat und Würstchen reichen heute höchstens noch für den dritten Adventssonntag. Habe ich schon erwähnt, wie Katjas zweiter Vorname lautet? Konsequenz!

Gegessen wird am großen Esstisch. Der alte rustikale Holztisch stand früher in unserer großen Wohnküche und bildet jetzt die Trennung zwischen Katjas offener Küche und dem Wohnzimmer.

Während ich mit den Kindern im Bad war, hat Bernd den Tisch gedeckt. Wie ich sehe, aber nur für fünf Personen.

«Es fehlt noch ein Teller für Madeleine», bemerke ich, als er die Gläser verteilt.

«Psst!», flüstert Bernd, als wäre der Name ein Tabu.

«Sie kommt nicht!», ertönt Katjas ärgerliche Stimme vom Herd. «Meine Schwester hat Besseres zu tun, als mit der Familie einen langweiligen Adventsabend zu verbringen.»

«Ein Praktikum ist eben kein gemütlicher Nebenjob mit garantiert freien Wochenenden», verteidige ich meine Jüngste. «Um Erfolg zu haben, muss man auch Überstunden machen, das müsstest du doch am besten verstehen.»

«Von wegen Praktikum», kontert Katja abfällig. «Fräulein Wohltätigkeit engagiert sich bei einem Weihnachtsbazar für Obdachlose.»

«Du solltest etwas Nachsicht üben, ist doch für eine gute Sache», sage ich, und Bernd nickt mir zu. «Vielleicht taucht sie später noch auf», füge ich hinzu, um die Stimmung zu entspannen.

Katja trägt wortlos den Kartoffelsalat auf.

Bernd betrachtet die Schüssel mit gerunzelter Stirn. «Der sieht … ähm … ganz anders aus … Irgendwie so blass.»

«Das ist Joghurtdressing statt Mayonnaise», verkündet Katja.

Ah, doch eine winzige Änderung. Im Stillen bitte ich um Entschuldigung. Vielleicht geschieht ja noch ein Weihnachtswunder, sie versöhnt sich mit ihrer Schwester, verzichtet auf die Coloradotanne und akzeptiert auch einen ganz normalen Baum.

«Nicht mal ein kleines bisschen Mayo?», hakt Bernd nach.

«Nein! So ist er weniger fett und leichter verdaulich.» Sie klopft liebevoll auf den Bauch ihres Mannes. «Meine süße Biotonne!»

«Papa is eine dicke Tonne», kichern die Jungs hinter vorgehaltenen Händen.

Begeistert stürzen sie sich auf die Würstchen, während Bernd die Kartoffelscheiben lustlos hin- und herschiebt.

Ich habe zwar auch keinen großen Hunger nach dem üppigen

Imbiss mit Friedrich, aber eine kleine Portion geht immer. Außerdem hatte Katja die Arbeit, denn auch ein simpler Kartoffelsalat ist nicht in fünf Minuten zubereitet.

«Köstlich, der Michelin-Tester würde drei Sterne rausrücken müssen», lobe ich nach dem Probieren. «Und weniger kalorienreich ist nie verkehrt.» Ich überlege, ob die Gelegenheit günstig wäre, den Gänsebraten für den ersten Feiertag anzusprechen. Aber wie? Auf die Unterstützung meines Schwiegersohnes kann ich vermutlich nicht zählen, nachdem er schon die abgespeckte Kartoffelsalat-Variante moniert hat.

«Omaaa, isst der Weihnachtsmann auch Würstel mit seiner Elfenfamilie?», fragt Eric.

«Hmm … ganz bestimmt!», antworte ich kauend, und im selben Moment beschließe ich, erst das geplante Treffen mit der Hirsch-Familie anzusprechen. «Der Oberelfenkönig mit allen Elfen und den anderen fleißigen Helfern aus der Spielzeugwerkstatt ist natürlich auch eingeladen. Der gesamte Elfenstaat bekommt leckeren Kartoffelsalat mit Wienerle.»

«Und Ssenf?», fragt Jan, der Senf über alles liebt.

«So viel sie wollen», versichere ich. «Apropos Einladung», leite ich über. «Friedrich Hirsch und ich haben verabredet, dass wir uns mal zu einem Kaffeeklatsch treffen. Aber nicht nur er und ich, sondern mit allen Kindern. Vielleicht zwischen den Jahren.»

Katja lässt das Besteck sinken. «Na, der geht ja ran. Bahnt sich da etwas Ernstes an?»

Bernd mustert mich neugierig. «Neuen Verehrer, Ursel?»

«Was is ein Vehrer?», möchte Eric wissen.

«Oma hat einen Freund!», erklärt Jan.

«Will der auch küssen?» Eric mustert mich mit angewiderter Miene. «Die doofe Jasmin will mich immer küssen.»

«Mich auch!», verkündet Jan. «Zu allen Jungs im Kindergarten ssagt ssie, in der Sspielecke iss waaas gaaanz Tolless ... aber daaahann ...» Er wischt sich über den Mund, als fühle er noch den feuchten Schmatz. «Igitt!»

«Das nächste Mal gehst du einfach nicht mit in die Spielecke», sagt sein Vater und boxt Jan kumpelhaft.

Katja und ich müssen lachen.

Nach dem Essen machen wir es uns im Wohnzimmer gemütlich, und mehr Weihnachtstamtam braucht es eigentlich nicht. Zufrieden schaue ich zu Katja.

«Wir müssen noch die Fotos für die Weihnachtsgrüße aussuchen.» Sie holt einen dicken Umschlag aus einer Schublade.

«Ach du Schreck», grummelt Bernd augenrollend. «Das war vielleicht ...»

«Was?», fällt Katja ihm angriffslustig ins Wort, während sie mir das Kuvert reicht.

«Ähm ... Wahnsinnig lustig!», schafft er noch die Kurve.

Ich entnehme dem Umschlag einen Packen von etwa zwanzig bunten Fotos in Postkartengröße. Darauf die vierköpfige Familie vor winterlicher Berglandschaft. Um die Illusion perfekt zu machen, tragen alle rote Pullis mit weißen Schneesternen, Katja und Bernd Strickmützen mit weißem Pelzbesatz und die Kinder Rentiergeweihe aus Filz auf den kleinen Köpfen.

«Welches gefällt dir am besten?», möchte Katja wissen.

«Soll ich jetzt schon mein Weihnachtsgeschenk aussuchen?»

«Nein!» Sie nimmt eine Orange und ein Messer, mit dem sie die Schale einritzt. «Du sollst mir helfen, das schönste auszuwählen. So ein Familienporträt ist doch viel persönlicher als die immer gleichen Weihnachtskarten mit Englein oder Weihnachtsmännern.»

Lächelnd blättere ich durch die Auswahl. «Schwierig, Katja, sehr schwierig. Die gefallen mir alle.»

Gemeinsam wählen wir einen Schnappschuss aus, auf dem die Jungs sich albern anlachen und die Eltern freundlich in die Kamera blicken.

Nachdem das erledigt ist, und ich vorhin nicht dazu kam, die leidige Festtagsvöllerei anzusprechen, starte ich jetzt einen neuen Anlauf. «Also, Katja, was hast du denn dieses Jahr als Essen für die Feiertage geplant?»

Mit Schwung erhebt sie sich, schreitet energisch zu dem kleinen Schreibtisch in der Ecke und kommt mit einem roten Heft zurück, auf dem ein geschmückter Christbaum klebt. Sie holt dabei Luft, als müsse sie einen Vortrag halten.

«Die Kurzfassung würde mir fürs Erste genügen», bremse ich ihren sichtbaren Eifer.

«Heiligabend Bescherung, danach geräuchertes Forellenfilet mit Toast und Sahnemeerrettich, erster Feiertag traditionell Gänsebraten mit Blaukraut und Knödel, zweiter Feiertag Essen bei Bernds Eltern! Kurz genug?», fragt sie etwas pikiert.

Ich stöhne innerlich. Nicht mal am zweiten Feiertag darf ich die Füße hochlegen und mir ein paar schmalzige Sissi-Filme im Fernsehen anschauen. Die junge Kaiserin gehört doch auch unbedingt zu Weihnachten.

Nur Bernd atmet erleichtert auf. «Gut zu hören, dass wenigstens die Gans nicht gestrichen wurde, wenn's schon kein Mayo-Dressing mehr gibt.» Versöhnlich grinsend schenkt er Punsch für alle ein. «Bei meinen Eltern steht übrigens Feuerzangenbowle zum Nachtisch auf dem Programm.»

Mist! Vom Schwiegersohn kann ich definitiv keine Unterstützung erwarten. Die Kinder sind noch zu klein, also kämpfe ich alleine gegen den anrollenden Kalorien-Tsunami des ersten Feiertages.

Ich greife nach einer Orange. Und während ich sorgsam die Schale entferne, starte ich den nächsten Versuch: «Du hast das Federvieh aber noch nicht eingekauft, oder?»

«Bestellt! Eine frische Biogans, die garantiert glücklich war und auf einer Wiese fett geworden ist», erklärt Katja. «Abholen werden wir sie aber erst am Vierundzwanzigsten.»

«Wer ist *wir*?», meldet Bernd sich zu Wort. «Wenn du mich zu irgendwelchen Arbeiten einteilst, möchte ich bitte schön vorher gefragt werden. Ich habe bis zum letzten Tag vor den Ferien jede Menge in der Schule zu tun.»

«Ach, und ich stehe das ganze Jahr nur dumm rum und drehe Däumchen, oder wie?» Katja geht auf Angriff.

Aus den Boxen erklingt:

«All around is Harmonie …»

Na, passender kann man es kaum ausdrücken.

«Moment!», gehe ich dazwischen. «An Heiligabend ist meine Engel-Schicht um zwölf Uhr zu Ende. Ich könnte also das Gänslein abholen …» Ich stocke, denn das ist *die* Gelegenheit, endlich die Wahrheit zu sagen. «Obwohl ich genauso gut drauf verzichten könnte. Nach vier Wochen Geschenke einpacken, nervigen Kunden und Dauerberieselung mit Weihnachtsliedern ist mir nicht mehr nach feiern und großem Gedöns. Eigentlich würde ich viel lieber nur die Beine hochlegen, dazu Tee trinken und ein belegtes Brot essen.»

Au weia! So direkt wollte ich es eigentlich nicht formulieren. Aber zu spät, jetzt ist es raus.

Katja starrt mich an, als wolle ich das größte Fest des Jahres weltweit abschaffen. «Verzichten? Auf Weihnachten! Womöglich auch auf Geschenke und den geschmückten Baum? Und was willst du deinen Enkeln sagen?» Den letzten Satz flüstert sie nur.

War ja klar, dass sie die Enkel-Karte ausspielt. «Nein, nein, nicht auf das Fest an sich», beruhige ich sie. «Nur auf den fetten Braten.»

Sie atmet erleichtert auf und legt den angebissenen Lebkuchen zur Seite. «Seit wann magst du denn keine Gans mehr?» Der protestierende Unterton in ihrer Stimme ist nicht zu überhören.

Ich weiß natürlich, dass sie um ihren Festtagsbraten kämpft, dennoch suche ich nach einer Erklärung für meine Unlust. «Na ja, weil mir die Kalorien bis zum Muttertag auf den Hüften sitzen … Außerdem ist mein Cholesterin zu hoch, und der Arzt hat mir geraten, nicht mehr so üppig zu essen», grummle ich leise. Vielleicht habe ich ein wenig übertrieben, aber manchmal heiligt der Zweck die Mittel.

Das Gesundheitsargument zeigt die gewünschte Wirkung. Katja reißt entsetzt die Augen auf und presst die Hand auf die Herzgegend, als würde es zu heftig schlagen. «Mama, warum sagst du denn nichts? Seit wann hast du das?»

«Gut, dass wir den Punsch ohne Alkohol angesetzt haben.» Bernd runzelt die Stirn. «Musst du Medikamente einnehmen?»

Ach du meine Güte! Ich wollte Katja lediglich die übertriebene Kocherei «ausreden», und jetzt machen sich beide unnötig Sorgen. «Nein, nein, ich muss nichts einnehmen. Sooo dramatisch ist es nicht. Der andere Cholesterinwert, also der gute, ist nämlich ziemlich hoch und gleicht das Schlechte wieder aus», rudere ich zurück. «Ihr müsst euch keine Sorgen machen.»

Katja atmet erleichtert auf. «Aber dann brate ich trotzdem ein

Putenschnitzel für dich, das ist ganz mager. Knödel und Blaukraut darfst du aber essen?»

Na super! Anstatt weniger Arbeit, beschere ich ihr noch zusätzliche durch meine doofe Schwindelei.

«Deshalb enthalten die Plätzchen, die ich gestern mit den Jungs gebacken habe, auch kaum Zucker. Aber wenn wir sie hübsch bunt verzieren, kommen sie sicher trotzdem gut an. Was meinst du, Katja?»

Großzügig erteilt sie die Erlaubnis. Zu meinem Glück. Jan und Eric hätten mir sonst bis zum nächsten Fest gezürnt.

«Und jetzt beginnen wir endlich mit der Planung für Heiligabend», sagt sie energisch.

Es gibt kein Entrinnen. Was meine zielstrebige Tochter sich einmal in den Kopf gesetzt hat, zieht sie durch. Ich biete noch einmal die Abholung des Federviehs an.

«Der Bio-Fleischer schließt bereits um eins», informiert Katja mich. «Schaffst du das?»

«Kein Problem», versichere ich. «Anschließend schaue ich auf einen Sprung an Papas Grab vorbei und laufe spätestens um halb zwei hier ein.»

«Prima!» Endlich lehnt sie sich entspannt zurück. «Und mein geliebtes Biotönnchen stellt den Baum auf …» Sie stockt. «Vorausgesetzt, wir haben bis dahin einen.»

«Wenn dein ganzes Weihnachtsglück an diesem ultimativen Wunderbaum hängt, klappere ich morgen nach der Schule sämtliche Baumverkäufer der Stadt ab», verspricht Bernd augenrollend. «Irgendeiner von den Händlern wird doch so einen blöden Baum haben.»

Katja sendet Bernd einen Blick, der mindestens so viele Funken sprüht wie eine Wunderkerze.

«Ganz sicher findet er einen», versuche ich zu schlichten. «Robert Hirsch plant dieses Jahr übrigens eine große Weihnachtsparty, wie die Amerikaner sie feiern», plaudere ich weiter, um ja keinen neuen Unfrieden zu stiften. «Mit vielen Gästen und fröhlicher Musik.»

«Fremde Leute an Weihnachten!?» Katja zieht entsetzt die Augenbrauen hoch. «Das geht ja wohl gar nicht! Heiligabend gehört der Familie. Es ist doch wunderschön, gemütlich zusammenzusitzen und einfach zu genießen, dass man eine liebe Familie hat. Freunde trifft man frühestens am zweiten Feiertag. Aber das sieht Robert mal wieder ähnlich. Er war immer schon so ein unsensibler Lackaffe. Im Gegensatz zu seiner Schwester. Wie geht es Solveig denn?»

«Sehr gut! Sie ist Designerin geworden und verkauft ihre eigenen Mützen-Modelle auf dem Weihnachtsmarkt am Stephansplatz.» Begeistert berichte ich von Solveigs Marktstand.

«Ach ja, der schwul-lesbische Christkindlmarkt», sagt Bernd. «Der soll völlig anderes sein als die traditionellen Märkte. Ein Kollege hat mir davon erzählt. Lass uns deine alte Schulkameradin doch mal besuchen», schlägt er Katja vor. «Das wäre ein netter Ausflug mit den Kindern am nächsten Adventsonntag.»

Sie mustert ihn kurz. «Nur wenn du bis dahin meine Tanne besorgt hast!», entgegnet sie wie die gestrenge Lehrerin, die Belohnungen für gutes Betragen verteilt.

Bernd grinst. «Gebongt! Baum gegen Ausflug.»

«Ein Weihnachtswunder!», sage ich launig und kündige an, ebenfalls mitzukommen.

16. Dezember, Montag, noch 8 Tage bis Weihnachten

Neue Woche – altes Einpackspiel. Für den heutigen Montag war ich ursprünglich von vier bis acht zur Spätschicht eingeteilt. Doch dann klingelte das Telefon, während ich noch gemütlich mit der Zeitung beim Frühstückskaffee saß. Die Personalchefin war dran. Ob ich eine Stunde früher, um drei anfangen könne. Eine Kollegin sei erkrankt. Kein Wunder, in der miefigen Kaufhausluft schwirren die Viren durch die Gegend wie Schneeflocken im Wintersturm!

Bloß nicht krank werden, sage ich mir, als ich gegen halb drei loslaufe. Der Fußmarsch durch die kalte Luft wirkt hoffentlich abhärtend. Zusätzlich motiviere ich mich mit positiven Gedanken: *Heute sind nur nette Kunden unterwegs, die alle unbegrenzt Zeit und freundliche Worte für mich übrig haben …* Denn nichts macht das Immunsystem anfälliger für Krankheiten als Stress.

Auf dem Weg in den neuen Arbeitstag fängt es an zu schneien. Dicke Flocken fallen aus schneeschweren Wolken, decken die Straßen zu und verpassen Autos und Hausdächern weiße Mützen.

Ich muss an gestern Abend denken. Als ich mit den Jungs die zuckerlosen Kekse verziert und wir so ganz nebenbei Katjas klinisch saubere Küche verwüstet haben, wollten die Kinder wissen, was der Weihnachtsmann im Sommer macht.

Während ich erklärte, dass er sich im Sommer ausruhen würde vom anstrengenden Geschenkeverteilen und dabei vor einigen Jahren zufällig den Solarantrieb erfunden habe, schrieb Katja ihr Weihnachtsplanbuch: Wer welche Einkäufe zu erledigen hat, wann welches Zimmer geputzt werden und wann sie mit den Kochvorbereitungen beginnen muss. Am Ende zeigte sie Bernd im Internet, woran man eine Coloradotanne erkennt, und erstellte eine Liste sämtlicher Baumverkäufer der Stadt. Die Deutsche Bahn wäre sicher neidisch auf diesen bis in die letzte Nanosekunde durchdachten Fahrplan. Sie hat nichts vergessen. Der Rest steht in den Weihnachtssternen.

Im Packcenter herrscht überraschend wenig Betrieb. *Geht doch*, freue ich mich, und verdränge die Tatsache, dass Montagnachmittag nicht unbedingt zu den heißen Shoppingtagen gehört und noch volle fünf Stunden vor mir liegen. Die unvermeidliche Musikschleife versuche ich ebenfalls zu ignorieren.

Gegen 18 Uhr wird es dann spürbar voller. Und in der letzten Stunde nerven hektische Kunden im Zehn-Minuten-Takt. Gemeinsam mit einer neuen Aushilfe schufte ich wie im Akkord. Lissy ist eine junge, füllig blondgelockte Frau mit rosa Apfelwangen und hellblauen Sternchenaugen. Typ Weihnachtsengel.

«Letztes Jahr hab ich in einer Parfümerie-Kette gepackt», erzählt sie gleich zu Beginn unserer gemeinsamen Schicht. «Und bin jeden Tag mit Kopfschmerzen nach Hause gegangen. Dagegen ist das hier wie Urlaub.»

Kurz vor Ladenschluss spendiert sie uns in einer kundenfreien Sekunde einen *Kürzesturlaub*: zwei, drei Sprüheinheiten *Angle*, ein furchtbar teures Eau de Parfum, das herrlich nach Orangen und Schokolade riecht. Genussvoll atmen wir den belebenden Duft ein, als ein Männerorgan das sinnliche Vergnügen beendet.

«Hallooo!» Ich drehe mich um und blicke in das rotverschwitzte Gesicht eines beleibten Mannes mit Bart in dicker, blauer Daunenjacke und schwarzer Strickmütze. Schnaufend knallt er eine Ladung Spielzeug auf den Packtisch, schnüffelt kurz und niest dann einmal kräftig. Na super, eine leibhaftige Virenschleuder. Die hat uns noch gefehlt. Er kramt in seiner Jackentasche, angelt ein Taschentuch heraus und wischt sich kurz über die Nase.

«Gibt's hier auch jemanden, der Geschenke einpackt?», trompetet er dann in einer Lautstärke, als sei das eine frohe Botschaft, die alle Menschen hören sollten.

Nein, du verhinderter Weihnachtsmann, wir stehen hier nur aus lauter Langeweile rum und warten drauf, dass uns jemand mit seinen Grippeviren verseucht, würde ich gerne zurückschnauzen. Stattdessen nicke ich beflissen und beeile mich, seine Wünsche zu erfüllen. Lissy hilft mit, und da der Dicke im Moment unser einziger Kunde ist, verpacken wir seine sieben Spielsachen schneller als sein offensichtlich zu hoher Blutdruck sinkt.

«Darf's außerdem noch etwas sein?», säusle ich honigkuchensüß.

Lissy klimpert mit den Wimpern. «Vielleicht ein Zaubertrick – und schon ist Silvester?»

Ohne den geringsten Anflug eines Lächelns brummt er unwillig «Dank schön» und rollt davon.

Ein Blick auf meine Armbanduhr verrät mir, dass es zwanzig vor acht ist. Zwei Kunden und zehn Pakete später sind es noch sieben Minuten bis Ladenschluss. Fast geschafft.

«Ah, hier bist du!»

Als ich aufsehe, blicke ich in das freundliche Gesicht von Friedrich Hirsch. Elegant gekleidet in einem sandfarbenen Kamelhaarmantel steht er vor mir, zwei Tüten unseres Hauses in der rechten Hand und in der linken Churchill an der Leine, der sich sofort erschöpft flachlegt.

«Was für eine Überraschung!», sage ich erfreut. «Möchtest du etwas verpacken lassen?»

«Nein, nein, das schaffe ich schon noch selbst. Ich würde dich aber gerne zum Essen ausführen. Falls du nicht längst verabredet bist.»

Einen Augenblick lächle ich verlegen. Dass Friedrich glaubt, ich sei verabredet, schmeichelt mir doch sehr.

«Ich habe ein Rendezvous mit dem Weihnachtsmann, aber für ein leckeres Essen sage ich ab», scherze ich. «Für einen Restaurantbesuch bin ich aber falsch angezogen. Es sei denn, wir speisen an einer Dönerbude.»

«Nein, kein türkischer Hamburger, kein Fastfood und auch kein Hindu-Mahl. Außerdem siehst du bezaubernd aus», sagt er mit Blick auf meinen Kopf.

Jesses Maria und Josef! Ich hab ja noch diese bescheuerte Mütze auf. Verlegen reiße ich sie mir vom Kopf und fahre mit den Fingern notdürftig durchs angeklatschte Haar.

Da wir Aushilfen erst noch aufräumen und den Laden dann durch den Personalausgang verlassen müssen, verabreden wir uns in der Seitenstraße, wo Friedrich seinen Wagen geparkt hat. Den Zufall, einen der wenigen legalen Plätze in der Innenstadt, noch dazu in der Nähe «meines» Kaufhauses gefunden zu haben, nennt er sein ganz persönliches Weihnachtswunder. Für mich ist es seine Einladung.

«Wohin entführst du mich denn?», frage ich ihn, als ich eine halbe Stunde später den Sicherheitsgurt befestige.

Churchill liegt bereits vorschriftsmäßig angeschnallt im Fond des Wagens.

«Ich dachte, wir zwei Weihnachtsopfer begeben uns dorthin, wo garantiert *kein* Weihnachten stattfindet.»

«Kann mir nicht vorstellen, dass so ein Ort existiert», sage ich. «Wo inzwischen sogar die Chinesen dem Zauber des Glitzerwahnsinns erliegen ... Es scheint, als sei die ganze Welt wie im Rausch.»

Friedrich schenkt mir einen Seitenblick. «Lass dich überraschen, Ursel. Ich habe eine *Oase* gefunden.»

«Auf Erden oder auf dem Mond?», entgegne ich gutgelaunt.

«Dort oben war leider nichts mehr frei», sagt er lachend.

Als wir wenig später das «Cohen», ein hell eingerichtetes Restaurant, betreten, empfängt uns eine junge Frau, die weder als Weihnachtsengel verkleidet ist noch Christbaumkugeln als Ohrringe trägt. Friedrich kennt sich wirklich aus.

«Sind Hunde erlaubt?», erkundigt er sich bei der Empfangschefin. «Oder soll ich ihn im Wagen unterbringen?»

«Nein, nein, nicht nötig», entgegnet sie. «Solange sich kein anderer Gast beschwert ...» Die Frau geleitet uns zu einem Tisch, nimmt unsere Mäntel entgegen und bringt sie zur Garderobe.

Friedrich rückt mir den Stuhl zurecht. «Na, habe ich zu viel versprochen? Das Judentum hat mit unserem größten Fest des Jahres nichts am Hut. Oder vielmehr an der Kippa, in diesem Fall. Hier sind wir sicher vor Adventsgestecken, Kerzenschein und besinnlichen Liedern, als wären wir tatsächlich auf einem anderen Planeten.»

«Ich bin begeistert!» Neugierig blicke ich mich um. Auf den weißen Tischdecken fehlt tatsächlich jeglicher Adventszauber. Kein Tannenzweig, keine Nüsse und auch keine Äpfel, mit denen andere Gaststätten gern dekorieren. Lediglich eine weiße Kerze im schlichten silbernen Leuchter verbreitet warmes Licht auf unserem Tisch. Das Lokal ist nur mäßig besucht. Es könnte irgendein Montagabend im November sein, an dem bereits Schnee gefallen ist.

Friedrich nimmt mir gegenüber Platz. Churchill schleicht unter den Tisch, wo er sich schnaufend zusammenrollt. Ein freundlicher Kellner erscheint mit der Speisekarte und erkundigt sich nach unseren Getränkewünschen.

Wir bestellen stinknormales Bier. Ohne Alkohol. Friedrich ist ja mit dem Wagen unterwegs, und mir steht morgen wieder ein anstrengender Tag bevor.

Zu essen empfiehlt der Kellner den Vorspeisenteller mit Kichererbsenpaste, der für zwei reicht. Danach entscheide ich mich für Piroggen mit Kartoffelfüllung, jüdische Ravioli, und Friedrich für das stadtbekannte Wiener Schnitzel aus Kalbfleisch, das selbst in Wien nicht so delikat schmecken soll.

«Ein ganz und gar unweihnachtliches Menü», schmunzelt Friedrich, als er dem Kellner die Speisekarte reicht.

Eine größere Gruppe fröhlicher junger Menschen betritt das Lokal. Als ich sehe, dass einige rote Zipfelmützen mit weißem Plüschpelz tragen, fürchte ich schon um unsere ersehnte Ruhe. Aber es handelt sich anscheinend um eine betriebliche Weihnachtsfeier, denn sie werden von der Empfangsdame in ein Nebenzimmer geführt.

Wenig später erklingt leise Musik. Nach den ersten Takten erkenne ich die Melodie und glaube meinen Ohren nicht zu trauen.

Es ist einer der am meisten gespielten Songs (nicht nur in unserem Kaufhaus), von einem gewissen Rudolf, seines Zeichens Rentier mit roter Nase.

«Hörst du das? Es weihnachtet auch in Israel», seufze ich bewusst übertrieben.

«Ob ich es noch einmal auf dem Mond versuche?», flüstert Friedrich mir zu. «Vielleicht hat jemand abgesagt.»

Als die Vorspeise serviert wird, erkundige ich mich nach Roberts Weihnachtsparty.

«Soweit ich es überblicke», antwortet Friedrich zwischen zwei Bissen Kichererbsenpaste, die er mit einem Stück Matzen probiert, «hat mein Filius bisher nur eine feste Zusage: meine!»

«Oh, das tut mir leid für Robert. Wird denn die Party trotzdem stattfinden?»

Friedrich zuckt mit den Schultern. «Er ist fest entschlossen und gibt die Hoffnung nicht auf. Aber er hat ja noch acht Tage Zeit, um seine Einladungen zu verteilen. Allerdings gehe ich jede Wette ein, dass so gut wie jeder Zeitgenosse bereits familiäre Pläne für diesen Tag hat.»

«Wer keine hat, ist andersgläubig oder Atheist», füge ich launig hinzu.

«Oder er liegt auf dem Friedhof!» Friedrich erhebt sein Glas. «Auf unsere verstorbenen Lieben, die uns wieder zusammengeführt haben … esoterisch gesprochen.»

Mit einem großen Schluck trinken wir auf das jenseitige Wohl unserer Gatten.

«Und wie läuft die Suche nach dem ultimativen Christbaum?», erkundigt sich Friedrich.

«Ach, mein Schwiegersohn hat die falsche Tanne besorgt und muss noch mal los. Ansonsten hat meine Tochter ein Extrabüchlein, in dem alles notiert wird, was ein prächtiges Fest garantiert.» Ausführlich schildere ich Katjas krisensichere Planung.

Friedrich hört mir aufmerksam zu. «Sie überlässt wirklich nichts dem Zufall. Aber ich kann mich erinnern, dass sie die Lernstunden mit Solveig ähnlich durchorganisiert hat. Und das höchst erfolgreich. Dank deiner Tochter stand Solveig immer auf einer Zwei.»

«Ja, das ist meine Große. Was die sich in den Kopf setzt, zieht sie durch.»

«Eine bewundernswerte Eigenschaft», findet Friedrich.

«Unbedingt», stimme ich ihm zu. «Solange es sich nicht um seltene Christbäume handelt.» Ich probiere von der Pastete. «Mmm, sehr schmackhaft … Na ja, vielleicht klappt es ja demnächst mal mit einem Familientreffen, dann wirst du auch meinen Schwiegersohn und meine süßen Enkel kennenlernen.»

«Das hoffe ich doch sehr, liebe Ursel», erwidert Friedrich. «Es wäre schade, wenn wir uns wieder aus den Augen verlören.»

Er sieht mich eindringlich an. Flirtet er etwa mit mir?

Ich erhebe mein Glas. «Das werden wir zu verhindern wissen», verspreche ich.

Und zum ersten Mal seit Hermanns Tod denke ich darüber nach, wie schön es wäre, doch nicht bis zum Ende meiner Tage allein zu bleiben, sondern einen Partner an der Seite zu haben.

Wir lassen die Gläser klingen, und im selben Moment ertönt der ultimative Christmas-Song von einem gewissen Herrn Crosby. Besonders gern wird er in amerikanischen Weihnachtsfilmen gespielt, wenn die Darsteller mit dem Pferdeschlitten durch idyllische Winterlandschaften fahren.

«Wenn der Schneefall anhält …», sage ich mit einem Blick aus dem Fenster, «bekommen wir Bilderbuchwetter für die Feiertage.

Die Jungs würden sich natürlich freuen, wenn sie Schneemänner bauen oder Schlitten fahren könnten.»

«Also ich träume ja nicht von weißen Weihnachten. Churchills wegen. Er liebt den Schnee zwar, aber nur auf dem Lande. In der Stadt wird gestreut, und das Salz brennt an seinen Pfoten.»

Als habe Churchill seinen Namen gehört, antwortet er mit leisem Schnarchen.

Nachdem die Vorspeisenteller abserviert sind, entschuldigt sich Friedrich mit der Bemerkung, etwas in der Manteltasche vergessen zu haben.

Wieder zurück legt er ein weißes Kuvert auf den Tisch. «Erinnerst du dich, dass wir gestern über ‹Was-wäre-wenn?› gesprochen haben?»

«Du meinst, wenn wir keine familiären Verpflichtungen hätten?»

Er nickt. «Und auch keinen Schnarcher unterm Tisch …»

«Mir würde bereits genügen, wenn Katja sich nicht auf diese alberne Tanne versteifen würde», seufze ich. «Angeblich hat schon mein verstorbener Mann jedes Jahr diesen Baum erstanden.»

«Für meine Erika kam auch immer nur diese Spezies in Frage», erklärt Friedrich gedankenverloren. «Wie auch immer …» Er öffnet den Umschlag und entnimmt ihm ein gefaltetes Blatt Papier. «Ich war heute in einem Reisebüro und habe mir spaßeshalber mal einige Angebote ausdrucken lassen.»

«Planst du eine Kreuzfahrt? Soll für Oldies wie uns ja besonders geeignet sein …»

«Genau genommen handelt es sich um einen Kurzurlaub, liebe Ursel, und ich dachte …» Er blickt mir direkt in die Augen, als er mir das Papier überreicht. «Wir beide …»

Als ich lese, wohin er zu reisen gedenkt, schlägt mein Herz höher. «Paris?», flüstere ich heiser, komme aber gleich wieder zur Besinnung, als ich die Termine sehe. Hinflug an Heiligabend. Rückflug kurz vor Silvester.

Seufzend falte ich das Angebotsblatt zusammen und gebe es zurück. «Schöne Idee!»

«Ich weiß», brummelt Friedrich zustimmend. Dann räuspert er sich. «Halte mich bitte nicht für einen überspannten Esoteriker … Aber Weihnachten ist doch die Zeit der Wünsche. Und ich musste immerzu an unser Gespräch über den ganzen Weihnachtszauber denken, und daran, dass wir beide uns nichts daraus machen und nur zu gerne entfliehen würden …» Er hält kurz inne, als die Hauptspeisen serviert werden. «Ich musste mich einfach im Reisebüro erkundigen.»

«Ich wäre ja sofort dabei», sage ich und atme den köstlichen Duft des Essens ein. «Aber meine Enkel würden es nicht verstehen, sie wären sicher sehr traurig. Mal abgesehen von Katja, die bis zum jüngsten Tag kein Wort mehr mit mir wechseln würde.»

«Das kann ich gut nachvollziehen», entgegnet er. «Aber wenn wir es uns nur wünschen, tut es niemandem weh! Und das nächste Weihnachten kommt bestimmt.»

Etwas melancholisch greife ich nach meinem Glas. «Alle Jahre wieder, so viel steht fest!»

17. Dezember, Dienstag, noch 7 Tage bis Weihnachten

Es hat mich erwischt!

Nicht gefühlsmäßig. Auch wenn ich den Abend mit Friedrich ungemein genossen habe. Bin ich doch kein Teenager mehr, der gleich nach der ersten Verabredung *Feuer* fängt wie ein unbeaufsichtigter Weihnachtsbaum. Nein, nein, mich hat die Kaufhaus-Virenschleuder erwischt, vor der ich mich seit Tagen gefürchtet habe. Zudem stresst der schnelle Wetterwechsel zwischen warm und kalt das Immunsystem. Heute ist es nämlich zur Abwechslung mal wieder frühlingswarm, und der bayrische Föhn pustet den Schnee von Dächern und Straßen. Zusätzlich hat mir der ungehobelte Dickwanst eine XL-Ladung Viren verpasst. Der Kerl hat gestern ja frontal über den Packtisch geniest, als veranstalteten wir ein Casting für Nasensprays und wären auf der Suche nach Testpersonen. Wer auch immer für meinen desolaten Zustand verantwortlich ist, ich fühle mich schlapp, der Hals kratzt und mir ist schrecklich heiß unter der nervigen Sternchenmütze. Die Hitze kommt in regelmäßigen Schüben. Kurz danach ist mir wieder kalt. Fühlt sich verdächtig nach einer beginnenden Grippe an.

Während meiner Vier-Stunden-Schicht trinke ich dermaßen viel Wasser, als müsse ich die Wüste durchqueren. Dann endlich werde ich von Lissy abgelöst. Wird aber auch Zeit, die immunstärkenden Aufbautropfen sind verbraucht, und mir geht es immer noch nicht besser. Lissy empfiehlt die gute alte Hühnersuppe und danach mit Halswickel plus Lindenblütentee ins Bett zum Ausschwitzen. Ich bin zu schlapp, um mich an den Herd zu stellen und Suppe zu kochen. Deshalb entscheide ich mich für einen kleinen Umweg über den Holzplatz zur Hirsch-Apotheke. Wenn die Immuntropfen nichts ausrichten können, werde ich eben mit der guten alten Chemiekanone auf die Viren schießen. Irgendein Pharmariese hat garantiert ein Wundermittel im Sortiment, das alle Symptome gleichzeitig bekämpft und mich nachts beschwerdefrei schlafen lässt. Damit ich morgen den geplanten Geschenkeeinkauf für meine Lieben erledigen und übermorgen wieder fröhlich Päckchen für genervte Kunden fabrizieren kann.

Der Holzplatz ist kein richtiger *Platz*, eher ein kleines Straßendreieck, dominiert von einem mächtigen Kastanienbaum in der Mitte. An heißen Sommertagen ein herrlich schattiges Fleckchen, um auf der darunterstehenden Bank zu verweilen.

Die Hirsch-Apotheke befindet sich seit 1950 in einem weiß getünchten Jugendstilhaus, das verschwenderischer Stuck ziert, der teilweise sogar golden erstrahlt. Aus dem Fenster direkt über dem Apothekeneingang baumelt ein lachender Santa Claus mit Bart in rotem Mantel und Kapuze an einem dicken Seil. Einen prall gefüllten Jutesack auf dem Rücken «hangelt» er sich die Mauer hoch. Verrückt, was die Weihnachtsbranche sich alles einfallen lässt. Katja hat auch so einen Klettermann am Balkongeländer angebracht. Jeden Tag wird er ein paar Millimeter weiter hochgezogen, bis er an Heiligabend das Fenster zum Einsteigen erreicht hat. Die Kinder haben mächtig Spaß daran.

Die Apotheken-Auslage wurde jahreszeitlich passend mit Grippemitteln, Vitaminpräparaten und einem verschnupften Styroporschneemann dekoriert. Jemand hat ihm zusätzlich eine rotweiße Strickmütze aufgesetzt und einen farblich passenden Schal um den Hals geschlungen. Die wärmenden Stricksachen könnten aus Solveigs Kollektion stammen.

Im Laden herrscht reger Kundenverkehr. Hinter der altmodischen Verkaufstheke aus dunklem Holz bedient ein attraktiver junger Mann. Ich schätze, es ist Robert. Ganz sicher bin ich aber nicht. Es muss ungefähr fünfzehn Jahre her sein, dass ich ihm bei einem der Schulfeste begegnet bin. Direkt besucht hat er uns zu Hause ja nie. Nur im Winter, wenn die Mädchen bei uns gebüffelt haben und es bereits dunkel war, hat er Solveig abgeholt.

Ich reihe mich in die Warteschlange ein, die mit einer Mutter und ihren zwei kleinen Mädchen endet. Die Kinder, etwa im Alter meiner Enkel, nerven ihre Mama mit der Frage, wie lange es noch dauert.

«Zählt mal die Zahnbürsten», rät die Mutter gelassen und deutet auf einen Extraverkaufsständer, der alles für die Zahnpflege anbietet.

Kichernd beginnen die Mädchen: «Eins, und drei, und sieben, fünfzig! Drei und acht ist neunzig, und eins ist hundert!» Siegessicher klatschen sie in die Hände und rennen so lange um die Mutter herum, bis sie genervt «Emma, Nele, Schluss jetzt!» zischt. Einige Sekunden verhalten sich die Mädchen ruhig, bis Emma, die Größere, behauptet, sie könne länger auf einem Bein stehen. Die kleine Nele eifert ihr sofort nach, kann sich aber nicht lange halten und greift im Fallen nach dem nächsten Rettungsanker: Mamas Einkaufstasche. Das Gewicht des Mädchens scheint zu viel für die bereits prall gefüllte Tasche, die Henkel reißen und eine Ladung Orangen kullert über den gefliesten Fußboden. Der Apotheker will hinter seinem Verkaufstisch hervoreilen, doch die Mama meint, es sei nichts weiter geschehen. Die Kleine kommt mit dem Schrecken davon, und nach kurzem Luftholen grinst sie schon wieder. Die große Schwester lacht ausgelassen mit, denn sie hat das Spiel gewonnen. Ich helfe den Einkauf einzusammeln, und der Apotheker spendiert eine große Papiertüte.

Dass es sich tatsächlich um Robert handelt, erkenne ich, als ich seinen Namen auf dem Schild am weißen Kittel entziffern kann. Natürlich ist auch er erwachsen geworden. Aus dem schlaksigen jungen Kerl mit zu langen Armen und dem hageren Gesicht ist ein gutaussehender Mann geworden, der einen modischen Stoppelbart und das brünette Haar etwas länger trägt.

Wie ich den weiteren Gesprächsfetzen entnehme, versucht er höflich aber bestimmt, einen hartnäckigen Vertreter abzuwimmeln, der ihm zum Jahresende noch irgendwelche Zusatz-Schnäppchen andrehen möchte. Soweit ich hören kann, handelt es sich um eine Wunderdiät, bei der man den Weihnachtsspeck bis Neujahr wieder loswürde. Ob ich nach einer Probepackung frage? Robert dagegen scheint definitiv nicht an Diätwundern interessiert zu sein, und nach wenigen Minuten verlässt der fliegende Händler mürrisch grüßend den Laden.

Als Nächstes ist eine ältere Dame dran, die während der Wartezeit auf der Kundenbank saß. Sie erhebt sich seufzend und verlangt nach einem schnell wirkenden Kopfschmerzmittel. Robert empfiehlt ein Pulver und bietet ihr noch ein Glas Wasser an, damit sie es sofort einnehmen kann.

Danach ist die junge Mama an der Reihe. Sie schiebt Robert ein Rezept über die Ladentheke, doch bevor er es lesen kann, wendet sich das größere Mädchen an ihn.

«Duhuuu, Herr Apotheker, ist das ein Rentier an der Türe, so eins, wie der Weihnachtsmann hat?»

Robert grinst amüsiert. «Tut mir leid, Emma, das ist ein Hirsch. Rentiere gibt es bei uns nicht, die leben hoch oben im Norden, wo es sehr kalt ist, viel schneit und wo auch der Weihnachtsmann zu Hause ist.»

«Aber deines hat auch ein Geweih, genau wie die Rentiere», beharrt Emma.

«Du hast gut aufgepasst», lobt Robert. «Doch Hirsche tragen auch Geweihe auf dem Kopf. Deshalb sehen sie den Rentieren ähnlich.»

«Waruuuhum?»

«Damit sie ihre Rivalen beim Kampf um die Weibchen besiegen können», erklärt Robert geduldig.

Emma überlegt einen Moment, dann fällt ihr noch eine Frage ein. «Musst du auch Rivalen bekämpfen?»

Robert lacht. «Nein, mein Familienname ist Hirsch, und mein Großvater, Fridolin Hirsch, hat die Apotheke deshalb so genannt. Verstehst du das?»

«Hmm!» Das Mädchen nickt. «Und was fressen Rentiere?»

«Genug jetzt, Emma», mischt sich die Mutter jetzt ein. «Der Herr Hirsch hat noch was anderes zu tun, als dir die Welt zu erklären … Vielen Dank, Herr Hirsch.» Sie angelt eine Geldbörse aus ihrer Handtasche und entnimmt ein paar Münzen, die sie dem Mädchen in die Hand drückt. «Wirf das in die Sammelbüchse für das Kinderheim.»

«Keine Ursache, Frau Griesbach, ich finde es schön, wenn

Kinder neugierig sind. Und danke für die Spende. Wir werden den Betrag verdoppeln.» Robert tippt etwas in den Computer ein und entfernt sich. Kurz danach erscheint er mit einem Medikament, das er der jungen Frau überreicht. Nachdem er die leidige Zuzahlungsgebühr kassiert hat, bekommt jedes der Kinder einen kleinen Schoko-Nikolaus und die Mama ein Kuvert: «Ich würde Sie und Ihre Familie gerne zu meiner Xmas-Party an Heiligabend einladen!», sagt er. «Es soll ein lustiger Abend mit Musik und netten Menschen werden. Es gibt reichlich zu essen und zu trinken. Also einfach nur gute Laune mitbringen. Die Kinder sind natürlich auch herzlich willkommen.»

«An Heiligabend?» Die Stimme der jungen Frau kippt hörbar über. «Ja … ähm … Das ist überaus freundlich, Herr Hirsch … Aber …»

«Sie müssen nicht zusagen», hilft Robert ihr aus der Verlegenheit. «Einfach vorbeikommen, wenn Sie Lust haben.»

Frau Griesbach lächelt schief, verstaut ihre Medizin und verlässt eilig den Laden, als habe Robert ihr ein unmoralisches Angebot gemacht.

Auch wenn Frau Griesbach so abweisend reagiert hat, ich bin sehr angetan von Roberts freundlicher Art.

«Bitte schön, was darf's denn sein?», wendet er sich nun lächelnd an mich.

«Hallo, Robert», begrüße ich ihn. «Erinnerst du dich an mich?»

Er stutzt einen Moment, dann erkennt er mich. «Aber ja … Frau Amberger, was für eine Überraschung! Mein Vater hat mir schon von Ihrem zufälligen Treffen berichtet. Das freut mich, dass Sie mal vorbeischauen. Wie geht es Ihnen? Was machen Ihre Töchter?»

Die Tür öffnet sich, und ein älteres Ehepaar betritt die Apotheke. Die Frau sieht blass aus, als würde sie gleich umkippen. «Könnte ich bitte ein Glas Wasser bekommen?», stöhnt sie.

«Einen Moment bitte, Frau Amberger», entschuldigt Robert sich bei mir, bietet der Kundin einen Stuhl an und reicht ihr etwas zu trinken. Die Frage, ob sie einen Arzt benötige, verneint sie. Kaum ist sie versorgt, erscheinen nacheinander drei weitere Kunden.

«Leider bin ich im Moment allein. Adrian, mein Helfer, hat sich nämlich krankgemeldet, und ich konnte noch keinen Ersatz organisieren. Daher habe ich leider keine Zeit für einen Plausch», bedauert er. «Ich hoffe aber, wir sehen uns bald mal. Kommen Sie doch zu meiner Xmas-Party!» Er greift unter den Ladentisch und holt ein paar Kuverts hervor, die er mir überreicht. «Für Sie und Ihre Freunde … Würde mich sehr freuen, Sie begrüßen zu dürfen.»

«Danke schön, Robert. Vielleicht komme ich tatsächlich vorbei.» Ich stecke die Umschläge ein.

«Benötigen Sie sonst noch etwas, Frau Amberger?»

«Irgendwas schnell Wirkendes gegen eine aufkommende Grippe», antworte ich. «Ich habe das Gefühl, mir etwas eingefangen zu haben, und ich kann mich auf keinen Fall ins Bett legen.»

«Ja, es grassiert eine scheußliche Grippe, deshalb ist im Moment auch hier der Teufel los.» Robert greift in das Regal direkt hinter der Kasse, entnimmt einige Präparate und erklärt mir die Wirkstoffe.

Mit halbem Ohr vernehme ich, wie die Tür erneut geöffnet wird und eine vertraute Stimme erklingt.

«Einen wunderschönen Tag, die Herrschaften!» Gleich darauf taucht Friedrich neben mir auf, mit Churchill an der Leine. «Servus, Ursel», begrüßt er mich, nimmt meine Hand und drückt sie liebevoll. «Welchem Umstand verdanken wir die erfreuliche Überraschung? Du bist hoffentlich nicht krank?»

«Noch nicht. Grüß dich, Friedrich ...» Ich erwidere den Druck seiner Hand und beschreibe ihm die Symptome. «Und damit ich gesund bleibe, wollte ich vorbeugen.»

«Da helfen Hirschs Kräuter-Tropfen», empfiehlt er und wendet sich an seinen Sohn. «Würdest du bitte eine große Flasche aus dem Kühlschrank holen.»

Robert bleibt unbeweglich stehen. «Du weißt genau, dass wir die nicht mehr anbieten», raunt er leise.

«Du benimmst dich, als wären die Tropfen Gift», entgegnet Friedrich konsterniert. «Dabei ist es ein hochwirksames Mittel.»

«Mag sein», flüstert Robert, wobei zwischen seinen Brauen eine steile Falte entsteht, die eine deutliche Sprache spricht. «Aber es sind ohnehin keine mehr da.»

Skeptisch mustert Friedrich seinen Sohn. «Tatsächlich?»

«Tatsächlich!», wiederholt Robert mit Nachdruck. «Und jetzt entschuldige bitte, aber der Laden ist voll, wie du siehst ...»

«Schon gut, ich habe verstanden», grinst Friedrich, als amüsiere er sich über seinen unfreundlichen Filius. «Ursel, ich möchte dich gerne auf eine Tasse Tee einladen. Würdest du mich begleiten? Und das ...», er deutet auf die Medikamente, «brauchst du nicht. Du bekommst etwas Besseres.»

Wir verlassen die Apotheke durch die Hintertür. Der Ausgang führt direkt in ein feudales Treppenhaus mit zweifarbigem Marmorboden und in den Wänden eingelassenen Spiegeln, die über die Jahrzehnte dekorativ-fleckige Patina angesetzt haben.

«Erste Etage!» Friedrich deutet zu der edlen Holzstiege mit reich verziertem schmiedeeisernem Geländer. Dann hebt er Churchill hoch. «Dem geht's heute gar nicht gut, ich komme grade vom Tierarzt», erklärt er.

«Was fehlt ihm denn?», frage ich.

«Vor allem die Jugend!», antwortet Friedrich scherzhaft. «Er ist kurzatmig geworden. Siebzehn Jahre ist aber auch ein stolzes Alter für einen Hund. Würde man das in Menschenjahre umrechnen, sprich mal sieben, wäre er einhundertneunzehn!»

«Unglaublich», murmle ich. «Hast du ihn mit deinen Kräuter-Tropfen *gedopt*?»

«Bisher noch nicht, aber das ist gar kein übler Gedanke», entgegnet Friedrich.

Im ersten Stock angekommen, stoppt er vor einer breiten Holztür mit dekorativen Blumenschnitzereien, in dessen seitlicher Butzenverglasung sich das Blumenmotiv wiederholt. Vorsichtig setzt er den Hund ab und schließt die Tür auf.

Churchill trottet zwischen unseren Beinen durch, den langen breiten Flur entlang, wo er am Ende eine angelehnte Tür mit der Schnauze aufschubst.

Ich sehe mich neugierig um. Obwohl Katja einige Jahre mit Solveig gebüffelt hat und die Mädchen auch in ihrer Freizeit einiges unternommen haben, ergab es sich nie, dass ich die Wohnung der Hirschs betreten hätte. Umso gespannter bin ich jetzt.

«Da geht's zum Salon, wo auch Churchills Körbchen steht», erklärt Friedrich, während er mir aus dem Mantel hilft und ihn neben seinem an der Garderobe verstaut. «Der Arme scheint hundemüde zu sein und sich sofort hinlegen zu wollen. Normalerweise inspiziert er nämlich zuerst seinen Fressnapf in der Küche. Wenn du möchtest, nimm gerne im Salon Platz, ich bereite uns einen Tee zu.»

«Ich liebe Küchen», gebe ich offen zu, und begleite Friedrich.

Es ist eine dieser riesigen Wohnküchen, wie man sie nur in herrschaftlichen Altbauwohnungen findet. Mit braun-weißem Granitfußboden, praktischer Speisekammer und einem alten Küchenherd. Der wiederum wurde geschickt in eine moderne Anbauküche integriert, und in Kombination mit einem antiken Küchenbuffet entstand eine gekonnte Mischung aus Alt und Neu. Zusätzlich verfügt sie über einen kleinen Balkon zum Hinterhof, der sich gut zur Kräuterzucht eignet.

«Kräutertee oder schwarzen?», fragt Friedrich.

«Schwarz bitte, der muntert mich vielleicht auf», antworte ich und frage, ob ich helfen kann.

«Danke, gerne Ursel ... Tassen und Teller findest du in dem ollen Buffet dort. Nach dem Tod meiner Frau bin ich ein ganz passabler Hausmann geworden», redet er weiter. «Anfangs zwangsweise, doch inzwischen macht es mir richtig Spaß. Ich beherrsche sogar Gerichte mit mehr als drei Zutaten. Vielleicht darf ich dir meine Kochkünste ja demnächst einmal vorführen. Sollen wir den Tee hier trinken?» Er weist mit einer Kopfbewegung zu dem großen, von sechs Stühlen umringten Esstisch, der die Raummitte füllt. «Oder möchtest du lieber in den Salon wechseln?»

«Ich sitze gerne in der Küche, erinnert mich an schöne Zeiten, als meine Familie noch zusammengelebt hat. Wir saßen auch oft in unserer Wohnküche, allerdings war die weniger feudal», versichere ich, während ich das antike Buffet inspiziere. Der Schrank bietet neben einem edlen goldgerahmten Geschirr auch eine Anzahl bunt gemischter Blümchentassen, die eher vom Flohmarkt stammen, als aus einem feinen Porzellanladen. Ich wähle das Flohmarktgeschirr.

Friedrich setzt den Wasserkocher auf. «Ja, die Wohnung ist wirklich schön. Vor allem, *schön groß*! Und je größer, desto mehr

Schmutz», sinniert er, ganz die Profihausfrau. «Leider kommt die Putzfrau fürs Grobe nur noch einmal wöchentlich.»

Ich würde gerne antworten, dass ich mir keine «Frau fürs Grobe» leisten kann, auch nicht ein Mal jährlich. Aber er könnte glauben, mir ginge es finanziell nicht gut. Was nicht stimmt, denn ich habe mein Auskommen – und Blümchentassen finden sich auch in meiner Küche.

«Die Zeichen stehen nämlich auf Krise», erzählt Friedrich weiter, während er Teeblätter in ein kugeliges Teesieb füllt.

«Wenn ich an die massenhaften Geschenke denke, die ich täglich einpacke, scheint es sich noch nicht rumgesprochen zu haben», setze ich entgegen. «Könnte aber auch eine Art Trotzreaktion sein, nach dem Motto: Wer weiß, ob das Geld morgen überhaupt noch etwas wert ist.»

Friedrich gießt Wasser in die Teekanne. «Das ist mir gestern auch aufgefallen, als ich unterwegs war. Aber das ist ein ganz spezieller *Virus*, gegen den leider keine Medizin existiert. Apropos …» Er öffnet eine Schranktür, hinter der sich der Kühlschrank verbirgt, entnimmt ein braunes Fläschchen und überreicht es mir. «Die versprochenen Kräuter-Tropfen.»

Wie ich auf dem schlichten weißen Etikett lese, enthält die kleine Flasche eine konzentrierte Tinktur aus verschiedenen Kräutern. Eigentlich sieht es nach einem Hausmittel aus, vorsichtshalber frage ich aber doch nach: «Und warum möchte oder kann Robert die Tropfen nicht mehr anbieten?»

«Die Zulassung ist erloschen, weil ich versäumt habe, mich darum zu kümmern», antwortet Friedrich. «Der Termin für die Zulassungserneuerung fiel nämlich genau in die Zeit, als Erika so krank war und intensive Pflege benötigt hat. Ich hatte damals einfach nicht den Kopf für dergleichen. Aber auch ohne aktuelle

Verkaufsgenehmigung ist es ein zugelassenes Pflanzenpräparat. Die Rezeptur wurde bis heute nicht verändert, du musst also keine Bedenken haben, das Mittel einzunehmen.»

«Hätte ich ohnehin nicht gehabt», beteure ich. «Du bist schließlich Apotheker und würdest dir nur selbst schaden, wenn du jemanden vergiften wolltest.»

«Vergiss nicht die Scherereien mit der Leiche.» Friedrich entfernt das Teesieb, legt es in die Spüle und kommt mit der Kanne an den Tisch. «Abgesehen davon, gefällst du mir lebend besser», fügt er schmunzelnd hinzu, während er die Tassen mit Tee füllt und mir dann die Zuckerdose entgegenschiebt. «Zehn Tropfen auf einen Teelöffel Zucker, alle zwei Stunden, und du bist morgen wieder auf dem Damm.»

«Danke, Friedrich, das lässt mich hoffen.» Ich nehme sofort die ersten Tropfen ein. «War Robert wegen der versäumten Frist so ungehalten?»

«Nicht nur deshalb», seufzt Friedrich. «Nach der Scheidung ist er wieder hier eingezogen, und du kannst dir vielleicht vorstellen, wie unser Zusammenleben abläuft …»

«Vermutlich nicht ohne Reibereien», tippe ich.

«Milde ausgedrückt», seufzt Friedrich. «Vorübergehend ist nun auch noch Solveig an den heimischen Herd zurückgekehrt. Anfang Dezember hat sie sich von ihrer Lebensgefährtin getrennt. In aller Freundschaft, was ja sehr lobenswert ist. Leider hat mein Fräulein Tochter in ihrer überschäumenden Güte auch noch freiwillig die gemeinsame Wohnung geräumt, weil *sie* ja problemlos bei Papa unterschlupfen kann. Aber was sollte ich tun? Ich konnte sie doch nicht abweisen, als sie mit Sack und Pack vor der Tür stand.»

«Niemand hätte das», kommentiere ich. «Dennoch kann ich

mir gut vorstellen, wie schwierig es ist, wieder mit den Kindern zusammenzuleben.»

«Solveig ist im Grunde sehr pflegeleicht, wir kommen gut zurecht.» Friedrich kippt einen Löffel Zucker in seinen Tee. «Zumal sie auch freiwillig im Haushalt hilft und prima kocht. Robert ist da schon komplizierter. Er ist zwar ein hervorragender Pharmazeut und führt die Apotheke mit großer Leidenschaft, worüber ich wirklich sehr glücklich bin, aber er glaubt, auch sonst der allwissende Chef zu sein. So viele Kunden wie heute trifft man nämlich nur noch selten im Laden an. In naher Zukunft könnte sich der Umsatz sogar in Richtung rote Zahlen entwickeln. Und sobald die Fixkosten den Gewinn übersteigen, wird der Laden unrentabel. Wie dir sicher auch nicht entgangen sein dürfte, ist die Existenz kleiner traditioneller Apotheken wie der unseren von einer rasant wachsenden Online-Konkurrenz bedroht. Zudem schwindet der Kundenstamm auch auf ganz natürliche Weise. Die alten Stammkunden sterben oder ziehen in ein Heim, und die Jungen bestellen ihre Medikamente lieber online.»

«Leider», erwidere ich aufseufzend. «Madeleine gehört auch zur Generation online. Obwohl ich es nicht verstehe. Es heißt doch: *Fragen Sie Ihren Arzt oder Apotheker.* Und gerade in dieser Branche finde ich persönliche Beratung unentbehrlich.»

«Ganz deiner Meinung, Ursel. Doch damit sind wir allein auf weiter Flur. Ich würde sogar behaupten, dass wir Oldies zur aussterbenden Spezies der In-einem-Laden-Käufer gehören. Wer weiß, ob in hundert Jahren überhaupt noch reale Geschäfte existieren …» Friedrich rührt nachdenklich in seiner Tasse. «Wie auch immer, eine alte Kaufmannsregel besagt: Wer nicht mit der Zeit geht, der geht mit der Zeit! Diese Weisheit gilt heute mehr denn je.»

«Hört sich sehr plausibel an», sage ich. «Aber sicher nicht einfach, das in die Realität umzusetzen.»

Friedrich nimmt einen Schluck Tee, bevor er weiterspricht. «Ich habe Robert vorgeschlagen, das Apothekengeschäft zusätzlich auf Onlineversand im großen Stil umzustellen. Oder auf Medikamente für Hunde und Katzen plus Luxusartikel umzusatteln. Du kannst dir nicht vorstellen, was da alles auf dem Markt ist. Die Deutschen sind große Tierliebhaber und geben ein Vermögen für ihre vierbeinigen Lieblinge aus. Doch mein Herr Sohn fand diesen Vorschlag lächerlich. Er wolle seine Tage nicht mit durchgeknallten Tierbesitzern verbringen. Das Ladengeschäft seiner Schwester zu überlassen und sich stattdessen ganz auf den Onlinehandel zu konzentrieren, lehnt er auch ab.»

«Hat Solveig denn auch Pharmazie studiert, bevor sie in die Modebranche gewechselt ist?», frage ich überrascht.

«Nein, nein, ihr Interesse richtet sich ausschließlich auf die Räumlichkeiten. Sie träumt nämlich von einer eigenen Boutique, in der ihre Kreationen so richtig zur Geltung kämen. Die Strickkollektion auf dem Weihnachtsmarkt ist ja lediglich ein kleiner Teil ihrer Arbeit», erklärt Friedrich.

«So ein schicker Modeladen am Holzplatz würde sicher junges Publikum anziehen und gut laufen», sinniere ich.

«Du sagst es. Nur mein Sohn ist stur wie ein alter Esel. Könnte aber auch sein, dass er seiner Schwester den Laden nicht gönnt. Als Solveig dem Schneemann in der Auslage Mütze und Schal verpasst hat und meinte, er könnte die Sachen gerne auch verkaufen, hat Robert sie angepflaumt, seine Apotheke sei doch kein windiger Klamottenladen. Was ich ziemlich rückständig finde. In Buchhandlungen werden inzwischen doch auch mehr als Bücher verkauft, und Wollsachen sind ein gutes Anti-Grippe-Mittel.»

Ich muss lachen, weil mir der Geschwisterkonflikt nur zu bekannt vorkommt.

«Wie alt ist Robert eigentlich?», frage ich Friedrich.

«Sechsunddreißig», antwortet er.

«Also nicht zu alt, um sich vielleicht noch einmal neu zu orientieren, den Job zu wechseln, falls ihn die Apotheke doch nicht mehr ernährt», gebe ich zu bedenken. «Die jungen Menschen sind in der Beziehung ja viel flexibler als unsere Generation.»

«Robert nicht», entgegnet Friedrich kopfschüttelnd. «Seine Ansichten sind teilweise dermaßen verkrustet, als wäre *er* der alte Mann in der Familie. Er ist studierter Apotheker – Punkt. Ich hoffe inständig, dass er bald eine bezahlbare Unterkunft findet, meinetwegen auch eine neue Frau. Solveig hat versprochen, sich nach dem Weihnachtsmarkt um eine neue Bleibe zu kümmern. Unsere Zwangs-WG soll kein Dauerzustand werden. Vorübergehend würde ich ja sofort in unser kleines Wochenendhaus am Fohnsee umziehen, wenn es zu beheizen wäre. Aber leider verfügt das kleine Häuschen nur über einen Kamin, der seit Jahren nicht mehr richtig zieht.»

Ich werde hellhörig, denn ich liebe das Umland, und ein kleiner Wochenendausflug mit Friedrich würde mir gut gefallen. Auch wenn vor Weihnachten vermutlich nichts daraus werden wird. «Fohnsee … liegt der in der Nähe von München?», frage ich neugierig.

«Etwa fünfzig Kilometer entfernt. Wunderschöne Gegend, sommers wie winters …» Friedrich blickt verträumt ins Leere. «Als die Kinder noch klein waren, sind wir fast jedes Wochenende rausgefahren. Sobald im Winter die Temperaturen ein paar

Nächte lang unter den Gefrierpunkt sinken, kann man auf dem See sogar Schlittschuh laufen …» Er hält inne, als im Flur Geräusche zu hören sind und sich kurz darauf die Tür öffnet.

Robert betritt die Küche. Den weißen Apothekerkittel hat er gegen eine hellbraune Cordjacke getauscht, unter der er einen sandfarbenen Pulli zu einer schwarzen Hose trägt. «Ah, du hast Besuch! Guten Abend, Frau Amberger, wie schön, dass Sie noch etwas Zeit haben», sagt er lächelnd.

Durch Roberts Erscheinen wird mir bewusst, wie spät es geworden ist. Ich fühle mich mit einem Mal ziemlich müde. «Für mich ist es längst Zeit», sage ich und erhebe mich.

«Bitte, bleiben Sie, ich wollte Sie nicht vertreiben», beteuert er. «Wir haben viel zu selten Gäste.»

«Ja, da muss ich Robert zustimmen. Bleib doch zum Abendessen, Ursel», drängt nun auch Friedrich. «Wie gesagt, ich koche ganz passabel.»

«Vielen Dank, das klingt verlockend», versichere ich. «Aber ich sollte mich besser ins Bett legen und meinen Infekt auskurieren, damit er sich nicht verschlimmert.»

«Ach so. Das verstehe ich natürlich», sagt Friedrich, wirkt aber dennoch enttäuscht. Höflich begleitet er mich zur Tür. Als er mir in den Mantel hilft, fragt er: «Was hältst du davon, wenn wir demnächst einmal rausfahren an den See? Zu einem winterlichen Spaziergang, und danach verlustieren wir uns in einem gemütlichen Gasthof. Sobald du wieder auf dem Damm bist, versteht sich.»

«Sehr gerne, Friedrich.» Als ich meinen Schal umbinde, überfällt mich plötzlich ein verwegener Gedanke. «Ich hätte da noch eine andere Idee …»

«Ja?»

«Wäre euer Wochenendhaus nicht eine wunderbare Paris-Alternative für Heiligabend?», frage ich mutig. «Ich könnte mich nach der Bescherung mit meinen Enkeln verdrücken, du müsstest Churchill nirgendwo unterbringen, und die Fahrt wäre ein Klacks …»

«Ursel!» Friedrich greift nach meiner Hand und blickt mir verträumt in die Augen. «Was für ein brillanter Einfall. Es ist herrlich romantisch dort und wenn das Kaminfeuer … Oh, vor lauter Begeisterung hätte ich beinahe vergessen, dass der Abzug nicht richtig funktioniert … Aber darum werde ich mich sofort kümmern … Mit etwas Glück entkommen wir zwei Weihnachtsopfer doch noch dem Stress.»

Auch wenn ich es nicht recht glauben kann, lächle ich Friedrich verzückt an. «Das wäre herrlich!»

18. Dezember, Mittwochnachmittag, noch 6 Tage bis Weihnachten

Dank Friedrichs Wundertropfen habe ich tatsächlich die ganze Nacht beschwerdefrei geschlafen. Inklusive eines süßen Traums, in dem ich mit Friedrich in einen Zug gestiegen bin. Doch bevor ich wusste, wohin er fuhr, wurde ich leider wach, weil ich Durst hatte. Bei der Gelegenheit hab ich dann noch einmal die Tropfen eingenommen. Abgesehen von einem leichten Kratzen im Hals fühle ich mich wieder ganz gesund und habe großen Appetit auf ein reichhaltiges Frühstück. Ein Jammer, dass Friedrich die Tropfen nicht mehr frei verkaufen kann. Ich werde ihm von der phänomenalen Wirkung berichten. Vielleicht motiviert ihn meine schnelle Genesung, die Genehmigung zu erneuern.

Nach einer heißen Dusche freue ich mich auf meinen mützenfreien Tag. Die Packengel-Uniform bleibt im Spind, stattdessen schlüpfe ich in Jeans und einen leichten rubinfarbenen Pulli, zu dem ich einen passend gemusterten Schal besitze. Gestärkt von reichlich Tee, zwei Spiegeleiern und Marmeladentoast bin ich eine Stunde später startbereit. Ich werde mich ins Weihnachtsgewühl stürzen, um die ultimativen Geschenke für meine Familie zu finden. Madeleine, die noch einige Dinge für die Reise besorgen möchte, wird mich begleiten. So können wir ein wenig Zeit miteinander verbringen, bevor sie in die Karibik fliegt. Unnötig, zu erwähnen, dass Katja eine Liste erstellt hat, was die Kinder, Bernd und sie sich wünschen. Inklusive der entsprechenden Läden, wo ich das Gewünschte bekomme. Meist finde ich Katjas Listenmanie ziemlich übertrieben, heute bin ich ihr regelrecht dankbar. Ich muss mir nicht groß den Kopf zerbrechen, welche Läden ich zuerst abklappere, sondern kann entspannt losziehen. Meiner Einschätzung nach liege ich in längstens zwei Stunden wieder gemütlich auf dem Sofa. Was bedeutet, dass ich meinen freien Tag nicht komplett im hektischen Einkaufsgetümmel verbringe und Kraft für den morgigen Tag sammeln kann.

Ich lege gerade noch etwas Lippenstift auf, als das Telefon schrillt. Hoffentlich sagt Madeleine nicht ab, weil in letzter Minute noch eine Fotoproduktion angesetzt wurde. Als Praktikantin müsste sie natürlich bleiben.

Es ist Katja.

«Hallo, Mama, warst du schon einkaufen?» Sie klingt etwas atemlos.

«In einer Minute sause ich los», verkünde ich. «Willst du noch irgendwelche Änderungen durchgeben?»

«Nein, nein», schnauft sie gehetzt. «Ich wollte dich nur noch um eine Winzigkeit bitten … Würdest du mir eine Weihnachtsgurke besorgen?»

«Eine Gurke?», wiederhole ich verwundert. Ja, habe ich denn sechs Tage geschlafen und heute ist schon Weihnachten? Die bleibt doch niemals frisch bis zum Vierundzwanzigsten. Meine Tochter dreht durch. Eindeutig.

«Am ehesten bekommst du sie auf dem Christkindlmarkt am

Marienplatz», sprudelt sie hektisch weiter, ohne auf meine Verwunderung zu reagieren.

«Das wäre ja ganz was Neues, wenn es dort nun auch Gemüse gäbe», entgegne ich. «Bis gestern war mir jedenfalls noch kein Stand aufgefallen.»

«Wieso Gemüsestand? Ach, jetzt kapier ich ...» Sie lacht laut auf. «Ich rede nicht von Salatgurken.»

«Essiggurken?», hake ich nach. «Die bekommt man aber auch nicht auf dem Christkindlmarkt. Es sei denn zur Currywurst. Aber ich verstehe die Eile nicht. Bis Heiligabend ist noch massenhaft Zeit für Lebensmittelein...»

«Ganz ruhig, Mama», unterbricht sie mich. «Es handelt sich um Christbaumschmuck.»

«Aus Glas, wie normale Kugeln?» Ich muss mich sehr beherrschen, sie nicht eines Christbaum-Komplexes zu bezichtigen.

«Ja, es ist Baumschmuck in Form einer kleinen Gurke», erklärt sie fröhlich. «Man hängt sie versteckt an einen Zweig, und die Kinder müssen sie suchen. Wer sie zuerst findet, bekommt ein kleines Extrageschenk. Aber der Baum darf bei der Suche nicht berührt werden. Und die Gurke sollte silbrig grün sein, damit sie in der Coloradotanne nicht großartig auffällt und die Jungs länger als zwei Sekunden benötigen, um sie zu entdecken.»

Himmlisches Weihnachtsglöckchen! Katjas Weihnachtswahn nimmt langsam beängstigende Formen an. Wenn das so weitergeht, entwickelt sie noch eine richtige Phobie, die ärztlich behandelt werden muss. Zu gerne würde ich sie fragen, in welcher dunklen Stunde sie sich diese «Gurkennummer» ausgedacht hat, aber dann wäre sie eingeschnappt. Also formuliere ich es etwas milder. «Ah, ich verstehe, du möchtest einen neuen Weihnachtsbrauch kreieren?»

«Nein, nein, der existiert bereits. Freunde aus Amerika haben uns davon berichtet. Er soll von deutschen Einwanderern etabliert worden sein, heißt ‹Legend of the Pickle› und erfreut sich dort großer Beliebtheit.»

Ach so, die Amis. Die Weltmeister der übertriebenen Bräuche. So was übernimmt Katja natürlich nur zu gerne.

«Wie lustig.» Ich bin erleichtert, dass sie doch noch recht normal im Oberstübchen ist, zumindest von Januar bis November. «Die *Extrageschenke* würde ich Madeleine gegenüber nicht erwähnen», mahne ich dennoch. «Die ist nämlich komplett gegen Geschenke und möchte dieses Jahr sogar auf ihres verzichten. Sie will den Gegenwert lieber an eine wohltätige Organisation spenden.»

Katja stöhnt gequält. «Ach, Fräulein Wohltätigkeit ist mal wieder auf dem Ich-rette-die-Welt-Trip!»

«So verkehrt finde ich den Gedanken nicht. Es gibt doch wirklich viel Leid auf der ...»

«Mama, bitte», fällt sie mir ins Wort. «Mir bricht auch das Herz, wenn ich an die vielen hungernden Kinder in den armen Ländern denke, deshalb haben wir übrigens schon vor Jahren eine Kinderpatenschaft übernommen.»

«Davon hast du gar nichts erzählt», erwidere ich und lobe sie ausgiebig. «Damit kannst du bei Madeleine punkten.»

«Man muss seine guten Taten nicht unbedingt an die große Glocke hängen», entgegnet sie leicht schnippisch, was aber indirekt an Madeleine gerichtet ist.

«Um auf die Weihnachtsgurke zurückzukommen – was hältst du von *zwei* Gurken, für jeden der Jungs eine?»

«Oh, das wäre lieb, danke, Mama. Damit wäre ein streitfreier Heiligabend gesichert. Aber nur, wenn es dir nicht zu viel wird, ich meine finanziell.»

Das ist typisch für meine Große. Auch wenn sie manchmal ziemlich übertreibt, denkt sie den Bogen doch immer bis zu Ende.

«I wo», wehre ich ab. «Zwei kleine Gürkchen können nicht die Welt kosten, und was sollte ich sonst mit dem riesigen Vermögen anfangen, das ich als Packengel verdiene?»

«Lass das bloß nicht Fräulein Wohltätigkeit hören, Mama. Für ihren Feldzug gegen die Armut nimmt sie dir auch noch die Butter vom Brot», kontert sie sarkastisch und verabschiedet sich lachend. «Also vielen Dank, Mama, hab einen schönen Tag. Wir sehen uns ja morgen. Du kommst doch zum Krippenspiel?»

«Selbstverständlich. Das würde ich nie versäumen. Bis morgen.» Ich stecke das Mobilteil in die Basisstation, schlüpfe in Schuhe und Mantel und mache mich auf den Weg.

Kurz vor dem Sendlinger Tor, wo ich in einem Fotoladen die Kameratasche für Madeleine erworben habe, fällt mir ein, dass ich den Umtausch eigentlich auch heute erledigen könnte. Also schnell wieder zurück.

Auf halber Treppe treffe ich Frau Janatscheck.

«Servus, Frau Amberger», grüßt sie mit schmalem Lächeln, wobei sie sich mit der Hand auf die Stirn schlägt. «Jetzt, wo ich Sie sehe … Ich bin Ihnen doch noch ein Packerl Staubzucker …»

«Hat keine Eile», unterbreche ich sie, damit ich ihr entkomme. Denn für einen langen Plausch fehlt mir die Zeit.

«Wolln S' net auf ein Schalerl Kaffee vorbeikommen?» Sie scheint fest entschlossen, dieses Jahr nichts schuldig zu bleiben. «Dann können S' die Platzerln probiern.»

«Vielen Dank, Frau Janatscheck, ich würde ihr Gebäck wirklich sehr gerne kosten. Leider habe ich eine Verabredung mit meiner Tochter. Ein andermal!»

Als ich dann mit der Kameratasche losmarschiere, fängt es nach wenigen Metern heftig zu regnen an, was einen Schirm und somit einen erneuten Aufstieg in meine Dachstube erfordert. Dieses Mal ohne Nachbarn zu begegnen und Einladungen ablehnen zu müssen. Allerdings muss ich jetzt Madeleine anrufen, denn inzwischen kann ich die vereinbarte Zeit nicht mehr einhalten.

«Kein Thema, Mama», sagt sie locker. «Ich erledige inzwischen meine Einkäufe für die Reise.»

Endlich scheine ich sämtliche Stolpersteine überwunden zu haben. Vorsorglich ein letzter Kontrollblick nach Geldbörse, Quittung der Kameratasche und Katjas Liste. Alles da. Beruhigt laufe ich los. Mit dreißig Minuten Verzögerung. Wie kam ich nur auf die Idee, in zwei Stunden wieder auf meinem Sofa liegen zu können?

Unterwegs suche ich nach einem plausiblen Grund, warum ich das Geschenk umtauschen möchte. *Es habe nicht gefallen* klingt zwei Wochen vor dem Fest ziemlich unglaubwürdig. Am Fotoladen ist mir immer noch keine Umtauscherklärung eingefallen. Um nachzudenken, krame ich nach der Quittung. Erstanden habe ich die Tasche vor einer Woche, am zehnten Dezember. Natürlich, der Zehnte! Warum bin ich da nicht gleich drauf gekommen?

«Guten Tag, gnä Frau, womit kann ich dienen?», erkundigt sich ein schwarzhaariger Verkäufer und schenkt mir ein karges Lächeln. Der Mann muss mindestens so alt sein wie die antiken Kameras in der Vitrine, was ich sowohl aus der steifen Wortwahl als auch aus dem pechschwarz gefärbten dünnen Haupthaar schließe. Sogar die Kopfhaut hat was abbekommen.

«Vielen Dank, ich hoffe sehr, dass Sie mir helfen können»,

säusle ich beim Abstellen der Einkaufstüte. «Diese Tasche sollte ein Geburtstagspräsent für meine Tochter sein», behaupte ich, ohne rot zu werden, während ich sie aus der Tüte hole und dann aus meiner Handtasche die Quittung angle. Madeleine hat tatsächlich an einem Zehnten Geburtstag. Zwar erst im Sommer, aber das weiß nur ich. «Leider kam die Tasche nicht an … Respektive, sie hat nicht gefallen … Genauer gesagt, sie ist zu klein … Kurzum, meine Tochter ist Profifotografin, und ich habe unterschätzt, welch umfangreiches Equipment sie zu verstauen hat.»

Ohne auf meine logischen Argumente einzugehen, zupft er mir den Kaufbeleg aus den Fingern, kontrolliert ihn stirnrunzelnd und starrt mich dann mit flackerndem Blick an. «Tut mir leid, gnä Frau, reduzierte Ware ist vom Umtausch ausgeschlossen», bemerkt er spitz.

Mist! Sie war tatsächlich reduziert, und soweit ich weiß, ist er in diesem Fall nicht zu einem Tausch verpflichtet. Im ersten Moment will ich schon aufgeben, doch einen Wimpernschlag später beschließe ich, penetrant zu werden. «Wäre es wohl möglich, den Geschäftsführer zu sprechen?», verlange ich mit gestrafften Schultern. Ein Trick, der viel bewirkt und den ich von Katja übernommen habe.

«Steht vor Ihnen!» Mit hochgezogenen Brauen überreicht er mir den Beleg. «Die Tasche kann ich dennoch nicht zurücknehmen. Wie gesagt: reduzierte Ware …»

Mir ist nach deftigen Flüchen, nur würde es wenig helfen. «Hmm …» Seine Weigerung ignorierend, bleibe ich unbeweglich stehen. «Und was schlagen Sie vor?»

Er mustert mich, als wäre ich komplett unterbelichtet. «Ich verstehe nicht?!»

«Wie bereits erwähnt, ist meine Tochter Profifotografin», wiederhole ich, in der Hoffnung, dass er meine Andeutung versteht.

«Ja und?»

Jesses Maria und Josef, wie kann ein Mensch nur so begriffsstutzig sein? «Ich würde ihr dieses Fachgeschäft gerne als kulante Adresse nennen. Wenn Sie verstehen?»

Es dauert, bis ich seiner Miene ansehe, dass seine geistige Dunkelkammer von einem Blitzlicht erhellt wird – um ein Bild aus dieser Branche zu bemühen.

«Na gut, wenn Sie drauf bestehen, nehme ich die Ware ausnahmsweise zurück. Aber ich kann Ihnen lediglich einen Gutschein anbieten.»

«Gutschein?»

Er nickt. «Noch mehr kann ich Ihnen beim besten Willen nicht entgegenkommen.»

Ob das meiner wohltätigen Tochter gefällt, wage ich zu bezweifeln. Aber wem sollte sie die Tasche spenden? Außerdem verspüre ich wenig Lust, das relativ schwere Teil auf der Shoppingtour mitzuschleppen. Enttäuscht willige ich ein. Hoffentlich ist das kein schlechtes Omen für die weiteren Einkäufe.

Madeleine und ich sind an der Mariensäule verabredet. Wegen des Regens gönne ich mir eine kurze U-Bahn-Fahrt zum Marienplatz, denn für heute bin ich bereits genug gelaufen. Den Nichtmünchnern sei verraten, dass besagte Säule ein beliebter Treffpunkt ist, sich am Marienplatz (eigentlich logisch) und zurzeit inmitten des Christkindlmarktes befindet. Als ich Madeleine vorhin am Telefon von Katjas geplanter Einführung der Gurken-Tradition berichtet habe, war ihre Reaktion überraschend positiv. So blieb es mir erspart, Überzeugungsargumente aus dem Ärmel schütteln zu müssen.

Auf dem Münchner Vorzeige-Markt herrscht bereits dichtes Kopf-an-Kopf-Gedränge. Viele Münchner, die in der näheren Umgebung arbeiten, verbringen hier ihre Mittagspause.

Um zum Treffpunkt zu gelangen, muss ich mich durch die Massen der Weihnachtssüchtigen schlängeln, aber Madeleine kann ich nirgends entdecken. Sie wird doch nicht wütend abgezogen sein, weil ich die angekündigte Verspätung auch noch überzogen habe? Doch nach kurzem Warten erspähe ich einen farbigen Punkt in der vorwiegend dunkel gekleideten Menschenmasse, der sich langsam nähert und als meine Tochter entpuppt. Die lila Steppjacke, aber vor allem der farbenfrohe Schal, mit dem sie ihre Locken wie eine afrikanische Stammesprinzessin hochgebunden hat, fällt wohltuend auf.

«Hallo, Mami.» Sie küsst mich auf die Wangen. «Ich hab mein Schlafhörnchen und den internationalen Elektrostecker bekommen und war auch schon spionieren, wo diese ominösen Gurken angeboten werden», berichtet sie.

«Und?»

«Eigentlich dachte ich, dass man mich für gaga erklären würde, aber welch Überraschung, sämtliche Baumschmuckhändler haben Gurken im Sortiment.» Sie hakt mich unter und zieht mich mitten rein in die Glitzerwelt der Verkaufsbuden.

Es funkelt an allen Ecken, und so ganz kann ich mich dem ansteckenden Zauber nicht entziehen. Am allerwenigsten den Gerüchen nach Bratwürsten, Glühwein und den süßen Leckereien. Normalerweise versuche ich den Attacken durch Davoneilen zu entkommen, sonst würde ich schon vor dem Fest zehn Kilo zunehmen. Aber heute darf ich ausnahmsweise zuschlagen, schließlich ist mein Frühstück durch die zweimalige Dachbesteigung längst verdaut.

«Riecht lecker», bemerke ich schnüffelnd. «Magst du was essen?»

«Ja, warum nicht. Aber keine von den ekligen Bratwürsten, die aus Massentierhaltung stammen und in Fett schwimmen», entgegnet sie, als wolle ich sie genau dazu verführen.

«Nein, nein», beruhige ich sie. «Es werden ja auch genügend fleischlose Spezereien angeboten.»

Wir landen an der «Kartoffelhütte», die vegetarische Speisen offeriert: Ofenkartoffel mit Sauerrahm, Reiberdatschi mit Apfelmus oder Schupfnudel mit Sauerkraut. Madeleine hat Appetit auf eine Ofenkartoffel, mir gelüstet es nach Schupfnudeln. Diese Spezialität aus Kartoffeln, Mehl und Eiern gehört zu meinen Kindheitserinnerungen. Dazu trinken wir Weihnachtsbier. Köstlich!

Gestärkt und durch das Weihnachtsbier gehobener Laune, stürmen wir anschließend den Christbaumschmuck-Stand, an dem Madeleine die schönste Auswahl an Gurken gesichtet hat.

Die Standlverkäuferin lässt uns ihre zerbrechliche Ware eine Weile ungestört betrachten. «Was derfs denn sein, die Damen?», fragt sie schließlich.

«Wir sind auf der Suche nach Weihnachtsgurken», antworte ich.

«Wir nehmen aber die billigste», raunt Madeleine mir zu, bevor ich näher ins Detail gehen kann.

«Davon ham mir so viele, dass mir's verkaufen müssen!», versichert die Marktfrau lachend. Sie zeigt nach oben, wo an einem Quergestänge unterschiedlich große Gurkenkugeln zwischen figürlichen Kugeln hängen. «Große, kloane oder die mittleren? Und dann hätt ma no schee verzierte oder die ganz nackertn.» Wieder deutet sie auf die angepriesene Ware. «Wie alt san denn die Kinder?»

«Wählt man die Gurken denn nach Alter aus?»

«No freilich», bestätigt sie. «Damit die Gaudi länger wie drei Minuten dauert, muss die Gurke immer kleiner werden, je älter die Kinder san. Verstehn S'? Sonst ist der ganze Spaß in null Komma nix vorbei.»

«Was kosten die denn so, und wo werden die produziert?», mischt Madeleine sich in die Verhandlung ein.

«Den Ramsch aus China verkaufn wir ned, wenn S' des glauben, Fräulein.» Die Standlfrau stemmt die Fäuste in die mit einem grauen Lodenjanker dick verpackten Hüften. «Unser gesamtes Sortiment is mundgeblasen und handbemalt, und kommt aus Thüringen.» Voller Stolz breitet sie die Arme aus. «Alles made in Germany!»

«Trotzdem die billigsten», murmelt Madeleine erneut. «Katja soll froh sein, dass du überhaupt welche besorgst. Und wer weiß, ob die nicht bei der Suche zerbrechen. Ganz egal, ob die Jungs sie anfassen dürfen oder nicht.»

«Findest du die flitterverzierten nicht viel schöner?», wende ich ein. «Irgendwie weihnachtlicher.»

«Ja, wunderschön, aber deine Enkel sind oberclever und würden sie nach zwei Sekunden entdecken.» Sie mustert mich unnachgiebig. «Und wie du eben gehört hast, ist das nicht Sinn der Sache.»

Nachdenklich beobachte ich einen jungen Mann, der mit einem kleinen Mädchen an den Stand tritt. Sie trägt einen dunkelblauen Mantel und hat eine rosa gerandete Brille auf der niedlichen Stupsnase.

«Papa, guck mal, ein Weihnachtsmann!» Sie zeigt nach oben auf einen bärtigen Santa Claus in einem knallroten Flugzeug. «Kann er damit schneller fliegen als andere?»

«Sicher, das ist ein himmlischer Privatjet und kein doofes

Charterflugzeug», antwortet der Vater mit verschmitztem Gesichtsausdruck.

«Und wo tankt er, oder kann er Schnee zu Sprit zaubern?», fragt sie weiter.

«Er kann zaubern!», antwortet der Mann ohne Zögern. «Ich wollte, er würde uns das Rezept mal verraten. Wir nehmen den Flieger da», sagt er dann schmunzelnd.

«Des Rezept dat mi a interessiern», lacht die Marktfrau, während sie nach unten greift und einen Karton mit dem fliegenden Weihnachtsmann hervorzaubert. Nachdem sie kassiert hat, wendet sie sich wieder uns zu. «Und die Damen, wissen S' jetzt, welche Gurken es sein darf?»

«Wir brauchen zwei», sage ich. «Wenn möglich, zwei gleiche, damit es keinen Streit gibt. Und der Kleine ist drei, der Große fünf Jahre alt.»

«Zwoa gleiche», wiederholt sie stoisch. «Und dann san die Burschn also noch im Kindergarten, da dat ich Ihnen die da empfehlen.» Sie reicht mir einen Karton mit durchsichtigem Deckel, in dem zwei tannengrüne Gurken mittlerer Größe mit goldenem Krönchenaufhänger auf Watte gebettet sind. «Neunzehn neunzig, bitt schön.»

Als ich die täuschend echt nachgebildeten *sauren* Gurken betrachte, fällt mir ein, was Katja über die Farbe gesagt hat. «Haben Sie die auch in Silbriggrün?»

«Des san die Original-Weihnachtsgurken», entgegnet sie beleidigt, als habe ich ihre Ware kritisiert. «Was g'fallt Ihnen denn nicht an den Klassikern?»

«Ich finde sie sehr schön, aber meine Tochter hätte gerne silbrige», antworte ich und berichte von der besonderen Coloradotanne, die eben nicht tannengrün ist.

«Typisch Katja, immer ’ne Extrawurst, ewig muss es was ganz Spezielles sein, damit sie auffällt», motzt Madeleine.

«Coloradotanne! Des hab i ja no nie ghört.» Die Marktfrau verdreht die Augen. «Oh mei, oh mei … Was sich die Leut alles einfalln lassen … Gurken san doch allerweil noch grün wie die Christbäum, wo war denn sonst der Gag?» Anscheinend glaubt sie nicht, dass silbrige Weihnachtsbäume überhaupt existieren.

«Ob wir noch mal rumschauen?», flüstere ich Madeleine zu.

«Da werden S’ koa Glück haben», kommentiert die Standlfrau, die meine Frage offensichtlich gehört hat. «I woas, dass die Kollegen a nur grüne Gurken verkaufn. Sie könnten aber auch die mit dem Silberflitter für fünfundzwanzig Euro nehmen, die san quasi silbriggrün, aber auch sehr auffällig.»

Ein überzeugendes Argument. Aber ich entscheide mich für die Klassiker in Grün. Mal abgesehen von Katja, die garantiert Stress macht, wenn ich ohne Gurken ankomme, sind die *falschen* immer noch besser, als gar keine. Ich reiche also einen Zwanziger über die Kugelansammlung hinweg, stecke die grünen Gurken ein und kann den ersten Punkt auf der Liste abhaken. Wurde aber auch Zeit.

Als ich Madeleine Richtung Theatinerstraße dirigiere, stoppt sie. «Mami, hier riecht es aber verdächtig nach Luxuseinkauf. In dieser Gegend liegen auf jedem Artikel doch fünf Euro für die Einkaufstüten. Willst du wirklich deinen gesamten sauer verdienten Lohn für überteuerte Geschenke verprassen?» Sie blickt mich fragend an, als habe ich nicht den leisesten Schimmer, dass wir uns in einer von Münchens teuren Einkaufsmeilen befinden. Aber ich kenne meine jüngere Tochter gut genug, um zu wissen, dass sie im Grunde nur gegen die große Schwester und deren Weihnachtswahn stänkert. Ihren geliebten Neffen gönnt sie jede

Zuwendung, sonst hätte sie mir die Gurken von Anfang an ausgeredet.

«Bis jetzt habe ich gerade mal zwanzig Euro *verschwendet*, also keine Rede von Luxus», besänftige ich sie. «Und es ist nicht gesagt, dass wir tatsächlich finden, was Katja für die Jungs aufgelistet hat ... Da fällt mir ein, hast du denn schon Geschenke?»

Sie grinst mich frech an. «Ich bin Weihnachten nicht im Lande, schon vergessen? Katja und ich schenken uns doch schon seit Jahren nichts.»

«Nein, ich habe deine Reise nicht vergessen», antworte ich. «Aber ich wusste nicht, dass du auch den Kindern den Spaß verderben willst.»

«Was heißt hier *auch* den Kindern? Hast *du* nicht beim Plätzchenbacken angedeutet, dass du ebenfalls genervt bist und dir der ganze Weihnachtswirbel gestohlen bleiben kann? Soweit ich mich erinnere, wolltest du sogar komplett darauf verzichten!» Sie vergräbt die Hände in den Taschen ihrer Jacke. «Davon abgesehen, finde ich Katjas Wünsche total übertrieben. Das würde ich an deiner Stelle nicht unterstützen. Bei genauer Betrachtung besitzen sie bereits alles doppelt und dreifach ...»

«Sie und Bernd wünschen sich nur Bücher, das finde ich eher genügsam», wende ich mit leiser Strenge ein. «Für Jan und Eric soll ich Pullis besorgen, was ich unterstütze, denn die Jungs schießen in die Höhe wie die Spargelstangen im Mai und brauchen ständig neue Sachen. Wenn du eines Tages eigenen Nachwuchs hast, wirst du merken, dass sie ihre Klamotten kaum länger als ein paar Monate tragen können. Du bist in dem Alter auch schneller gewachsen, als ich neue Hosen anschaffen konnte ...»

«Von wegen, ich musste die ollen Plünnen von Katja auftragen. Von neuen Outfits konnte *ich* nur träumen.»

Das stimmt zwar teilweise, aber dass sie darunter gelitten hat, war mir nie bewusst. Erschrocken blicke ich sie an. «Wenn du es so empfunden hast, tut es mir leid, Leni. Dafür darfst du dir jetzt etwas aussuchen, als späte Wiedergutmachung. Irgendwas Hübsches für die Reise benötigst du doch sicher noch.»

«Schon gut, Mamilein, ich brauche nichts», winkt sie ab und schaut wieder ganz fröhlich drein. «Es war nur ein kurzer Moment von … Ach, ich weiß auch nicht genau … Das Fest der Liebe stresst einfach … Schau doch mal auf die Liste», wechselt sie das Thema. «Wo müssen wir hin?»

«In die Buchhandlung und anschließend zu *Clara*, in die Kinderabteilung», antworte ich. «Dort hat Katja niedliche Pullis für die Jungs gesehen.»

«Okay, dann los, vielleicht bleibt dann noch Zeit für eine Kaffeepause … Obwohl *Clara* eigentlich kein politisch korrekter Laden ist. Die meisten Produkte werden unter menschenverachtenden Bedin…»

«Lass gut sein», stoppe ich ihren missionarischen Eifer. «Heute überlassen wir die Rettung der Welt mal den anderen. Außerdem ist ja nicht gesagt, dass wir das Zeug bekommen.»

Die Bücher zu erstehen, dauert inklusive Warten an der Kasse keine halbe Stunde. Doch die Pullover sind tatsächlich ausverkauft – als ob ich es geahnt hätte.

Zu meiner Überraschung gibt Madeleine nicht so schnell auf. «Vielleicht liegen noch welche im Lager rum, wir fragen mal.»

Während wir den total überheizten Laden nach einer kompetenten Mitarbeiterin durchsuchen, schwitze ich in meinem viel zu dicken Mantel als wäre Hochsommer. Aber weder die Mädchen an den Umkleidekabinen noch die beiden Damen an den Kassen wissen etwas über den aktuellen Warenbestand und verweisen uns an die Filialleiterin. Bis wir die hektisch telefonierende Chefin, Typ fadendünner Kleiderständer, endlich aufgespürt haben, trage ich den Mantel unterm Arm, stehe aber dennoch kurz vor dem Hitzekollaps.

«Wir suchen die rot-grünen Kinderpullis», schnaufe ich unwirsch, ohne mich lange mit Höflichkeiten aufzuhalten.

«Meinen Sie die Weihnachtspullis? Hahaha …» Sie presst das Mobiltelefon an ihren flachen Busen und lacht hysterisch, als habe ich nach frischen Erdbeeren mit Sahne gefragt. «Die sind leider schon laaange weg. Da hätten Sie im September kommen müssen. Aber …» Sie klimpert mit den aufgeklebten Wimpern. «Versuchen Sie es in den anderen Filialen … Schwabing … OEZ … oder im PEP!» Eine höfliche Verschlüsselung für: *Verschwinden Sie endlich, ich habe keine Zeit für doofe Kundinnen, die zwei Wochen vor dem Fest noch Weihnachtspullis wollen.*

Langsam kriecht der gefürchtete Weihnachtsstress an mir hoch, und ich bin kurz davor, auch rumzumeckern. Volle Geschäfte, supergenervtes Personal, überall ist es heiß wie in den Tropen, und zum dicken Wintermantel muss man auch noch die Einkäufe schleppen. Die immensen Temperaturunterschiede geben einem dann den Rest.

Draußen atme ich erst mal tief ein. «Puh!»

«Soso, Weihnachtspullis für den Kindergarten.» Madeleines ironische Stimme dringt in mein hektisches Luftschnappen. «Du glaubst doch nicht im Ernst, dass Jan und Eric die Dinger im neuen Jahr noch anziehen? Katja will die Teile *ausschließlich* für Heiligabend, oder? Aber das ist mal wieder typisch für sie. Dich nach Zeugs suchen lassen, das längst ausverkauft ist, und den armen Bernd nach einem Baum, den keiner kennt.»

«Auf der Liste steht nur: rot-grüne Pullis bei *Clara*, deshalb hatte ich keine Ahnung, dass es sich um spezielle Pullis handelt, ehrlich», verteidige ich mich. «Aber wenn sie ohnehin ausverkauft sind, ist es müßig, darüber zu diskutieren.»

Madeleine lächelt versonnen, als habe sie im Kampf gegen ihre Schwester gewonnen. «Dann willst du nicht in den anderen Filialen nachfragen?»

«Nein, denn ich habe wenig Lust, auf Verdacht kreuz und quer durch die ganze Stadt zu düsen. Und meiner Meinung nach war die Auskunft ein höfliches Hinauskomplimentieren. Halte bitte mal …» Ich reiche ihr Schirm, Handtasche und Büchertüte, damit ich die Hände frei habe, um den Mantel anzuziehen. «Sie wollte uns schnellstens loswerden.»

«Keine Pullis!» Sie reißt die Augen auf. «Mamilein, das klingt ja, als würden die Jungs überhaupt keine Geschenke von dir bekommen. Katja wird ausflippen. Keine silbernen Gurken *und* keine Pullis.» Sie kichert albern. «Obercool, dass du endlich mal gegen Miss Perfekt rebellierst …»

«Moment!» Ich nehme meine Sachen zurück. «Die Pullover sind nicht gestrichen. Irgendwo werden wir doch zwei rot-grüne Teile für kleine Buben ergattern.»

Sie zuckt die Schultern. «Schade, ich dachte … Ach, egal …»

«Was?»

Sie grinst provokant. «Dass du Katjas Anweisungen einfach mal ignorierst und die Geschenke nach deiner Vorstellung aussuchst.»

Genau das hatte ich ursprünglich vor, in einem kurzen Anfall von: Ich-bin-es-leid-immer-die-fügsame-Oma-zu-sein. Aber als Katja mir die Liste übergab, erwachte das Muttertier in mir. «Das werde ich ja wohl müssen, wo die gewünschten Sachen ausverkauft sind», erkläre ich.

Es bleibt bei der Absicht. Fünf Geschäfte und eine Stunde später sind Bücher und Weihnachtsgurken in der falschen Farbe mein einziger Einkauf. Offensichtlich werden dieses Jahr alle kleinen Jungs in rot-grünen Pullis unter den Christbäumen sitzen. Nur meine Enkel nicht.

Um zu überlegen, was ich stattdessen schenken könnte, und nicht zuletzt wegen meiner müden Beine, gönnen wir uns einen kleinen Zwischenstopp im Café *Glockenspiel*, das gegenüber des Rathauses in der fünften Etage liegt. Wir haben Glück. Während des Christkindlmarkts trinkt das Volk lieber Glühwein und futtert Bratwürstel, deshalb ist es hier oben angenehm leer.

Bei Cappuccino und einer Auswahl Weihnachtsplätzchen genießen wir den idyllischen Blick auf den Christkindlmarkt. Es fallen sogar einige Schneeflocken. Madeleine knabbert an einem Vanillekipferl, während sie das bunte Treiben zwischen den Ständen beobachtet. «Ziemlich romantisch, so aus der Entfernung und ganz ohne Rempelei», stellt sie fest. «Eigentlich sollte man sich das nur mit sicherem Abstand ansehen.»

Ich strecke meine brennenden Beine aus und löffle genüsslich den Milchschaum aus der Tasse. «Hmm, mir gefällt es so auch am besten. Solange man nicht aus dem Fenster schaut, kann man sich einbilden, alles heil überstanden zu haben.»

«Und, was legst du den Jungs jetzt unter die beknackte Coloradotanne? Oder kommst du mit leeren Händen und riskierst den Streit des Jahrhunderts? Quatsch, was sage ich, das Drama des Jahrtausends! Katja würde dich in die eisige Winternacht jagen.»

«Du übertreibst», entgegne ich, stelle mir die Szenerie aber spaßeshalber mal vor. Keine Geschenke von Oma unterm Baum!?

Jan und Eric würden vielleicht nicht sofort merken, dass die Päckchen von mir fehlen. Im Gegensatz zu Katja. Sie würde in der ersten Sekunde noch an einen Irrtum glauben, dann die Unglaublichkeit kapieren und mir anschließend weinend vorwerfen, dass sich ihr Vater im Grab umdrehe.

«Na gut, um dieses Risiko zu vermeiden, bekommen die Kinder was anderes», entscheide ich lachend.

«Würden dir Mützen und Schals gefallen?», fragt Madeleine. «Das wäre auch was Gestricktes. Ich wollte nämlich Schals stricken, und da ich noch nicht angefangen, ja nicht mal die Wolle gekauft habe, wäre ich bereit, ein rot-grünes Muster zu wählen. Du könntest Mützen und Handschuhe dazu schenken. Das wäre etwas Praktisches, das vielleicht auch zwei, drei Winter lang passt.»

Selbstgestricktes! Das ist die Lösung. Warum bin ich da nicht selbst drauf gekommen?

«Kannst du dich an Solveig Hirsch erinnern?», frage ich.

«Die von der Apotheke?», entgegnet sie. «Katja hat doch immer mit der gelernt. Und an den wahnsinnig attraktiven Bruder kann ich mich auch erinnern. In meiner Klasse waren eigentlich alle Mädchen in ihn verknallt. Ich muss zugeben, dass ich ihn auch ziemlich schnuckelig fand ...» Sie guckt verträumt aus dem Fenster. «Und er hat nichts anbrennen lassen. Im Winter hat er zum Beispiel Hustenbonbons und im Sommer Zahnpflege-Kaugummi gegen Küsse verteilt. Natürlich nur an die größeren Mädchen. Ich war ja mindestens vier Klassen unter ihm, für den war ich noch unsichtbarer als Luft.»

Na, so was? Ich hatte ja keine Ahnung von ihrer Schwärmerei. «Robert hat inzwischen die Apotheke übernommen», berichte ich. «Geh doch mal vorbei und sag hallo. Er sieht immer noch sehr attraktiv aus und ist Single. Geschieden, um genau zu sein.»

Gleichgültig zuckt sie die Schultern. «Seit ich in der Haidhausener WG wohne, ist das gar nicht mehr meine Einkaufsgegend. Und Medikamente bestelle ich sowieso im Internet. Wie auch immer, ich habe von Stricksachen für Jan und Eric gesprochen. Wie kommst du auf Pharmazie? Ist ein ziemlicher *Umweg*, wenn man so will.» Sie guckt mich irritiert an.

«Kein Umweg», antworte ich und erzähle von Solveigs Stand auf dem Stephansplatz. «Alles selbst hergestellt, also auch made in Germany, was dir doch bestimmt gefällt. Dort finden wir sicher etwas Passendes.»

«Sie ist ’ne richtige Modedesignerin?» Madeleine reißt begeistert die Augen auf. «Cool! Da bin ich sofort dabei. Einheimische Künstler müssen unterstützt werden.»

«Na, dann los …»

Fünfzehn Minuten später erreichen wir «Pink Christmas». Inzwischen hat sich die Dämmerung über die Stadt gelegt, und der kleine Markt erstrahlt im Lichterglanz.

«Wahnsinn, ein glitzernder Mini-Markt in Quietschrosa», kommentiert Madeleine überschwänglich. «Bei uns in Haidhausen wird ja auch ein kleiner Christkindlmarkt abgehalten, aber der hier ist total niedlich, wie für Barbie und Ken.» Hingerissen betrachtet sie die wenigen Stände. «Ah, der gehört bestimmt Solveig. Sehr originell mit der coolen pinkfarbenen Mütze on top und kaum zu verfehlen.»

Solveig freut sich riesig über unseren Besuch. «Frau Amberger, wie geht es Ihnen, wieder gesund?», erkundigt sie sich. «Papa hat mir berichtet, dass Sie was ausbrüten.»

«Danke, Solveig, ich bin schon wieder auf dem Damm, die Tropfen haben wahre Wunder vollbracht. Praktisch über Nacht», antworte ich. «Erinnerst du dich an Madeleine?»

«Klar … Hey, wie geht's, was treibst du immer so?» Sie mustert Madeleines Kopfputz. «Das sieht ja heiß aus! Gefällt mir sehr. Muss ich kopieren …»

«'tschuldigung …» Ein bulliger Kerl mit Glatze mischt sich in unsere Unterhaltung. «Ich such 'ne lustige Kindermütze. Vielleicht eine Spiderman-Kappe, in rot-schwarz, oder was ähnlich Ausgefallenes. Haben Sie etwas in der Richtung?»

«Ich denke schon, kleinen Moment … Schaut euch doch inzwischen ein bisschen um!», sagt sie zu uns und wendet sich dem Kunden zu.

Wir bestaunen die beachtliche Auswahl an Kopfbedeckungen, aus der Madeleine dann zwei rot-grün geringelte Kindermützen mit lustigen Bommeln herausfischt. «Wie findest du die? Zwei Gleiche, damit vermeidest du Streit.»

«Dazu habe ich auch passende Schals!» Solveig gesellt sich wieder zu uns.

«Öhm … Schals wollte ich eigentlich stricken», erwidert Madeleine. «Oder verkaufst du nur Sets?»

«Nee, natürlich auch einzeln», sagt Solveig. «Die sollen aber nicht für dich sein, oder? Schätze, dann wären sie um einiges zu klein.»

«Nicht für mich, wir suchen Weihnachtsgeschenke für meine zwei Neffen», antwortet Madeleine. «Die Kinder von Katja.»

Auf Solveigs schönem Gesicht macht sich ein Grinsen breit. «Katja hat tatsächlich zwei Jungs? Nicht zu fassen! Die schafft einfach alles. Sie haben es gar nicht erwähnt, bei Ihrem letzten Besuch, Frau Amberger.»

«Oh, das muss ich in der Aufregung über das Treffen mit deinem Vater vergessen haben», entschuldige ich mich errötend.

«Wie oft hat Katja mir erzählt, wie sie sich ihr späteres Leben einmal vorstellt ...», redet Solveig weiter. «Und dass sie zwei Jungs möchte.»

«Ja, sie hatte schon immer 'ne Planungsmeise. Die überlässt nichts dem Zufall», antwortet Madeleine und kichert vergnügt, wie immer, wenn sie über ihre Schwester lästern kann.

«Ach ...» Solveig seufzt. «Ich wünschte, wenigstens etwas von ihrer Zielstrebigkeit zu besitzen ...»

«Sagt die erfolgreiche Frau mit eigenem Stand auf dem obercoolen Barbiepuppen-Markt», erwidert Madeleine feixend. «Hast du auch 'nen Laden? Dann besuche ich dich nach meinem Karibiktrip mal. Und ich empfehle dich natürlich auch allen meinen Freunden und Bekannten und den Modestylistinnen, mit denen mein Chef arbeitet. Die sind ständig auf der Suche nach witzigen Designern.»

Während Madeleine von ihrem aufregenden Fotopraktikum erzählt und Solveig von ihren noch unerfüllten Geschäftsplänen berichtet, suche ich zwei weitere Mützen aus. Ich habe nämlich beschlossen, Katja und Bernd auch Kopfbedeckungen zu schenken. Die kann man immer gebrauchen und länger tragen als ein, zwei Jahre, wie Madeleine gesagt hat. Dazu erstehe ich passende Schals für alle. Wie ich meine kleine Leni kenne, wird sie frühestens nächstes Weihnachten fertig.

«Hätten Sie gerne die Namen eingestickt?», fragt Solveig, als ich bezahle. «Das ist mein Extraservice. Kostenlos für Sie, dauert allerdings bis Sonntag.»

«Was für eine schöne Idee», sage ich. «Sehr gerne. Aber nur für die Kinder.»

«Warum nicht auch für die Eltern?», fragt Madeleine provokant. «Es müssen ja nicht die Vornamen sein. Mir würde *Weihnachtsjunkie* für meine geliebte Schwester und *Weihnachtsjunkies Ehemann* für meinen bedauernswerten Schwager gefallen!»

Solveig verkneift sich ganz offensichtlich ein Lachen und guckt amüsiert zwischen uns beiden hin und her.

«Nur, wenn *du* Weihnachten dableibst», antworte ich grinsend, «und wir es als *dein* Geschenk deklarieren können. Du könntest dann deinen Kopf für den Anpfiff hinhalten.» Zu Solveig sage ich: «Ich nehme die Ringelmützen für Jan und Eric. Für Katja eine rote und Bernd bekommt die grüne.»

Madeleine schmollt übertrieben: «Schade …»

«Ich find's irre lustig», sagt Solveig tröstend. «Wenn du einverstanden bist und kein Copyright dran hast, würde ich *Weihnachtsjunkie* gerne verwenden. Könnte mir vorstellen, dass genügend Kunden drauf abfahren.»

«Na klar, mach mal.» Madeleine guckt triumphierend.

«*Ich* kann auch drüber lachen», bestätige ich. «Trotzdem habe ich keine Lust zu erleben, wie deine Schwester drauf reagieren würde. Und ob es dann ein lustiger Heiligabend werden würde, wage ich zu bezweifeln.»

Damit ist die Diskussion beendet, und wir verabschieden uns von Solveig. «Die Mützen hole ich am Sonntag ab.»

Als wir den rosa Weihnachtsmarkt verlassen, dirigiert mich Madeleine Richtung Holzplatz. «Wo ich schon mal in der Gegend bin, würde ich doch ganz gerne in der Apotheke vorbeischauen. Robert kann mich beraten, was in einer Reiseapotheke nicht fehlen sollte.»

«Ah, und neugierig auf ihn bist du wohl gar nicht?», frage ich lauernd.

«Nee!» Ein wenig zu heftig schüttelt sie den Kopf. «Warum sollte ich? Aber du hast mir nichts von deinem Treffen mit dem alten Hirsch erzählt.»

«Warum sollte ich?», antworte ich mit ihren Worten. «Friedrich und ich sind uns zufällig über den Weg gelaufen, als ich Papas Grab und er das seiner Frau besucht hat.»

«Soso, auf dem Friedhof … zufällig …», schmunzelt sie.

Kurz vor achtzehn Uhr erreichen wir die Apotheke. Robert will gerade schließen und freut sich über unseren Besuch. Madeleine erkennt er erst, als ich sie ihm vorstelle.

Nach den ersten Verlegenheitsfloskeln und der Beteuerung, dass sie auf der Straße aneinander vorbeigelaufen wären, erblickt Madeleine die Spendensammeldose neben der Kasse. Es dauert keine zwei Minuten, bis die entdeckten Gemeinsamkeiten die beiden in einem angeregten Gespräch vergessen lassen, dass ich auch noch da bin. Wäre Katja hier, würde sie lästern, dass sich zwei Weltverbesserer gefunden haben.

Ich hingegen habe genug für heute. Total erschöpft entschuldige ich mich. «Seid nicht böse, wenn ich mich verabschiede. Ich muss die Beine hochlegen und mich mit einer Erfrischungsmaske wiederbeleben.»

19. Dezember, Donnerstag, noch 5 Tage bis Weihnachten

Heute fiebere ich dem Ende meiner Packschicht sehnlicher entgegen als an anderen Tagen. In Jan und Erics Kiga, wie Katja das «Kinderland der Phantasie» abkürzt, findet das alljährliche Krippenspiel statt. Da möchte ich auf keinen Fall zu spät kommen. Um fünf beginnt die Vorstellung, und vorher helfen Eltern, Tanten oder Großeltern bei Kostümen und Maske. Den Gästen werden alkoholfreier Kinderglühwein und die selbstgebackenen Plätzchen gereicht. Ich kann nur hoffen, dass sich alle von der kunterbunten Glasur täuschen lassen und niemand den fehlenden Zucker in unserem Diätgebäck bemerkt.

Der Kindergarten befindet sich unweit von Katjas Wohnung und wurde in den 70er Jahren im Zeitalter der alternativen Erziehung gegründet. Von dieser wilden Epoche zeugt nur noch der phantasievolle Name und das idyllische Baumhaus in dem weitläufigen Garten. Ansonsten hat sich das Kinderland zu einer ganz normalen, wenn auch privaten und teuren Betreuungseinrichtung für Vorschulkinder gewandelt. Anstatt wie früher, wo die Kleinen ohne Aufsicht oder Förderung durch Haus und Garten tobten, wird heute besonderer Wert auf schöpferische Kreativität und Vorstellungskraft gelegt, weshalb Katja die beträchtlichen Kosten gerne in Kauf nimmt. Der Höhepunkt des Jahres ist eben jenes Krippenspiel, bei dem Jan und Eric zum ersten Mal mitwirken. Im letzten Jahr war Jan nur Schäfchen, und Eric besucht ja erst seit September den Kinderladen. Eigentlich ist es nicht üblich, die «neuen» Kinder gleich Sprechrollen spielen zu lassen, aber Eric sei ungewöhnlich begabt und im Zusammenspiel mit seinem Bruder einfach hinreißend, hat Katja berichtet. Als stolze Oma besteht für mich da ohnehin kein Zweifel, und ich kann es kaum erwarten, meinen süßen Enkeln bei ihrem Auftritt zuzusehen.

Als ich eintreffe, lande ich zwischen aufgeregt schwatzenden Müttern und Großmüttern. Väter wie Großväter sind kaum anwesend. Suchend blicke ich mich nach Katja und den Kinder um, entdecke aber zu meiner Verwunderung Madeleine.

«Hallo, Mamilein», begrüßt sie mich.

«Grüß dich, Leni.» Nicht nur ihre Anwesenheit, auch ihr Aussehen irritiert mich. Ganz entgegen ihrer sonst so schlampig bunten Hosen-Outfits ist sie heute als feine Dame in schwarzem Kleid und Pumps unterwegs. Ein Outfit, das sie trotz der offenen, wilden Lockenpracht sehr erwachsen wirken lässt. «Schön, dass du auch bei dem großen Ereignis dabei sein wirst. Warum hast du gestern nichts gesagt.»

«War 'ne kurzfristige Entscheidung. Statt Weihnachten», erklärt sie und berichtet übergangslos. «Katja hilft den Kindern beim Schminken und Umziehen, im Ruheraum ...» Sie deutet auf eine geschlossene Tür, die ein Bild mit schlafenden Kindern in einem riesigen Himmelbett ziert. «Wo sich auch die Garderobe befindet.»

Wir klopfen kurz an und öffnen vorsichtig die Tür. Drinnen herrscht gespannte Stille. Drei Kinder sitzen kerzengerade auf Stühlen vor einem langen Biertisch, der mittels Spiegeln zum Schminktisch umfunktioniert wurde. Katja verpasst Jan gerade einen Strichbart mit dem Augenbrauenstift. Eric beobachtet jede Bewegung seiner Mutter mit großen Augen. Er trägt bereits einen sackartigen Umhang über Jeans und Karohemd, ein Schäfchen aus weißem Plüsch unter dem einen Arm und einen langen dicken Ast, der wohl als Hirtenstab fungiert, in der anderen Hand.

Als er Madeleine und mich bemerkt, lässt er den Stab einfach fallen, rennt mit lautem Gebrüll auf uns zu und streckt mir das Kuscheltier entgegen. «Omaaa, ich bin ein Hirte, und ich hab gaaanz viele Schafe. Mama malt mir aba auch einen Bart …»

«Das ist ganz toll, mein Süßer!» Ich umarme ihn und drücke ihn fest an mich, bevor ich meinen Mantel ablege und meine Tochter begrüße. «Hallo, Katja, kann ich dir noch etwas helfen?»

Als sei ich gar nicht anwesend, blickt sie nur Madeleine an. «Was führt denn die Weihnachtshasserin hierher? Ich dachte, du findest Weihnachten so ätzend wie Christbäume, Geschenke und den ganzen schwachsinnigen Rest drumherum.»

«Wer sagt das?» Madeleine klingt ziemlich angriffslustig.

«Du!», blafft Katja zurück. «Alle Jahre wieder.»

«Du spinnst ja total», kontert sie patzig.

Oh, oh, Schwesternkrieg. Bevor die zwei auch noch ihre Krallen ausfahren, packe ich Madeleine am Arm und sende ihr einen mahnenden Blick. «Katja, wenn ich dir nicht zur Hand gehen kann …»

«Danke, Mama, ich habe ohnehin nur einen Brauenstift. Aber

wenn du so lieb wärst und schauen würdest, ob Bernd schon da ist – der hat nämlich versprochen, sich um die Musik für das Krippenspiel zu kümmern.»

«Wird erledigt.» Ich lege meinen Mantel ab, knipse noch schnell einige Fotos von meinen Enkeln und ziehe dann Madeleine mit mir aus dem Zimmer. Draußen maßregle ich sie: «Provozier Katja doch nicht immer so. Du magst es doch auch nicht, wenn man deine Ideale lächerlich macht.»

«Ideale!» Verächtlich rollt sie mit den Augen. «Sie hat doch angefangen. Und Weihnachten *ist* lächerlich. Ein Kommerzfestival erster Güte und nur dazu da, den Leuten das Geld aus …»

«Lass es gut sein», unterbreche ich ihren missionarischen Anfall. «Entweder du benimmst dich, solange die Veranstaltung hier dauert, oder du verschwindest. Der Nachmittag gehört einzig und allein den Kindern. Ich lasse nicht zu, dass du ihn ruinierst. Du wirst dich also zusammenreißen …»

«Hallo, Frau Amberger! Hallo Madeleine!»

Eine Männerstimme stoppt meinen Erziehungsversuch, und Madeleine strahlt plötzlich, als habe sie den Stern von Bethlehem gesichtet. Als ich mich umdrehe, erblicke ich Robert.

«Was für ein lustiger Zufall», stellt er fest.

«Total witzig», stimmt Madeleine ihm zu, und ihre eben noch so frostige Stimme klingt plötzlich, als habe sie Kreide gefuttert, wie der böse Wolf in Rotkäppchen.

Und wenn ich mir das gestylte Aussehen und das versonnene Lächeln meiner Tochter betrachte, dann stecken hinter diesem «lustigen Zufall» eindeutig «ernste Absichten». Hoffentlich ist das nicht nur einseitig. In Sachen Liebe hatte Madeleine bisher nämlich wenig Glück, und als Mutter leide ich da immer mit.

«Wenn mein Vater hört, dass ich Sie hier getroffen habe, Frau

Amberger», dringt Roberts Stimme in meine Überlegungen, «wird er bedauern, nicht doch mitgekommen zu sein.»

«Ich habe ihn hoffentlich nicht mit meiner Erkältung angesteckt?», erkundige ich mich alarmiert.

«Nein, nein», antwortet Robert. «Er betreut die Apotheke, damit ich rechtzeitig hier sein konnte. Allerdings geht es dem armen Churchill nicht besonders gut, und Paps will ihn im Moment nicht alleine lassen … Du hast also auch Kinder hier?», wendet er sich wieder an Madeleine.

Sie lächelt ihn verlegen an. «Keine eigenen, es sind die Jungs meiner Schwester, die heute mitspielen.»

Ungefähr sechsjährige Zwillingsmädchen in niedlichen Sonntagskleidern mit roten Schleifen in den Haaren tauchen Hand in Hand vor uns auf wie zwei kleine Gastgeberinnen. «Getränke und Kekse … wo das Krippenspiel ist … am Bü… am Büf…», stammelt eine der beiden mit vor Aufregung rot glühenden Wangen, worauf uns die andere souverän unterrichtet: «Im kleinen Spielzimmer, da am Tisch, wo die Sachen zum Essen drauf stehen.» Sie streckt den Arm aus, um uns die Richtung zu zeigen.

Wir bedanken uns und begeben uns in das Spielzimmer. Der «Tisch, wo die Sachen zum Essen drauf stehen» sind drei zusammengeschobene Holzkommoden, die mit Bettlaken verhüllt und einer Lichterkette dekoriert wurden. Zwischen den Tellern liegen Tannenzweige, Sterne aus Goldpapier und großzügig verstreuter Goldflitter.

Ich wende mich an Robert. «Deine Tochter besucht also auch das Kinderland?»

«Ja, und sie darf heute als Schäfchen auf der Bühne sitzen. Eine befreundete Mutter kümmert sich ums Kostüm, ich bin da ziemlich ungeschickt. Meine Exfrau kann aus beruflichen Gründen leider nicht hier sein.» Bei den letzten Worten entspannt sich seine Miene deutlich. Die meiner Tochter ebenfalls. «Meine Ex hat eine Parfümerie in der Innenstadt. Nach der Scheidung ist sie mit unserer Tochter in die Mozartstraße umgezogen, unterhalb der Theresienwiese. Sie hat Sarah dann gleich hier angemeldet, aber erst vor wenigen Wochen einen Platz bekommen», erzählt er weiter, während er uns zuvorkommend mit lauwarmem süßem Kinderglühwein versorgt, der in hellblauen Plastikbechern bereitsteht.

«Oh, sieh mal … Eulen, Schiffe, Schwerter. Ob das Dekoplätzchen sind?», höre ich jemand hinter mir zischeln. «Lustige Formen. Endlich mal was anderes, aber der schrill-bunte Zuckerguss sieht … na ja, irgendwie … ungenießbar aus.»

Möglichst unauffällig drehe ich mich um. Eine übermäßig elegant gekleidete junge Frau in einem dunkelblauen Satinkleid und dicker Perlenkette starrt angewidert auf *meine* Kekse.

Die Freundin, im weißen Abendsmoking mit Strasskette um den schlanken Hals, greift mit spitzen Fingern danach und schnüffelt dran. «Riechen süß, sehen für meinen Geschmack aber beinahe giftig aus.»

Natürlich sind die giftig, wie sonst kann man Kinder vom Naschen abhalten, feixe ich im Stillen und sage beiläufig: «Wenn sie tatsächlich giftig wären, würden sie bestimmt nicht hier liegen. Oder glauben Sie, dass irgendjemand so dumm ist, und unseren Nachwuchs vergiftet, der später mal unsere Rente bezahlen wird?» Ich nehme eines und beiße hinein. «Mmmh. Zuckerreduziert.»

«Echt?», fragt Madeleine scheinheilig und bedient sich auch.

Sofort greifen die Damen danach.

«Die haben wir gebacken», flüstere ich Robert zu.

«Und den Zucker im Teig vergessen», ergänzt Madeleine leise.

Schmunzelnd zwinkert Robert uns zu und greift nach einem prächtig glasierten Piratenschiff. «Was für köstliches Diätgebäck. Sicher von *Dallmayr*», schwärmt er kauend.

«Hmm ... Nicht schlecht ... Doch ja, lecker», bestätigen die beiden.

«Das Spiel beginnt in wenigen Minuten. Bitte die Plätze einnehmen!»

Die Aufforderung einer Kindergärtnerin beendet die fröhliche Probierkomödie.

Robert eilt in die «Maske», um noch mal nach seiner Tochter zu sehen. Madeleine und ich bringen die Plastikbecher in die Küche (worum man auf dem gemalten Pappschild gebeten wurde) und begeben uns dann in den großen Raum. Zuerst fällt mir der zimmerhohe Christbaum auf, der aber keine Coloradotanne sein kann. Sieht eher wie eine von Katja als Allerweltsbaum verteufelte Nordmanntanne aus. So viel «Fachwissen» besitze ich inzwischen auch. Trotzdem verbreitet sie weihnachtliche Stimmung mit der bunten Lichterkette, den Glanzpapier- und Strohsternen. Ringsum an den Wänden prangen farbenfrohe Zeichnungen rund um Weihnachten, signiert von den kleinen Künstlern.

Die Sitzplätze mit der besten Sicht in der ersten Reihe sind leider schon belegt. Andererseits müsste man dort auf winzigen Kinderstühlchen kauern, weshalb sich die Biergartenbänke weiter hinten als die weitaus bequemeren erweisen. Und die Sicht ist auch nicht übel, da man über alle Köpfe hinwegschauen kann.

«Pssst, Mama», höre ich Katja plötzlich rufen. Gleich darauf steht sie neben uns. «Hast du Bernd gesehen?»

Jesses Maria und Josef, das habe ich ja völlig verdrängt. «Nein. Bitte entschuldige, ich hab vergessen, dir Bescheid zu geben.»

«Na, super», schnauft sie gereizt. «Was machen wir denn, wenn er nicht kommt?»

«Hallo, Katja.» Robert gesellt sich zu uns. «Erinnerst du dich?»

Katja streicht sich eine Strähne hinters Ohr und blickt ihn einen Moment lang unsicher an. «Robert! Hab schon gehört, dass deine Tochter auch hier ist.» Wie ihre gequälte Miene verrät, freut sie sich aber kein bisschen, ihn nach langer Zeit wiederzusehen. Offensichtlich kann sie ihre Antipathie nicht verbergen. «Madeleine», wendet sie sich dann an ihre Schwester. «Du musst für Bernd einspringen!» Ihr schroffer Tonfall duldet keinen Widerspruch.

«Öhm ... Wenn ich das kann ...», stammelt Madeleine überrumpelt, wagt es aber nicht, zu rebellieren.

«Sicher», antworte ich für sie. «Was muss sie denn tun?»

«Ich helfe auch gerne», bietet Robert an.

«Schon gut», wehrt Katja unfreundlich ab. «Meine Schwester macht das. Es geht um die Geräusche und die Musik zum Stück, die Leiterin sagt dir, wo die kleine Anlage steht und wie sie funktioniert», erklärt sie Madeleine. «Los, komm mit, ich bring dich zu ihr.» Damit dreht sie sich um und rennt im Stechschritt davon.

Madeleine schnellt gehorsam hoch und beeilt sich, der großen Schwester zu folgen. Erinnert mich an frühe Kindertage, als Katja bei allen Spielen der «Chef» war.

Zögernd nimmt Robert neben mir Platz. Ich fühle mich genötigt, Katja zu entschuldigen, sie sei gestresst und wolle es mal wieder allen recht machen.

«Stimmt, sie war schon immer sehr zielstrebig», sagt er nachdenklich.

Eine blonde Kindergärtnerin im dunkelblauen Kleid tritt vor

den roten sternenbeklebten Vorhang, der die Bühne vom Publikum trennt. Sie hat ein zerfleddertes, braunes Buch in einer Hand und ein Glöckchen in der anderen, das sie nun zum Zeichen für den baldigen Beginn läutet.

Die letzten leeren Plätze werden eingenommen. Nach minutenlangem Gedränge, Geschiebe und Getuschel verstummen die Gespräche.

Die blonde Frau begrüßt uns freundlich und bittet, auch an vermeintlich lustigen Stellen möglichst nicht sooo laut zu lachen, um die Kinder nicht aus dem Konzept zu bringen. Dann wünscht sie uns viel Vergnügen. Langsam wird es dunkel, die Zwillingsmädchen treten in die Mitte des Vorhangs, ziehen ihn bedächtig auf und geben den Blick frei auf einen improvisierten Stall. Schafe aus bemaltem Pappkarton drängeln sich um eine hölzerne Puppenwiege, die als Krippe dient und mit echtem Heu gefüllt ist. Dazwischen sitzen die kleinsten Kinder als lebende Schäflein in weiße Plüschdecken gehüllt. Ihre Gesichter sind dunkelbraun gefärbt, sie tragen schwarze Papierohren auf Haarreifen und wackeln eifrig mit den Köpfen. Eine simple Klemmleuchte verbreitet diffuses Licht. Gerührt und gleichermaßen stolz betrachte ich Jan und Eric. Gestützt auf ihre Hirtenstäbe stehen sie breitbeinig neben zwei Umzugskartons, aus denen echtes Heu quillt.

Die Kindergärtnerin schlägt das Buch auf und beginnt zu lesen. «Es war einmal, vor langer, langer Zeit in einer kalten Winternacht, als in einem Stall in Bethlehem zwei arme Hirten neben ihren Tieren saßen und vor Kälte schlotterten.»

Ein leises Knacken ist zu hören, Windheulen ertönt aus einem Lautsprecher, die Schäflein fangen an zu meckern, die armen Hirten lassen sich auf den «Heuballen» nieder und klappern ordentlich mit den Unterkiefern.

«Ich … hab … Hunger», stammelt Jan zwischen Zähneklappern und Bibbern.

«Ich … auch», stottert Eric, der sich bemüht, seinen Bruder in Sachen Bibbern noch zu übertrumpfen.

«Plötzlich hörten die braven Hirten Schritte», liest die Sprecherin weiter. «Ein junges Paar wanderte müde durch die eiskalte Nacht.»

Aus dem Dunkel erscheint ein kindliches Pärchen, das langsam auf den Stall zusteuert. Das Mädchen im langen Samtrock mit dickem Kissenbauch, unverkennbar die Maria. Ihre blonde Lockenpracht fällt unter einer Tüllgardine bis auf die Hüften. Den spektakulären Traumhaaren nach muss das die «doofe Jasmin» sein. Mit dieser Haarpracht ist sie natürlich die Traumbesetzung für die Rolle, dagegen kommt auch die schönste Perücke nicht an. Über Josefs schmalen Schultern hängt eine braune Decke, die mit einer Schnur am Hals und einem Gürtel in der Taille zusammengehalten ist.

«Ach, Josef, ich bin so müde», seufzt Maria bitterlich.

Ein kindlicher Engel im weißen langen Hemd erscheint mit einem Goldpapierstern an der Stange, läuft zum Stall und bleibt dort stehen.

«Meine arme, liebe Frau», sagt Josef und deutet auf den Stern. «Da ist ein helles Licht … dort … ähm … finden wir vielleicht … ähm … einen Platz für dich … ähm … zum Schlafen …», stammelt er seinen Text.

«Die suchen bestimmt ein … einen Campingplatz», sagt Eric.

«Du ssollsst doch *Nachtlager* ssagen», verbessert Jan lispelnd.

Das Publikum kichert hinter vorgehaltenen Händen. Ich muss mich sehr zusammenreißen, um nicht laut zu lachen vor Vergnügen.

«Die suchen ein Bett», sagt Eric.

«Falss …» Jan schüttelt heftig den Kopf. «Hier ssind nur sswei Heuhaufen ssum Sslafen …», verkündet er.

«Ich tausche gegen ein Wurstbrot», sagt Eric.

Robert kann sich nicht zurückhalten und lacht kurz auf, wie auch einige andere Zuschauer.

«Das heißt Kanten Brot», korrigiert Jan erneut.

«Ich mag aba nur Wurstbrot», beharrt Eric.

Mir entschlüpft ein leises Lachen über die hinreißende Interpretation des Krippenspiels.

Maria und Josef sind am Stall angelangt.

«Wer seid Ihr?», fragt Jan.

«Ihr lieben Hirten, meine Frau ist schwanger …», jammert Josef.

Maria tätschelt ihren Kissenbauch. «Wir sind so müde.» Sie gähnt und hält sich dabei wohlerzogen die Hand vor den Mund. «Ich bekomme ein Baby.»

«Wie süß», tuschelt jemand vor mir.

«Bitte, liebe Hirten, dürfen wir hierbleiben?», fleht Josef, dass auch der Hartherzigste weichwürde.

Jan erhebt sich umständlich. «Ssohn gut», sagt er großherzig und deutet auf seinen «Heuhaufen». «Hier … setz dich …»

Erschöpft vom langen Weg schlurft das Pärchen in den Stall. «Seid bedankt, ihr lieben Hirten», sagt Josef.

Die Schäflein meckern zur Begrüßung.

Maria lässt sich auf dem frei gewordenen Heuhaufen nieder, hält sich eine Hand auf den Rücken und stöhnt auf, wie unter heftigsten Wehenschmerzen.

Das Licht wird schwächer, bis nur noch ein ganz winziger Punkt zu sehen ist.

«Freuet euch, ihr Menschen», liest die Kindergärtnerin aus ihrem Buch. «Heute wird der Heiland geboren.» Dazu ertönt der Gospel-Klassiker «Oh happy day», und die Schafe meckern freundlich.

Das Publikum applaudiert begeistert.

«Ist das nicht eine unglaublich kreative Inszenierung?», fragt Robert flüsternd. «Ich bin total gerührt.»

«Ich auch», antworte ich leise und wische mir verstohlen eine Träne aus dem Augenwinkel.

Die ersten Zuschauer fangen an zu klatschen, doch die Sprecherin hebt die Hand zum Zeichen, dass das Spiel noch nicht zu Ende ist. «Und von weit her kamen Könige, um das Kind zu ehren und reich zu beschenken», schildert sie den Fortlauf der Geschichte.

Das Licht wird wieder heller und die Heiligen Drei Könige treten auf. Gekleidet in prächtige Umhänge aus alten Vorhängen, die mit Silber- und Goldpapiersternen beklebt wurden, und mit Kronen aus ähnlich glänzendem Material auf den kleinen Häuptern. Der schwarze König ist eine Königin, ein dunkelhäutiges Mädchen, die einen altmodischen bodenlangen Nerzmantel trägt, vermutlich von der Oma spendiert. Statt eines Turbans sind ihre Kräusellocken mit einer goldenen Kordel hochgebunden und kunstvoll mit einer glitzernden Strasskette dekoriert.

«Sie brachten alles, was ein Neugeborenes zum Leben braucht», liest die Kindergärtnerin aus dem Buch.

Die Könige halten glänzend verpackte Geschenke in den Händen. Das Präsent der schwarzen Königin ist besonders groß, was allgemeines Tuscheln auslöst. Begleitet von Schafgemecker betreten sie den Stall und beugen ihre Knie vor der Krippe, um die notdürftig mit etwas Heu bedeckte nackte Babypuppe zu betrachten. Nacheinander übergeben sie ihre Gaben an Maria. Sie packt zuerst die kleinste aus. Heraus kommt eine richtige Babyflasche und ein hellblauer Schnuller.

«Oh, wie schön», freut sie sich und legt die Gaben in die Krippe. Sie strahlt auch über das nächste Geschenk, eine Packung Trockenmilch. Neugierig öffnet sie dann das große Paket der schwarzen Königin. Es ist ein Karton Pampers New Born.

Das nenne ich mal ein paar sinnvolle Gaben, womit eine junge Mutter etwas anfangen kann, im Gegensatz zu Gold, Weihrauch und Myrrhe. Wobei nicht einmal ich weiß, was Myrrhe ist und wofür man es benötigt.

«Danke, ihr lieben Könige», sagt Josef, und die Schäflein meckern: «Dankäääähääää.»

Erstauntes Raunen wabert durch die Zuschauer, und gleich darauf tobt der Applaus. Als das Klatschen schwächer wird, erklingt aus dem Lautsprecher: «Alle Jahre wieder, kommt das Christuskind, auf die Erde nieder, wo wir Menschen sind …»

Die Sprecherin strahlt erleichtert über die gelungene Vorstellung und beendet den Nachmittag mit: «Wir wünschen allen ein fröhliches Fest.»

Fotoblitze flackern auf, Schauspieler und Schäflein erheben sich, Maria nimmt ihr Baby in den Arm, und gemeinsam verbeugen sie sich mit glückstrahlenden Gesichtern. Noch ehe die Begeisterung verebbt, stoben die kleinen Stars auseinander wie Schneeflocken im Wintersturm, um die Eltern zu suchen. Lob und Küsse von Mama, Papa oder den Großeltern sind viel wichtiger, als langweiliges Geklatsche.

«Bin gleich zurück», entschuldigt sich Robert, als er seine Tochter «Papa» rufen hört.

Es dauert eine Weile, bis sich alle gefunden haben und die Aufregung nachlässt.

Ich habe das Bedürfnis, der Erzählerin zu der gelungenen Vorstellung zu gratulieren. Ich stelle mich als Großmutter von Jan und Eric vor und lobe die originelle Inszenierung. «Woher nehmen Sie nur diese außergewöhnlichen Ideen?»

«Vielen Dank, aber das mit dem Wurstbrot war ganz spontan und nicht einstudiert», antwortet sie. «Der kleine Eric ist wirklich ein sehr einfallsreicher Junge. Ich musste mich total beherrschen, dass ich nicht laut loslache. Er ist einfach zu komisch.»

«Aber die lustigen Geschenke waren doch Absicht, oder?», erkundige ich mich.

«Ja, das schon, aber die Ideen kamen von den Kindern», antwortet sie. «Bevor wir die Rollen verteilt und mit den Proben begonnen haben, wurde die Geschichte ausführlich besprochen. Wir haben uns darüber unterhalten, was man einem Neugeborenen schenken würde, das kein Zuhause und keine Kleider hat. Und die Kinder waren sich schnell einig, dass so ein armes Baby unbedingt etwas zu essen braucht. Also eine Flasche und Fertigmilch, weil man ja nicht weiß, ob die Mama stillen kann, und natürlich Windeln. Einer der Jungs, der vor kurzem ein kleines Geschwisterchen bekommen hat, wusste dann, dass es unterschiedliche Windelgrößen gibt. So kamen wir auf die Idee, das Stück etwas realer zu gestalten, da sich die Kinder dann den Text besser merken können.»

«Sie können sehr stolz sein, auf diesen gelungenen Abend», beteure ich und verabschiede mich.

Auf der Suche nach Katja beobachte ich einige Väter beim Aufräumen der Bänke und Stühle. Huch, Katja hat mich doch beauftragt, nach Bernd zu suchen, fällt mir in dem Moment wieder ein. Ob er sich während der Vorstellung leise reingeschlichen hat? Ich durchsuche die Anwesenden nach meinem Schwiegersohn, entdecke aber nur meine Tochter im Gespräch mit einer Mutter. Jasmins Mama, wie ich annehme, denn Jan und Eric, noch in ihren Kostümen, streiten mit Jasmin um das Jesuskind. Sie will die weiche Stoffpuppe mit dem hautfarbenen Kautschukkopf und den extra befestigten Armen und Beinen aus demselben Material nicht an die Hirten abgeben.

Na, mal schauen, ob ich den Zwist beenden kann. «Ihr habt das sehr, sehr schön gemacht», lobe ich meine Enkel, die mich gar nicht beachten.

«Ich will aba auch mal haaalten», schreit Eric und zerrt an einem Puppenbein.

Jan zerrt am anderen Bein. «Ich will Flasse geben ...»

«Jan-Georg, Eric-Anton, aufhören, aber flotti Karotti», pfeift Katja ihre Jungs zurück. «Das ist Jasmins Puppe.»

Doch die Jungs denken gar nicht daran, nachzugeben. Und Jasmin lässt sich ihr Neugeborenes einfach nicht entreißen. «Nein, ich muss das Baby jetzt stillen», verkündet sie altklug und presst die Stoffpuppe an sich. Doch weil die Jungs weiterzerren, reißt Jan ein Bein ab und fällt durch den plötzlich nachlassenden Gegenzug auf den Boden. Jasmin braucht eine Minisekunde, um das Drama zu begreifen. «Ihr habt mein Baby umgebracht ...», klagt sie dann so herzzerreißend, dass alle Gespräche in der näheren Umgebung verstummen.

Jan rappelt sich hoch, Katja packt die Jungs nun ihrerseits an den Armen und entschuldigt sich bei Jasmins Mutter. Doch die ist damit beschäftigt, ihre von Kummer geschüttelte Tochter zu trösten, und hört gar nicht hin. Mit dem weinenden Kind auf dem Arm entfernt sie sich, ohne das Drama weiter zu kommentieren.

Genau in diesem Moment taucht Bernd neben uns auf. Er wirkt leicht erhitzt, als käme er vom Joggen. «Hat es schon angefangen?», fragt er schnaufend, während er Schal und Mantel ablegt.

«Wo kommst du denn her?» Katja funkelt ihn wütend an. «Eine Stunde zu spät!»

Bernd scheint an einen Scherz zu glauben. «Quatsch, oder? Du hast doch achtzehn Uhr gesagt. Und jetzt ist es erst kurz davor …»

«Ja, dass es bis sechs Uhr *dauert*. Du hast mal wieder nicht zugehört und außerdem die Spielgruppe im Stich gelassen!», schleudert sie ihm in eisigem Ton entgegen. «Wenn Madeleine nicht für dich eingesprungen …»

«Papa, hast du mich gesehen?» Eric zupft an Bernds Hosenbein. «Ich hab nix vergessen …»

«Leider nicht, mein Schatz, ich bin zu spät gekommen …»

«Waruuuhum?», will Eric wissen.

«Ja, warum eigentlich?», fragt jetzt auch Katja. «Wo warst du den ganzen Nachmittag? Ich hab versucht, dich auf dem Handy zu erreichen, doch es sprang immer deine bescheuerte Mailbox an.»

«Wie gesagt, ich dachte die Vorstellung beginnt erst jetzt. Deshalb habe ich die Zeit genutzt, um noch mal nach *deiner* Coloradotanne zu suchen. Ich war den ganzen Nachmittag unterwegs, habe gefühlte dreihundertsiebenundachtzig Baumhändler abgeklappert und …»

Katjas Miene entspannt sich und ihre blauen Augen leuchten versöhnlich auf. «Du warst erfolgreich?»

Bernd nickt. «Also, ich glaube …»

«Was heißt du glaubst? Ist es eine Coloradotanne, oder nicht?»

Mir reicht's. Ich verspüre wenig Lust, in einen Ehestreit zu geraten, und verabschiede mich mit der Entschuldigung, morgen einen anstrengenden Tag zu haben. «Der letzte Freitag vor Heiligabend», verkünde ich augenrollend. «Da stürmen alle Last-Minute-Käufer der Stadt und Umgebung die Läden, und ich muss ausgeschlafen sein.» Bevor ich das Kinderland verlasse, suche ich noch nach Madeleine, die nicht zu finden ist. Anscheinend verspürte auch sie wenig Lust auf Katjas angespannte Verfassung und hat sich aus dem Staub gemacht.

20. Dezember, Freitag, noch 4 Tage bis Weihnachten

Zwei Kolleginnen krank. Im Akkord Geschenke verpackt. Ich hasse Weihnachten!

21. Dezember, Samstag, noch 3 Tage bis Weihnachten

«Wie viele?», frage ich Lissy, die heute wieder auf dem Damm ist und mich beim Verpackungs-Endspurt unterstützt. Es ist kurz vor Ladenschluss, und vor zehn Sekunden haben wir für den letzten Kunden sieben Geschenke verpackt.

«Neunundneunzig Luftballons!», trällert sie. «Und du?»

«Einhundertzehn! Eins noch, dann hätte ich die Schnapszahl geschafft.»

Wir haben uns nämlich heute das zweifelhafte Vergnügen gegönnt, die Päckchen per Strichliste zu zählen. Eine Extraprämie wird das zwar nicht einbringen, aber so ein kleiner Wettbewerb macht Spaß, und es ist ja auch nicht uninteressant, genauer zu erfahren, was wir so leisten. Schade, dass wir nicht alle im Dezember verpackten Geschenke zu einem Berg auftürmen und fotografieren können. Wäre sicher ein lustiges Bild. Ich überlege gerade, ob ich diese Blitzidee der Personalchefin als Werbegag für nächstes Jahr vorschlagen sollte, als Madeleine unerwartet auftaucht. Gestern im Kindergarten und heute am Packengel-Stand, wenn sie so weitermacht, wird sie noch zur Überraschungskünstlerin.

«Hallo, Mamilein!» Sie strahlt mich an. «Schon Feierabend, oder kannst du noch was für mich einpacken?»

«In wenigen Minuten wird die Auf-Wiedersehen-Durchsage ertönen, dann ist Schluss für heute. Aber wieso fragst du, verteilst du etwa doch noch Weihnachtsgeschenke?», erkundige ich mich amüsiert und freue mich, dass es doch noch klappt mit der Schnapszahl. «Ich dachte, du beschenkst nur deine Neffen. Oder hast du ein Präsent für deinen Chef erstanden, als Dankeschön für die Karibik-Reise?»

Sie legt eine Tüte auf den Packtisch und entnimmt einen Karton Glühweintassen mit Weihnachtsmotiven. «Für meine liebe Schwester!»

Ich glaube, mich verhört zu haben. «Ein Scherz?», hake ich ungläubig nach.

«Nein! Und bitte, ganz besonders schön einpacken, damit unser Weihnachtsjunkie den doppelten Spaß hat. Ich begleite dich nämlich zu Katjas feierlicher Weihnachts-Generalprobe!», verkündet sie fröhlich.

Ein Weihnachtswunder! An das ich trotz des vor mir liegenden Beweises noch nicht so recht glauben kann. «Und was oder wer hat deine Meinung geändert?»

«Die Kinder!», antwortet sie. «Die waren gestern so unglaublich süß beim Krippenspiel, dass mein vereistes Anti-Weihnachts-Herz aufgetaut ist. Und weil es doch ein Fest der Liebe ist, habe ich mich bei Katja entschuldigt und sie gebeten, mir nicht zu zürnen. Es wäre keine böse Absicht, dass ich wegen der Reise Heiligabend nicht dabei sein kann. Sie hat meine Entschuldigung angenommen und gefragt, ob ich dann heute beim Baumaufschmücken helfen wolle. Sie würde extra noch mal Kartoffelsalat und Würstchen zubereiten, weil ich doch auch das letzte Adventsessen versäumt habe. Wir könnten dann so eine Art vorgezogenes Weihnachtsfest feiern. Natürlich ohne Bescherung, wegen der Kinder. Die Glühweintassen müsstest du dann bitte an Heiligabend überreichen. Für mich ist es ein akzeptabler Kompromiss und für Katja wie zwei Mal Heiligabend. Guck ...», sie öffnet ihre lila Jacke, «... ich hab mir auch extra einen roten Weihnachtspulli angezogen.»

«Brav», lobe ich schmunzelnd. «Dann hat Katja sich gefreut?»

«Als hätte ich ihr eine Zwei-Meter-Coloradotanne ins Wohnzimmer gezaubert», flachst Madeleine.

«Na, auf den Wunderbaum bin ich echt gespannt. Ich kann mich nämlich nicht erinnern, dass wir zu Papas Lebzeiten jemals diese Baumsorte hatten, wie Katja behauptet.» Ich spendiere Madeleine eine teure Verpackung, inklusive Duftbouquet aus getrockneter Orangenscheibe, Nelken und Zimtstange. «Meiner Meinung nach hatten wir Edeltannen, die auch wunderschön aussehen und herrlich duften. Wie auch immer, ich kann es kaum erwarten, den Baum zu sehen.»

Als wir vor Katjas Haus ankommen, ist Bernd gerade dabei, einen Baum vom Dachgepäckträger des Wagens abzuladen. Ob es sich nun um die ersehnte Coloradotanne handelt, kann ich noch nicht erkennen, denn er steckt in einem engen Plastiknetz, das die Äste zusammenhält. Zum leichteren Transport ist er zusätzlich mit einem Seil verschnürt. Madeleine packt mit an, und gemeinsam wuchten sie das Gewächs in die zweite Etage. Kurz darauf ziert der Immergrüne den Parkettboden, beziehungsweise ein altes Bettlaken, das Katja zum Schutz ausgebreitet hat. Denn auch der edelste Baum wird beim Auspacken ein paar Nadeln oder kleine Äste verlieren.

Katja, in Jeans und rotem Pulli wie ihre Schwester, und Bernd jetzt im tannengrünen Hemd, lösen das Netz mit der Küchenschere. Madeleine, die Kinder und ich sitzen auf der Couch. Gespannt verfolgen wir, wie Bernd das Plastiknetz zerschneidet.

«Er riecht ... irgendwie komisch ...», stellt Katja schnüffelnd fest.

«Nach Wald, eben», antwortet Bernd und guckt sie stirnrunzelnd an. «Wonach soll er denn sonst riechen?»

«Zitronig!», antwortet sie geduldig. «Ich habe dir extra eingeschärft, dass Coloradotannen ganz intensiv nach frischer Zitrone duften. Das ist ein Hauptmerkmal.»

«Na ja, vielleicht wird's noch, wenn er erst mal auf Betriebstemperatur hochfährt», scherzt Bernd, als handle es sich um einen empfindlichen Motor. Dann ergreift er den Baum und stellt ihn auf. «Schaut doch super aus und reicht fast bis zur Decke!»

«Ich finde, er sieht irgendwie krumm aus.» Katja wiegt den Kopf hin und her.

Bernd dreht den Baum ein wenig, als suche er die Schokoladenseite. «Ach was, die meisten Tannenbäume sind etwas schief. Aber keine Sorge, das gleiche ich später aus, wenn ich ihn im Ständer befestige.»

Katjas Blicke wechseln zwischen Bernd und Baum, dann betastet sie die Äste und schreit schmerzvoll auf, als wäre einem ihrer Kinder etwas zugestoßen. «Neiiin, neiiin, neiiin!»

«Was?» Erschrocken lässt Bernd die Tanne vor ihre Füße fallen.

«Mama, Mama?», schreien Jan und Eric verängstigt.

«*Das* ist keine Coloradotanne!»

«Verdammt noch mal, jetzt hab ich aber genug», knurrt Bernd aufgebracht. «Dieser scheiß Baum hat Äste, ist silbrig und duftet.

Muss er vielleicht erst noch ein Weihnachtslied vorsingen, damit er vor deinen Augen Gnade findet?»

«Sseisse daaaf man nicht ssagen», korrigiert Jan.

«Ich weiß, Jan, tut mir auch leid. Kommt nicht wieder vor», entschuldigt er sich und wendet sich an Katja. «Das war der einzige Baum, der überhaupt nach Tanne gerochen hat. Der Verkäufer hat geschworen, dass es der richtige sei, und er wäre aufgrund seiner starken, gleichmäßig gewachsenen Äste besonders für schweren Baumschmuck und echte Wachskerzen geeignet.»

«Jaja, in den letzten Tagen wollen doch alle noch ihre Krücken loswerden!», erklärt Katja entschieden. «Der hätte auch geschworen, dass es sich um einen Baum aus echtem Silber handelt. Aber *das* ist definitiv keine Coloradotanne, denn die Nadeln stechen unangenehm, wogegen sie sich bei einer echten seidenweich anfühlen.»

Hilflos zuckt Bernd die Schultern. «Soll ich ihn jetzt aufstellen oder auch wieder in den Müll befördern? Dann wird's heute aber nix mit dem Schmücken.»

«Aufstellen, aufstellen», singen die Kinder, und auch Madeleine trällert übermütig mit. «Schmücken, schmücken.»

«Na gut, dann stellt diese Möchtegern-Coloradotanne meinetwegen auf. Heute ist es ohnehin zu spät, eine neue zu besorgen», lenkt Katja ein, sieht aber nicht so richtig fröhlich aus.

Um die angespannte Situation zu entschärfen, greife ich in meine Handtasche und hole die Flasche raus, die Frau Janatscheck mir geschenkt hat. Als kleines Dankeschön für die geliehene Tonne Staubzucker.

«Wie wär's mit einem Schlückchen Eierlikör?», starte ich einen Versuch.

«Für Alkohol ist es noch zu früh», entgegnet Katja, die es sich zur Regel gemacht hat, nicht zu trinken, bevor die Kinder im Bett liegen.

«Nur ausnahmsweise, sozusagen eine Eierlikör-Generalprobe zur Heiligabend-Generalprobe. Ist ein ganz feines Gesöff, selbst hergestellt von meiner Nachbarin. Handgerührt mit frischen Bioeiern und russischem Wodka. Ganz ohne Geliermittel oder sonstige Zusatzstoffe», preise ich Frau Janatschecks Tröpfchen an.

«Na gut, ein Fingerhütchen voll kann nicht schaden.» Katja begibt sich Richtung Küche. «Ich besorge mal ein paar Gläser.»

Bernd verschwindet mit der Bemerkung, den Baumständer aus dem Keller zu holen.

Jan und Eric kramen ihre Rentier-Haarreifen vor und spielen Rentierspringen über den Tannenbaum, solange er das Wohnzimmer noch in der Horizontalen ziert. Katja kommt mit den Gläsern aus der Küche zurück, ich gieße den köstlich duftenden hellgelben Likör ein, und dann verkosten wir das selbstgebraute Präsent.

Katja kippt das feine Tröpfchen so eilig runter, als müsse sie heute Abend noch mindestens zehn Tannen schmücken. «Hmm, sehr lecker ...», urteilt sie überraschend gnädig, hält sofort ihr Glas zum Nachschenken hin und lehnt sich dann entspannt im Sessel zurück. «Schmeckt vollkommen anders als das industriell gepanschte Zeug aus dem Laden», sagt sie, nachdem das zweite Glas leer ist.

Na, das hört sich doch schon eher nach einem gemütlichen Probeweihnachten an. Grinsend halte ich die Flasche hoch. «Noch einen?»

Katja zögert.

«Aller guten Dinge sind drei», ermuntert Madeleine sie mit der abgedroschenen Weisheit.

Es scheint genau das Argument zu sein, auf das Katja gewartet hat. «Stimmt auch wieder. Dann lass mal die Luft aus dem Glas.»

Die Jungs haben genug vom Rentierspiel und widmen sich jetzt einer großen Pappschachtel. Darin befindet sich die dreißig Jahre alte Krippe, die früher von Katja und Madeleine unter unserem Christbaum aufgebaut wurde. Begeistert und von Uiii-Rufen begleitet, wickeln sie die wenigen Krippenfiguren aus dem Zeitungspapier.

«Mama muss helfen», meldet sich Eric nach einer Weile zu Wort, als er mit seinem Bruder unschlüssig vor den ausgepackten Einzelteilen sitzt.

«Später, Kinder, später», vertröstet Katja sie. «Erst muss der Baum stehen und fertig geschmückt sein, dann stellen wir die Krippe auf.» Sie lächelt selig, als könne sie es selbst kaum erwarten.

«Och, männooo», maulen die Buben. «Uns is laaangweilig.»

«Sollen wir die Figuren säubern?», schlägt Madeleine vor. «Sie waren ein Jahr im Keller eingesperrt, müffeln jetzt bestimmt, sind total verschmutzt und …»

Katja schnellt in ihrem Sessel hoch. «Säubern?», fragt sie alarmiert. «Doch nicht in der Badewanne?»

Madeleine überlegt eine Sekunde. «Gar keine üble Idee», lacht sie dann verschmitzt.

«Ich warne dich!», faucht Katja. «Wenn eine zu Bruch geht, dann …»

«Bleib cool, Schwesterherz», beruhigt Madeleine sie. «Die Figuren sind doch nicht aus Zucker. Aber ich dachte eigentlich nur dran, sie abzustauben. Ganz vorsichtig, vielleicht mit einem kleinen Pinsel.»

Katja atmet erleichtert auf. «Auf den Schreck brauche ich noch einen kleinen Schluck.» Sie bedient sich selbst.

«Und?», fragt Madeleine.

«Schmeckt von Mal zu Mal besser!» Lachend wischt Katja sich eine Haarsträhne aus der Stirn. «Mama, sag … deiner lieben Nachbarin … ihr Schnäpsken ist große Klasse …»

«Ich rede von einem weichen Pinsel zum Entstauben. Back- oder Puderpinsel, falls du so etwas besitzt», versucht Madeleine zu verdeutlichen.

«Habichnich», nuschelt Katja mit dem letzten Schluck Likör im Mund.

«Dafür hast du jetzt einen im Tee», stelle ich fest. «Iss zwischendurch mal ein Stück Brot, das saugt den Alkohol auf. Nicht dass du noch die *Generalprobe* verpatzt.»

Katja schüttelt den Kopf und holt tief Luft, bevor sie erklärt: «Immer schön der Reihe nach, Mama. Erst wird der Baum geschmückt, dann zünden wir die Kerzen an, und danach erst gibt's Würstel mit Kartoffelsalat bei Kerzenschein.»

Gegen Katjas Planungswahn wäre selbst eine *ganze* Flasche Eierlikör machtlos. Resignierend zucke ich die Schultern. «Soll mir recht sein. Du bist die Zeremonienmeisterin.»

Madeleine legt ihre Hände wie einen Trichter um den Mund. «Hallo, Madeleine an Katja», albert sie. «Wir haben immer noch keinen Pinsel. Besitzen die Kinder vielleicht einen Wasserfarben-Kasten?»

Katja tippt sich an die Stirn. «Rede ich chinesisch? Jetzt wird der Baum geschmückt und nicht gemalt!»

«Jaaaaa! Malen», schreit Eric, springt auf und saust mit Jan aus dem Wohnzimmer.

Madeleine erhebt sich, ohne zu antworten, und folgt ihren

Neffen. Wenig später kommen sie mit Malkasten und Pinseln zurück. Damit sind die Kinder erst mal versorgt. Unter Madeleines Anleitung tragen sie vorsichtig alle Krippenfiguren zum Esstisch und beginnen, sie zu entstauben.

«Das Jesuskind fehlt», stellt Madeleine fest, als die gesamte Krippenmannschaft frisch geputzt auf dem Tisch versammelt ist.

Zu fünft durchwühlen wir das zerknüllte Zeitungspapier, ob sich der Erlöser darunter versteckt hat. Er scheint sich verdrückt zu haben, denn er bleibt unauffindbar.

«Kein Wunder, dass die Welt im Chaos versinkt, wenn sich der Retter aus dem Staub macht», grinst Madeleine.

«Aba, dann is ga kein Weihnachten», schnieft Eric.

Jan schubst seinen kleinen Bruder freundschaftlich an. «Heul nicht, du Baby, heute is nur Probe ohne Gessenke.»

Eric guckt seinen großen Bruder ungläubig an. «Ich will aba Geschenke», schluchzt er auf.

Katja findet es unerwartet komisch. «Genau, mein Großer. Heute nur Probe ohne Geschenke.» Kichernd strubbelt sie Jan durchs Haar und nimmt dann den weinenden Eric in den Arm. «Nicht traurig sein, Schatz, Jesus war keine Frühgeburt. Er kommt erst am Vierundzwanzigsten zur Welt. Also müssen wir auf den echten Heiligabend noch drei Tage warten.»

«Ich will aba jetzt ein Jesusbaby», jammert Eric weiter.

«Wir basteln uns ein neues Kind für die Krippe», tröstet Madeleine. «Ein Pappmachékind aus Klopapier und Kleister.»

«Jaaaa, jaaaaa, jaaaaa», kreischen die Jungs euphorisch im Chor. «Ein Matschekind.»

Katja gluckst überdreht und flüstert mir dann hinter vorgehaltener Hand zu: «Oder wir legen ein Gummibärchen rein.»

Bernd taucht aus dem Keller auf. Eine rostige Laubsäge in

der einen, einen gusseisernen Christbaumständer in der anderen Hand. Das schwere dunkelgrüne Erbstück stammt noch aus Hermanns Familie und kommt bei Katja zu neuen Ehren. Vorsichtig, um das Parkett nicht zu zerkratzen, stellt Bernd den Baumständer aufs Bettlaken.

«Und die Christbaumkugeln?», fragt Katja.

«Bin ich ein achtarmiger Krake?», entgegnet Bernd launig. «Aber bevor das Teil nicht steht, brauchst du auch keine Kugeln, oder?»

«Stimmt», murmelt Katja versöhnlich. «Und was willst du mit der Säge?»

«Ein paar Äste stören doch immer. Und den Stamm werde ich auf jeden Fall etwas zurechtstutzen müssen, damit er in den Baumständer passt und gerade steht.»

An Katjas Miene kann ich ablesen, dass ihr die Aussicht auf Sägearbeit nicht sonderlich gefällt. «Aber nicht hier im Zimmer, oder? Heute Morgen habe ich frisch geputzt, und ich hätte gerne, das es sauber bleibt.»

Bernd schnauft gequält. «Na gut, dann verziehe ich mich eben auf den Balkon.»

Diesmal packe ich mit an. Aufmerksam beobachtet von Katja ziehen wir das Laken mitsamt dem Baum durchs Zimmer Richtung Balkon.

«Stooopp!», kommandiert Katja, als wir an der Balkontür angekommen sind. «Falsche Richtung.»

Aufgeschreckt lassen wir das Laken los.

Bernd guckt genervt. «Wieso?»

«Er muss mit dem Stamm zur Tür zeigen und nicht mit der Spitze wie jetzt. Wenn ihr ihn entgegen der Äste durchzieht, reißen garantiert alle ab.»

«Hmm … stimmt.» Bernd kratzt sich am Kopf. «Dann drehen wir das Teil eben um, wo ist das Problem?» Ohne auf weitere Einwände zu warten, packt er das Bettlaken an beiden Seiten, schlägt es über der Baumspitze zusammen und dreht sich kraftvoll um die eigene Achse. Leider, ohne daran zu denken, dass er direkt vor den Vorhängen steht.

«Aaachtuuung!»

Katjas panischer Aufschrei gellt durchs Zimmer. Doch Bernd hat sich bereits mit dem Ellbogen in dem transparenten Stoff verheddert und reißt ihn mitsamt Gardinenstange schwungvoll aus der Deckenbefestigung. Die Aluminiumstange saust herunter, verfehlt Bernds Kopf nur um Millimeter, während der Vorhang sich über ihn legt wie ein Moskitonetz. Vor Schreck erstarrt beobachten wir das Sekundendrama. Als Bernd unter dem Stoffgewirr mit den Armen rudert, atmen wir erleichtert auf. Die Jungs quietschen vor Freude.

Jan deutet mit dem Finger auf seinen Vater. «Hahaha, ein heiliger König.»

«Leise rieselt der Kalk», trällert Madeleine.

«Na, super.» Katja stemmt die Fäuste in die Taille und scheint schlagartig wieder nüchtern zu sein. «Vielen Dank auch für dieses Extrageschenk.» Sie starrt auf den überall rumliegenden Schmutz.

«Das war doch keine Absicht», rechtfertigt sich Bernd, packt entschlossen den Baum am Stamm und schleift ihn eilig auf den Balkon.

«Wäre ja auch noch schöner», pöbelt Katja ihm nach, packt entschlossen die Alu-Vorhangstange, lässt den Store abgleiten und faltet ihn provisorisch zusammen.

Ich versuche meine gestresste Tochter abzulenken, indem ich vorschlage, den Baumschmuck zu holen.

«Danke, Mama, ich erledige das schon.»

«Na gut, dann kümmere ich mich um das *Malheur*», entgegne ich und freue mich über meine raffinierte List, die sie nicht durchschaut hat. Der kleine Ausflug in den Keller wird sie ablenken und ihr Gelegenheit geben, Dampf abzulassen.

Murmelnd wirft sie den zusammengelegten Vorhang auf den Couchtisch und trottet davon.

Madeleine schnappt die Kinder, um in der Küche die Modelliermasse für das Jesuskind anzusetzen, ich schnapp mir den Staubsauger, um das lächerliche Häufchen Mauerdreck zu entfernen.

Als Katja später mit den Christbaumkugeln zurückkommt, sieht der Raum aus, als wäre nichts geschehen. Bis auf den fehlenden Vorhang.

Mit dem Karton in den Händen lehnt sie am Türrahmen, fixiert das nackte Fenster und seufzt schicksalsergeben, als habe eine Fliegerbombe die gesamte vordere Hausfront zerfetzt und die Familie müsste die kalte Winternacht im Freien verbringen wie in Kriegszeiten.

«Ist noch was von dem russischen Beruhigungsschnaps da?», fragt sie dann.

«Mama, ssau mal», ruft Jan aus der Küche.

Katja stellt die Schachtel am letzten freien Eck des Couchtisches ab und guckt mich fragend an. «Schon wieder eine Baustelle?»

«Nein, nein, Madeleine kocht Mehlkleister für das Pappmaché, damit sie und die Jungs ein Krippenkind basteln können.» Ich beruhige sie, dass bestimmt nichts schiefgehen wird.

«Hmm», brummelt sie wenig überzeugt und begibt sich in die Küche. Mit entspannten Gesichtszügen kehrt sie zurück. «Magst du mir bei den Kugeln helfen?»

«Sehr gerne», antworte ich, erfreut darüber, dass der Weihnachtsfrieden doch noch Einzug hält. «Früher haben wir den Baum auch immer zusammen geschmückt.»

Sie schaltet das Radio ein, und in diesem Moment stören mich die abgenudelten Weihnachtsohrwürmer überhaupt nicht mehr. Wir holen die nach Größen in Schachteln verpackten Kugeln aus dem Karton, während vom Balkon leise kratzende Sägegeräusche hereindringen. Eine viertel Stunde lang herrscht tatsächlich traute Gemütlichkeit und besinnliche Ruhe.

Unvermittelt durchschneidet ein eisiger Windhauch die Idylle. Mein Schwiegersohn hat die Balkontür geöffnet und tritt mit hochgehaltener Hand in den Raum.

«Beim Sägen abgerutscht», sagt er und steckt den blutenden Daumen schnell in den Mund.

«Das hat uns noch gefehlt … Ich hole ein Pflaster», schnauft Katja und saust Richtung Badezimmer, wo das Erste-Hilfe-Schränkchen an der Wand hängt.

Bernds Daumen wird mit einer Dreifachlage Pflaster versorgt, dann zieht er ein Paar alte Lederhandschuhe über und schleift die Tanne ins Zimmer. Meiner Meinung nach ist der zurechtgestutzte Baum jetzt nur noch ein Bäumchen, aber ich kann mich beherrschen, diese «Winzigkeit» zu erwähnen.

Der Christbaumständer wurde bereits an die vorbestimmte Stelle in der Ecke neben dem jetzt vorhanglosen Fenster positioniert. Nach kurzem Kampf mit dem altmodischen Schraubsystem, aber ohne weitere Verletzung, hat mein fluchender Schwiegersohn den Immergrünen festgeschraubt.

«Na also, geht doch!», ruft er zufrieden.

Katja hat die Aktion mit kritischem Blick beobachtet und gibt nun ihr Urteil ab. «Leider immer noch schief!»

«Quatsch», wehrt sich Bernd.

«Doch», beharrt sie. «Und überhaupt, wieso hast du denn den alten Baumständer benutzt? Wolltest du nicht einen neuen, verstellbaren besorgen?»

Bernd tritt zurück und betrachtet sein Werk. «Na gut, vielleicht fehlt ein halber Millimeter zur Schnurgeraden», gibt er zu, ohne auf Katjas Frage bezüglich der Neuanschaffung einzugehen. «Wir legen einfach ein dünnes Buch unter, ein hübsches Tuch davor und gut is.»

«Die Neigung beträgt eher einen halben Meter.» Katja übertreibt. «Außerdem sieht der Baum jetzt nur noch halb so groß aus. Und gib es zu, du hast keinen neuen Ständer besorgt?»

Bernd vergräbt die Hände in den Jeanstaschen und blitzt seine Frau kampflustig an. «Nein, habe ich nicht. Die Dinger waren ausverkauft.»

«Wenn wir nicht bald mit dem Schmücken beginnen, fällt die Probe-Weihnacht auf Ostern», versuche ich mit einem Scherz den sich anbahnenden Streit abzuwenden. «Außerdem bekomme ich langsam Hunger.»

Wie auf Zuruf tauchen die Jungs aus der Küche auf, gefolgt von ihrer Tante, die einen Topf mitbringt. «Würstel … Würstel … Würstel …», fordern sie im Takt.

Damit sie Ruhe geben, sich aber nicht den Appetit verderben, bekommt jeder eine halbe Wurst. Der schiefe Baum wird mittels Heinrich Bölls Kurzgeschichtenband «Nicht nur zur Weihnachtszeit» in die gewünschte Lage gebracht und kann endlich verschönert werden.

In wiedergewonnener Einträchtigkeit verteilen wir den Christbaumschmuck gleichmäßig auf den Ästen. Madeleine zerreißt inzwischen eine Rolle Klopapier für die Pappmaché-Masse. Die

Jungs dürfen schmücken helfen und sind mit geröteten Wangen eifrig dabei. Die Weihnachtsgurken werden natürlich noch nicht angebracht, die liegen bei mir zu Hause auf der Kommode. Ich bringe sie erst an Heiligabend mit, falls Katja sich dann über die Farbe mokiert, ist es zu spät für einen Umtausch.

Trotz der unangenehm stechenden Tannennadeln hängen irgendwann alle Kugeln, Figuren und Strohsterne am Baum. Zuletzt steigt Bernd auf die Küchenleiter, setzt den goldenen Engel mit der wallenden Lockenpracht auf die Spitze, und Katja steckt Kerzen auf. Echte Bienenwachskerzen versteht sich. Dann weihnachtet es schon ziemlich heftig.

Zufrieden betrachten wir die falsche Tanne, die sich durch den üppigen, glitzernden Schmuck in einen *echten* Christbaum verwandelt hat. Madeleine behauptet euphorisch, so einen schönen noch nie gesehen zu haben. Bei genauem Hinsehen könnte man bemängeln, dass er immer noch schief steht, aber ich sehe ohnehin nicht mehr besonders gut und habe vermutlich einen ziemlichen Knick in der Optik.

Bernd klappt die Leiter zusammen. «Wie geht's jetzt weiter, geliebtes Weib?»

«Krippe, Krippe», fordert Eric, und Jan ergänzt:

«Tante Leni hat das Jesulein sson fertig.»

«Gut, dann wird jetzt das Kripplein aufgebaut, aber nur mit Oma und Madeleine», weist Katja an.

Das hölzerne Stallhäuschen steht in wenigen Minuten unterm Baum. Anschließend ziehen Maria und Josef ein, die fünf Schafe, ein Esel und eine Ziege folgen. Zuletzt wird eine Handvoll echtes Stroh, vom Sternebasteln übrig geblieben, andächtig in der leeren Krippe verteilt. Madeleine übergibt den Jungs das noch feuchte Pappebaby, das eher wie ein grauer Mehlwurm aussieht, aber vielleicht doch authentischer ist als ein grünes Gummibärchen.

Endlich blickt Katja mit glänzenden Augen in die Runde. «Dann zünde ich jetzt den Baum, ... ähm, die Kerzen an.» Sie kramt in einer Blechschachtel neben dem Fernseher, angelt Streichhölzer hervor und beginnt, die Kerzen zu entflammen.

Jan und Eric klatschen begeistert in die Hände. «Probier mal Weihnachten ... probier mal ... Weihnachten ...»

Bernd sinkt erschöpft aufs Sofa.

«Mit einer echten Coloradotanne wäre es zwar viel schöner, aber als Probeweihnachten lasse ich es gelten», sagt Katja.

«Ich helfe dir gleich in der Küche», wechselt Madeleine das Thema. «So langsam hab ich nämlich echt Kohldampf.»

«Und ich erst», stimmt Bernd ihr zu. «Ich könnt 'ne ganze Schüssel Kartoffelsalat alleine verputzen.»

«Ich will auch Kerzen zünden», meldet sich Eric.

«Du bist noch viiiel ssu klein», entscheidet Jan.

«Solange die Kerzen brennen, setzt ihr euch zu Papa und Oma aufs Sofa, aber flotti Karotti», weist Katja ihre Söhne mitleidslos an und wendet sich an Madeleine. «Würdest du schon mal die Kartoffeln aufsetzen? Sind im Kühlschrank ... Gemüsefach ...»

«Okidoki, Schwesterherz!» Madeleine tippt sich an die Stirn und verkrümelt sich in die offene Küche.

Ich decke inzwischen den Tisch, und sehe dabei Madeleine vergeblich nach den Kartoffeln suchen. Auch unter der Spüle, wo bei mir die Erdäpfel lagern, scheint sie nicht fündig zu werden.

«No Patatas», ruft sie uns zu.

«Doch, da *muss* ein frischer Sack sein. Bernd war heute Morgen einkaufen.» Katja, die gerade dabei ist, die letzte Kerze anzuzünden, dreht sich hektisch um und bleibt mit ihrem roten Pulli an den stacheligen Nadeln hängen.

Die Dinger scheinen sich wie Widerhaken in die Maschen zu krallen. Und sie scheint vergessen zu haben, dass Bernd dem Christbaum *keine* schweren Betonfüße verpasst hat – und «Weihnachtsgeschichten», egal von wem, auch nur eine unzuverlässige Stütze sind, denn beim Versuch sich zu befreien, beginnt der Prachtbaum gefährlich zu wanken. Als Katja sich schließlich losgemacht hat, fällt der Baum mit dumpfem Klatschen um. Kugeln platzen, Strohsterne zerbröseln, Kerzen verlöschen.

«Mamiii», weint Eric.

Meine Güte. Brennt da nicht noch eine Kerze? Jesses Maria und Josef.

«Das … da is ein Feuer», schreit Jan im selben Moment und deutet auf den Ast, der tatsächlich gefährlich kokelt.

«Wasser!», schreit Katja und blickt sich suchend um.

Bernd schnellt vom Sofa hoch. «Nein, eine Decke, wo ist eine Decke?» Er rennt hektisch ins Schlafzimmer.

Doch da kommt Madeleine wie die Feuerwehr aus der Küche geschossen, schnappt sich den Pott mit dem Pappmachékleister vom Tisch, eilt mit zwei großen Schritten zu ihrer Schwester und kippt den Kleister über den brennenden Ast.

«Aus die Micky Maus!», grinst sie triumphierend.

«Schei…» Katja schnappt nach Luft. «…benkleister! Was für eine Riesensauerei ist das denn?»

«Hihi», kichert Eric hinter vorgehaltener Hand.

Jan findet: «Ssöne Ssweinsauerei.»

Bernd ist mit der Decke zurück. Schmunzelnd zwinkert er den Kindern zu, legt aber den Finger auf den Mund. «Pssst!»

Madeleine, den Topf in der Hand, mustert amüsiert die klebrige Masse aus Tannennadeln und Mehlkleister. «Keine Ursache, gern geschehen, Schwesterherz. Ein bisschen Igittigitt ist aber immer noch besser als 'ne abgefackelte Bude! Und nebenbei gesagt ist das heute das lustigste Fest, seit ich denken kann …»

«Das *Fest* ist ja wohl gründlich ruiniert.» Mit bedrückter Miene sammelt Katja eine rot-silberne Kugelscherbe aus dem Chaos. «Meine Lieblingskugel, die hat Papa mal mit mir auf dem Christkindlmarkt gekauft», jammert sie leise. «Und wenn ich das Desaster hier sehe, ist es fraglich, ob wir überhaupt ein Weihnachtsfest feiern können – ohne Baum. Der hier taugt jedenfalls nur noch für den Müll.»

«Jetzt mach doch nicht so 'ne Welle. Es hätte ein richtiges Feuer ausbrechen können. Aber es ist nichts weiter geschehen, außer einem verschmutzen Fußboden. Alles ist gut.» Madeleine möchte sie beruhigen. Aber Fehlanzeige.

«Findest du?», schnauzt Katja zurück.

Madeleine nickt. «Ja, finde ich. Schlussendlich geht es doch darum, zusammenzusitzen und Spaß zu haben. Und irgendwie ist es doch lustig, lustig, tralla lala, lala, oder?» Herausfordernd guckt sie ihre Schwester an.

Eric und Jan kichern, klatschen in die Hände und singen: «Lustig, lustig, tralla lala, lala …»

Um Katjas Mundwinkel zuckt es, und doch scheint sie sich nicht zu einem Lachen durchringen zu können – nicht einmal zu einem Grinsen. «Einen besinnlichen Heiligabend stelle ich mir zwar anders vor, aber es hat was von Comedy», gesteht sie schließlich.

«Bevor du es nicht versucht hast, weißt du auch nicht, ob dir ein *lustiger* Heiligabend gefallen würde», setzt Madeleine nach. «Übrigens veranstaltet Robert Hirsch eine Xmas-Party im amerikanischen Stil, mit Musik und so. Er hat mich eingeladen, aber ich bin ja leider nicht da. Vielleicht habt ihr ja Lust dazu?» Sie guckt fragend in die Runde. «Dann müsst ihr auch keinen neuen Baum anschaffen. So langsam wird das ja ein echter Luxus.»

Bernd, der zwischen seinen Söhnen auf dem Sofa sitzt, nickt. «Hmm … Warum nicht? Xmas-Party würde mir gefallen …»

«Das soll wohl ein Scherz sein?» Katja sieht ihre Schwester an, als habe sie vorgeschlagen, mit ihr in die Karibik zu fliegen. «Sag mir lieber, wo ich jetzt einen neuen Christbaum herkriege?»

«Ebersberger Forst», antwortet Madeleine. «Dort kann man sich einen der Auslichtungsbäume aussuchen und dann selber schlagen. Das macht nicht nur großen Spaß, sondern ist außerdem auch noch ökologisch korrekt. Die Bäume aus den Monokulturen richten nämlich immensen Schaden an. Abgesehen von dem Irrsinn, einen Baum zehn Jahre lang aufzuziehen, damit er dann in überheizten Wohnzimmern den Zwei-Wochen-Tod erlei…»

«Verschone mich mit deinem Weltverbesserungstrip!», unterbricht Katja sie zynisch. «Ich muss dich leider enttäuschen, liebe Schwester. Die Welt kann nicht gerettet werden, nur weil keiner mehr kultivierte Bäume kauft.»

«Möglich, aber es wäre ein Anfang», beharrt Madeleine trotzig. «Und statt dämliche Tannen zu züchten, welche Sorte auch immer, könnte man Laubbäume aufziehen, um die Wälder aufzuforsten.»

«Wie auch immer», entgegnet Katja. «Die Auslichtungsbäume sind doch alle mickrig und schief gewachsen, deshalb werden sie schließlich ausgelichtet. Ich hätte aber gerne einen schönen …»

«Und ich hätte gerne etwas zu essen», fahre ich jetzt mit erhobener Stimme in den Schwesternkrieg, der mir langsam gehörig auf den Keks geht. «Mein Magen knurrt.»

Meine Enkel stimmen sofort in die Klage ein und fordern lautstark Kartoffelsalat und Würstel.

«Und gaaanz viel Ssenf», verlangt Jan.

«Schon gut, schon gut … Aber was ist mit dem da?» Sie deutet auf den umgekippten Baum.

«Darum kümmern wir uns», schaltet Bernd sich nun ein. «Nicht wahr, Ursel?»

«Machen wir», sage ich.

Madeleine, immer noch den Kleistertopf in einer Hand, hakt ihre Schwester mit der anderen unter und zieht sie Richtung Küche. «Komm, kleine Hausfrau, ab an den Herd. Aber flotti Karotti.»

Katja sträubt sich diesmal nicht, und in schwesterlicher Eintracht schlendern sie davon. Friedlich. Dass ich das noch erleben darf!

«Beeernd, wo hast du die Kartoffeln versteckt?», ertönt es kurz darauf zwischen Topfgeklapper.

Mein Schwiegersohn, der die noch zu verwendenden Kerzen von den Ästen sammelt, zuckt zusammen. «Schei…benkleister … die Kartoffeln …»

Einen Augenblick später steht Katja neben ihm. «Hast du sie im Auto vergessen?»

«Ähm … also …», stammelt er und kratzt sich verlegen am Kopf.

«Du hast keine eingekauft?», deutet Katja sein Gestammel. Und ihrem geröteten Gesicht nach zu urteilen, scheint sie gleich zu platzen. «Ich verstehe das nicht», poltert sie dann los. «Du hattest doch eine Einkaufsliste.»

«Blöderweise habe ich die auch …»

Erschöpft lässt Katja sich auf einem Sessel nieder und sinkt in sich zusammen, als habe die ganze Welt sich gegen sie verschworen.

«Ich hol was von Mac-Doof oder bestell bei einem Lieferservice», schlägt Bernd vor. «Pizza, oder asiatisch. Dann brauchst du nicht zu kochen und kannst dich ausruhen. Es war alles ein bisschen viel heute.»

Jan und Eric wollen Pizza, Madeleine lieber was Vegetarisches vom Asiaten. Mir ist alles recht, Hauptsache wir bekommen endlich was zu essen.

«Fastfood?» Katja blickt ihren Angetrauten mit großen traurigen Augen an, als wolle er die Scheidung einreichen.

Bernd zuckt hilflos die Schultern. «Na ja, Würstel alleine sind einfach zu wenig, und ein echtes Drei-Sterne-Menü sind sie ohnehin nicht, oder?»

«Papa holt 'ne Pizza ...», freuen sich Jan und Eric.

Doch Katja lässt den Kopf sinken, kramt in ihrer Jeanstasche und fängt plötzlich an zu weinen. «Wenn du das tust ...», schluchzt sie, «dann ... dann ...» Sie putzt sich geräuschvoll die Nase.

«Bitte, Katja, das ist doch kein Drama», beschwichtigt Bernd sie. «Generalproben *müssen* schiefgehen, dann klappt die Premiere umso besser.»

«Stimmt genau», bestätigt Madeleine. «Verpatzte Proben bringen Glück.»

Ich nicke zur Bekräftigung und lächle meiner traurigen Großen aufmunternd zu.

«Sind wir hier im Komödienstadel, oder was?» Sie schluchzt erneut auf und schickt Bernd und ihrer Schwester einen zornigen Blick zu. «Ihr zwei habt euch wohl gegen mich verschworen?»

«Jetzt übertreibst du aber», antwortet Bernd kühl. «In deiner

Weihnachtseuphorie ist dir anscheinend die Realität abhandengekommen.»

«Die Sauerei tut mir echt leid, Katja», entschuldigt sich Madeleine betreten. «Es war einfach ein Reflex.»

«Oma, warum weint die Mama?», fragt Eric ängstlich. «Pizza schmeckt doch voll lägga.»

«Sie hat sich halt so auf Kartoffelsalat mit Würstel gefreut», schwindle ich eine Erklärung zusammen.

Jan begibt sich zu seiner Mutter und schlingt die Arme um ihren Hals und busselt sie ab.

Die liebevollen Küsschen wirken wie ein Brandbeschleuniger und bringen Katjas Wehmutsfässchen endgültig zum Überlaufen. Hemmungslos schluchzt sie auf. Doch dann trocknet sie ihre Tränen, schnappt sich die noch halbvolle Eierlikörflasche und erhebt sich. «Na storov'e. Ihr könnt mich alle mal zu Ostern besuchen», sagt sie trotzig und verlässt das Zimmer.

Eine kurze Schrecksekunde starren wir uns entgeistert an.

Bernd erwacht als Erster aus seiner Verblüffung. «Los, alle anziehen, wir fahren zu Mac-Doof.»

«Und die Mama?», fragt Jan besorgt.

«Mama hat keinen Appetit auf Burger und möchte lieber Russisch lernen», antworte ich und helfe meinen Enkeln in die Klamotten.

22. Dezember, Sonntag, 4. Advent, noch 2 Tage bis Weihnachten

Weihnachtsgans mit Knödel und Blaukraut sind wahrhaftig kein Diätessen, aber Burger, Pommes und Cola noch viel weniger. Das Zeug liegt mir heute noch im Magen. Könnte aber auch daran liegen, dass ich einfach zu viel gefuttert habe. Das Drama an Katjas Probeweihnachten ist mir nicht gut bekommen. Mein Blutzuckerspiegel war dermaßen im Keller, dass ich einen doppelten Burger und eine XXL-Portion Pommes wie eine kleine Zwischenmahlzeit empfand. Zum Nachtisch gab's dann noch eine riesige Portion Eis. Heute muss ich dafür büßen. Dem Völlegefühl nach habe ich Katjas falsche Tanne mit Ketchup verspeist. Schätze, dass ich bis Neujahr satt bin.

Zum Glück ist heute Sonntag, und ich kann mich erholen. Zuerst koche ich eine große Kanne Kamillentee. Auf die weichgekochten Eier habe ich keinen Appetit, und als der Naturjoghurt mit Honig auch nicht schmeckt, verordne ich mir einen Nulldiät- und Wellnesstag. Den Honig-Joghurt streiche ich auf Gesicht und Dekolleté und lege mich in ein heißes Pflegebad. Wer weiß, ob das nicht die letzte Möglichkeit ist, mich vor dem Alle-Jahre-wieder-Spektakel zu entspannen. Später werde ich kurz an

Hermanns Grab vorbeischauen und anschließend einen langen Spaziergang unternehmen.

Noch ehe der Badeschaum zerfallen ist, fällt mir ein, dass heute die Mützen für die Kinder fertig sind. Passt perfekt. Spaziergänge mit Ziel mag ich ohnehin lieber.

Für die Kleiderwahl benötige ich keine zehn Minuten. Meine Mode-Kollektion ist zwar nicht sonderlich groß, aber es findet sich für jeden Anlass etwas Passendes. Und ein Vorteil des Alters ist, dass man sich auch ohne viel Aufhebens um sein Äußeres aus dem Haus wagt. Mal abgesehen von Heiligabend. Katja besteht auf festliche Kleidung und freut sich, wenn ich in «Samt und Seide» antanze. Aber dafür muss ich mir nichts Neues anschaffen. Etwas anderes wäre es, wenn ich tatsächlich mit Friedrich ... *Vergiss Paris*, ermahne ich mich an dieser Stelle und lache leise vor mich hin über meine absurde Träumerei. Andererseits: Träumen schadet nie.

Über Nacht hat es geschneit, ein leichter Wind weht, und der Friedhof sieht aus, als habe jemand Puderzucker gestreut. Als ich auf Hermanns Grab zulaufe, fällt mir schon von weitem auf, dass kein Licht brennt. Von wegen Solarleuchten brennen *ewig*. Ich war von vornherein skeptisch gewesen, ob das neumodische Zeug tatsächlich funktionieren würde. Ich weiß zwar nicht, wann sie erloschen ist, aber vermutlich hat sie keine Woche geleuchtet. Doch dann muss ich feststellen, dass auf dem Grab überhaupt keine Lampe steht. *Schöne Bescherung*, fluche ich und überlege, ob ich es vielleicht gar nicht aufgestellt habe. Sind das die ersten Anzeichen von Alzheimer? Jenseits der fünfzig muss man mit allem rechnen. Neulich habe ich vergessen, nach dem Kochen die Herdplatte auszuschalten und es zum Glück noch rechtzeitig gemerkt, als ich etwas später Teewasser aufsetzen wollte. Auch Frau Janatschecks Mutter ist dieser heimtückischen Krankheit erlegen. Doch mit etwas Konzentration erinnere ich mich genau, das *ewige* Licht neben das Gesteck gestellt zu haben. Und das liegt ja noch da. Als ich mich ratlos umblicke, kann ich auch auf den Nachbargräbern keine Lichter entdecken.

«Da scheinen Diebe am Werk gewesen zu sein», flüstere ich seltsam erleichtert, und dann erinnere ich mich an einen Zeitungsartikel, in dem unlängst von Grabräubern berichtet wurde, die vor allem zur Weihnachtszeit umgehen würden. «Doch kein Alzheimer, die grauen Zellen arbeiten noch», flüstere ich Hermann zu. «Tut mir leid, dass es nun so unweihnachtlich bei dir aussieht. Aber morgen Nachmittag habe ich frei, dann besorge ich im Drogeriemarkt eine von den stinknormalen Kerzen. Die brennen zwar nur einige Tage, dafür klaut sie aber auch niemand.»

Nachdem ich Hermann ausführlich vom gestrigen Baum-Desaster bei Katja berichtet habe, und er sich vermutlich köstlich amüsiert hat, verabschiede ich mich und schlendere zum Stephansplatz, um die Mützen abzuholen.

Auf dem rosa-glitzernden Weihnachtsmarkt herrscht bereits reges Getümmel. Auch an Solveigs Stand drängen sich die Besucher. Beim Näherkommen erblicke ich Friedrich. Erfreut lege ich einen Zahn zu. Doch als ich sehe, dass er mit einer hübschen Frau meines Alters spricht, durchfährt mich ein unangenehmer Stich. Beim nächsten Atemzug rüge ich mich eine närrische alte Frau, die alberne romantische Phantasien hegt, anstatt sich um die wirklich wichtigen Dinge zu kümmern: die Weihnachtsgeschenke für meine geliebten Enkelsöhne. Nur deshalb bin ich hier. Ich atme tief durch und trete mit souveränem Lächeln näher. «Hallo, Friedrich.»

Sofort dreht er sich zu mir. «Ursel, welch eine Freude, dich zu sehen», sagt er, strahlt mich an und bittet die Dame, sich noch etwas umzusehen. «Kommst du mich besuchen?»

Ich schenke ihm ein strahlendes Lächeln. «Eigentlich wollte ich die Mützen für meine Enkel abholen, die Solveig mit den Namen besticken wollte. Aber ich freue mich, dich hier anzutreffen.»

«Hast du ein wenig Zeit?», fragt er. «Meine Tochter muss bald zurück sein, sie besorgt neue Ware, und so lange vertrete ich sie hier. Heute ist nämlich der Teufel los! Als wäre es die letzte Möglichkeit, noch eine warme Kopfbedeckung zu ergattern.»

Erleichtert sehe ich, dass Friedrich eine Mütze trägt mit der Aufschrift *Personal*, also nicht mit anderen Frauen flirtet. «Kann ich helfen, den Umsatz zu steigern?», frage ich und muss im Stillen über meine Eifersucht grinsen.

«Das wäre wirklich sehr lieb, Ursel, obwohl ich dir keinen Tariflohn und auch keinen Sonntagszuschlag anbieten kann», scherzt er zwinkernd. «Aber wenn du bereits bist, für ein Tässchen Glühwein und eine warme Mahlzeit zu schuften, bist du mit sofortiger Wirkung eingestellt.»

«Akzeptiert», entgegne ich und frage nach Churchill.

«Dem Armen geht es leider nicht besonders gut», berichtet er mit besorgter Miene. «Er wollte nicht einmal seine tägliche Spazierrunde drehen, hat nur kurz an seiner Stammkastanie vor der Apotheke das Bein gehoben und zog sofort wieder nach Hause. Er wird in seinem Körbchen liegen und zufrieden schnarchen. Hoffe ich zumindest.»

«Eine Runde ausschlafen hilft ihm sicher wieder auf die Beine.»

«Hmm.» Friedrich seufzt tief.

Unser Plausch wird von zwei jungen Frauen mit Kinderwagen unterbrochen, die nach einer lustigen Weihnachtsmütze für das Baby fragen. Friedrich empfiehlt eine Wichtelmütze in rot mit grünen Tannenbäumen, weißen Schneesternen und Bommel, die herzallerliebst auf dem runden Babykopf aussieht. Die Mamis sind ganz verzückt vor Begeisterung und wir mit ihnen.

In der folgenden halben Stunde unterstütze ich Friedrich beim Verkaufen. Der Umgang mit den händchenhaltenden schwulen Männern oder den sich umarmenden Frauenpärchen und anderen durchweg gutgelaunten Kunden macht großen Spaß. Vor allem, weil keiner an der Ware rummeckert und so gut wie alle etwas kaufen. Kein Vergleich mit dem öden Packengel-Job im Kaufhaus, wo die Stunden zäh sind wie altes Wachs im Kerzenhalter. Die Zeit fliegt nur so dahin, und Solveig kommt viel zu schnell zurück – zwei große Kartons mit Stricksachen-Nachschub auf einer Sackkarre transportierend.

«Hallo, Frau Amberger, Sie sind bestimmt wegen der Mützen hier …» Sie angelt eine vorbereitete Tüte aus einem Karton und überreicht sie mir. «Tut mir leid, dass Sie warten mussten.»

«Vielen Dank, Solveig, es war kein Problem, ich habe Friedrich inzwischen ein wenig unterstützt.»

«Na, wie lief der Laden während meiner Abwesenheit?», fragt sie dann, ganz ehrgeizige Geschäftsfrau, ihren Vater.

«Am besten, du überprüfst die Einnahmen», flüstert Friedrich ihr zu und überreicht stolz eine prall gefüllte Kellnergeldbörse. «Ursel ist eine prima Verkaufskraft.»

«Wow!», stellt Solveig nach dem Zählen der Geldscheine mit zufriedener Miene fest. «Ihr seid echt ein klasse Team. Und du, Papa …» Sie küsst ihn auf die Wange. «Warst schon immer ein begnadeter Verkäufer. Ich kann mich gut erinnern, dass die Apotheke zu deiner Zeit keine roten Zahlen fürchten musste. Ihr solltet ein Geschäft eröffnen.»

«Herzlichen Dank auch, liebe Tochter», entgegnet er geschmeichelt. «Ich kann natürlich nicht für Ursel sprechen, aber ich möchte mich auf meine alten Tage nicht noch mal hinter eine Verkaufstheke stellen. Das wäre mir zu riskant. Wie Ursel und ich erst unlängst festgestellt haben, ist die Zukunft von Ladengeschäften mehr denn je durch die rasant wachsenden Onlinekäufer gefährdet. Deine Generation shoppt doch mit Vorliebe am Computer, sich aus dem Hause zu bemühen, ist inzwischen uncool geworden. Und glaubt man den Prognosen der Zukunftsforscher, wird der Trend noch zunehmen.»

«Ausgenommen zu Weihnachten», ergänze ich Friedrichs Ausführungen. «Wenn die Stadt mit Schnee bedeckt in Postkartenromantik erstrahlt, strömen die Massen auf die Christkindlmärkte und verprassen ihr dreizehntes Jahresgehalt.»

«Ja, das stimmt!», sagt Solveig. «Aber der Onlinetrend lässt bereits wieder nach. Nicht nur ich träume von einem Ladengeschäft, auch der riesige Internetkonzern Google plant reale Shops zu eröffnen, in denen er unter anderem seine Smartphones anbieten will. Und gutsituierte Oldies werden bald in der Überzahl sein, dann schießen auch Geschäfte mit speziellen Angeboten für ältere Menschen wie Pilze aus dem Boden.»

Friedrich hat interessiert gelauscht und schubst mich nun kumpelhaft an. «Wie wär's, Ursel, sollen wir zwei beide eine schicke Boutique für allerfeinste Gehhilfen, Spazierstöcke und sonstigen Oldie-Tand eröffnen?», fragt er lachend.

Also, ich kann mir ja einiges mit Friedrich vorstellen, aber ein gemeinsames Unternehmen, welcher Art auch immer, gehört nicht dazu. Dennoch schwebe ich nach seiner Andeutung für eine gemeinsame Zukunft auf Wölkchen – aber lieber nach Paris.

«Hast du Probleme mit den Beinen?»

Robert taucht plötzlich auf. Offensichtlich hat er Friedrichs Bemerkung über die Gehhilfen gehört und starrt seinem Vater nun besorgt auf die Jeanshosenbeine.

Ich mustere Robert meinerseits verwundert, denn er ist in Madeleines Begleitung. Meine Tochter wirkt ziemlich aufgebrezelt, hat sich geschminkt, sehr ungewöhnlich für sie, und mir scheint, als schmiege sie sich an ihn.

«Leni, was für eine Überraschung!» Ich stelle sie Friedrich vor.

«Donnerwetter, Sie haben sich zu einer wunderschönen jungen Dame gewandelt», bemerkt Friedrich galant.

Als Robert das bestätigt, errötet Madeleine und lächelt schüchtern. Was ist nur los mit ihr? Normalerweise ist sie doch nie um eine kecke Antwort verlegen.

«Sind die Koffer für die große Reise schon gepackt?», frage ich nach, weil sie gestern getönt hat, wie unsagbar viel sie noch vorzubereiten hat.

«Alles längst erledigt», antwortet sie lässig, schüttelt ihre feinsäuberlich gedrehten Locken und lächelt Robert zu. «Wir waren auf dem Friedhof. Robert hat seine Mama besucht und ich Papa. Jemand hat das neue Grablicht geklaut.»

Ich nicke. «Hab's auch schon gesehen.»

«Schreckliche Zeiten», bemerkt Robert verdrossen. «Wir wollten eine Kleinigkeit essen», wechselt er dann abrupt das Thema und wendet sich an mich: «Vielleicht haben Sie auch Appetit auf etwas Deftiges oder Süßes. Würde mich freuen, Sie einladen zu dürfen.»

«Sehr freundlich», hebe ich an, komme aber nicht dazu, weiterzureden, denn schon meldet sich Friedrich zu Wort.

«Zu spät, mein Junge, dein Vater hat ältere Rechte.»

Mein Herz beginnt schneller zu schlagen, als habe Friedrich mir soeben eine Liebeserklärung gemacht, und wenn ich nicht sowieso schon begeistert von seinem Charme wäre, hätte er mich in diesem Moment für sich gewonnen.

«Na, dann sehen wir uns später», verabschiedet sich Robert.

Leni zwinkert mir übermütig zu, als wären wir Freundinnen, die sich ihre neuen Freunde vorstellen. «Viel Vergnügen, Mamilein.»

Ein wenig fühle ich mich tatsächlich wieder wie ein umschwärmtes junges Mädchen – oder zumindest um einiges jünger.

Solveig bedankt sich bei ihrem Vater mit einer innigen Umarmung und drückt ihm einen Zwanziger in die Hand. «Dass du es anständig krachenlassen kannst mit Frau Amberger», scherzt sie.

«Merci, Tochterkind. Wir werden alles auf den Kopf hauen.» Er busselt sie auf die Stirn, gibt die Personal-Mütze zurück und hakt mich unter. «Stürzen wir uns ins Glitzergewühl.»

«Mit Vergnügen.»

«Weißt du, was da zwischen unseren Kindern läuft?», fragt er, als wir wie ein altes Ehepaar über den Markt schlendern.

«Keine Ahnung, ich kann dir nur verraten, dass wir am Mittwoch bei Solveig die Mützen gekauft haben und anschließend bei Robert in der Apotheke waren, wo Madeleine sich mit einigen Sachen für die Reiseapotheke eingedeckt hat», antworte ich und berichte auch von Madeleines ungeplantem Erscheinen beim Krippenspiel. «Aber auch wenn sie ihre Neffen sehr liebt, würde ich meinen, sie wollte deinen Sohn wiedersehen. Ansonsten bin ich genauso unwissend wie du.»

«Sie passen gut zusammen», flüstert Friedrich mir zu. «Ob daraus was Ernsthaftes wird?»

«Wer weiß, zumindest gibt es einige Gemeinsamkeiten. Madeleine hat einen Spendenfimmel, Katja tituliert sie deshalb Fräulein Wohltätigkeit, und dein Sohn scheint mir ebenfalls ein mitfühlendes Herz zu besitzen. Übereinstimmende Leidenschaften sind bekanntlich nicht die schlechteste Basis für Beziehungen.»

Friedrich lächelt vor sich hin. «Hmm», brummelt er dann. «Das kann ich bestätigen. Erika hat alle buchhalterischen Arbeiten für unsere Apotheke erledigt, und wir hatten immer etwas zu bereden.»

«Auf mich hat deine Frau auch immer einen sehr tüchtigen Eindruck gemacht», bestätige ich und verschweige, dass meine Tochter Schreibkram hasst. Was war das immer für ein Drama, bis sie ihre Schularbeiten erledigt hatte. Dieses unschöne Detail behalte ich natürlich lieber für mich, denn wer weiß schon, was geschieht, wenn die beiden sich verlieben. Die Liebe verleiht bekanntlich Flügel. Leni hätte vielleicht keine Lust auf Papierkram, aber sie würde sich jederzeit mit einer Spendendose vor die Apotheke stellen und Kunden anbetteln.

«Omaaa! Omaaa!»

Unverkennbar Kinderstimmen, nämlich die von Jan und Eric, die mich aus meinen eigenwilligen Überlegungen reißen. Als ich mich umsehe, erblicke ich die ganze Familie.

«Na so was, meine zwei Lausejungs», rufe ich erfreut, gehe in die Hocke und breite meine Arme aus.

Kichernd umarmen wir uns. Aber nur für eine halbe Sekunde, denn die Oma mit einem fremden Mann an der Seite ist viel interessanter als Schmusen.

«Omaaa, is der Mann dein Verehrer», fragt Eric ungeniert.

Ich laufe knallrot an und kann nur noch hoffen, dass er nicht auch noch fragt, ob Friedrich mich schon geküsst hat. Zum Glück fällt mir eine ablenkende Erklärung ein. «Das ist Herr Hirsch, der Opa von der kleinen Sarah.»

«Die wo bei mir im Kindergarten is und ein Schäfchen bei der Krippe war», stellt Eric fest und mustert ihn neugierig.

«Ganz genau, die Sarah aus eurem Kindergarten», bestätige ich.

Katja und Bernd begrüßen mich ohne Umarmung, tasten aber Friedrich mit neugierigen Blicken ab, als käme ich von einem für ältere Damen unziemlichen Schäferstündchen. Weshalb ich prompt erröte, als ich Bernd und meine Tochter vorstelle. «An Katja erinnerst du dich sicher.»

«Wie könnte ich nicht?», entgegnet Friedrich lächelnd. «Freut mich außerordentlich.»

«Mama hat mir berichtet, dass Sie sich *zufällig* über den Weg gelaufen sind», bemerkt Katja mit zweideutigem Unterton, als sie ihm die Hand reicht.

«Ganz recht, es war einer der schönsten Zufälle seit langem», entgegnet Friedrich und hakt mich wieder unter. «Genau wie Sie und Ihre Familie hier anzutreffen.»

Eric zupft an meinem Mantel. «Wir waren auf dem Friedhof, Opa besuchen …»

«Und wir haben einen kleinen Tannenbaum ans Grab gebracht, aus echten Zzweigen», ergänzt Jan mit großen Augen.

«Selber gebastelt, aus den noch brauchbaren Ästen der ruinierten Tanne», erklärt Katja.

«Jetzt hat Opa auch so was wie Weihnachten», fügt Eric hinzu. «Kriegt er im Himmel auch Geschenke?»

«Bestimmt», versichere ich. «Aber viel mehr als über Geschenke freut er sich über den selbstgebastelten Baum und euren Besuch an seinem Grab. Leni war heute auch schon da.» Dass Madeleine mit Robert hier irgendwo rumschwirrt, behalte ich lieber für mich. «Es war kein Grablicht da», sagt Katja stirnrunzelnd. «Wolltest du nicht eines dieser neumodischen Solarlichter aufstellen?»

«Ja, habe ich auch, an seinem Geburtstag, aber irgendwer muss es gestohlen haben», antworte ich und wechsle das Thema: «Du willst bestimmt Solveig begrüßen.»

«Unbedingt», nickt Katja. «Natürlich möchten wir auch den Markt ansehen, weil ich Bernd ja ‹Coloradotanne gegen Besuch auf Pink Christmas› versprochen habe. Und obwohl ich immer noch auf meinen Weihnachtsbaum warte, sind wir trotzdem hier, wegen der Kinder …»

«Karussell, Karussell», bettelt Jan wie auf Kommando. «Papa, du hast es versprochen.»

«Moment noch», beruhigt Bernd die Jungs, doch Katja schickt ihn zu dem kleinen Kinderkarussell. «Wo finde ich denn Solveig?», wendet sie sich dann an Friedrich.

«Da drüben, der Stand mit dem großen Hut, nicht zu verfehlen.» Er deutet über den Platz. «Sie wird sich riesig freuen … Ich hoffe, wir sehen uns später noch. Wir sind am Glühweinstand.»

Dort treffen wir auf Madeleine und Robert, die an einem Stehtisch dicht aneinandergelehnt Kinderglühwein schlürfen. «Schau mal, Mami …» Sie weist mit einer Kopfbewegung auf drei Weihnachtsbäume, die mittels Scheinwerfer rosa erstrahlen. «Wäre das nicht eine schöne Alternative für Katja? Dann hätte der Weihnachts-Wahnsinn endlich ein umweltfreundliches Ende.»

Ich fixiere die Bäume und erschrecke. «Plastikbäume!»

Madeleine prustet plötzlich los. «Genau deshalb wäre es ja ein *umweltfreundliches* Ende.»

«Ah, Fräulein Wohltätigkeit auch hier und schon wieder bei ihrem Lieblingsthema», ertönt genau in dem Moment Katjas Stimme.

«Hallo, Schwesterherz!» Madeleine grinst sie frech an. «Na, wieder auf Tannenjagd?»

«Wenn ich kurz unterbrechen dürfte», meldet sich Friedrich zu Wort. «Wem darf ich etwas zu essen und zu trinken bringen?» Er blickt fragend in die Runde.

Katja lehnt unfreundlich ab mit der Bemerkung, Bernd würde bereits etwas besorgen. Madeleine nimmt die Einladung gerne an. Ich natürlich auch. Die Stunde an der frischen Luft hat geholfen, das Mac-Doof-Dinner von gestern Abend zu verdauen und meinen Appetit kräftig anzuregen.

«Aber Mama, du kannst unmöglich so eine fette Bratwurst essen», stoppt Katja meine Bestellung. «Denk an dein Cholesterin!»

Ach, du himmlisches Weihnachtsglöckchen, mein «Cholesterinproblem» habe ich ja vollkommen vergessen. Aber Katja nicht. Leider. «Hmm …», brummle ich nach einer Erklärung suchend.

Friedrich stutzt ungläubig. «Muss ich mir Sorgen machen?»

«Nein, nein», winke ich eilig ab. «Aber vielleicht gibt's 'ne Diätwurst?»

«Wird erledigt!», nickt Friedrich und schwirrt davon. Robert begleitet ihn, da die Bestellung für einen allein kaum zu tragen wäre.

«Es wäre dir kein Stein aus der Krone gefallen, wenn du Friedrichs Einladung angenommen hättest», fahre ich Katja erbost an, nachdem die Männer außer Hörweite sind.

«Genau!», pflichtet Madeleine mir bei.

Katja starrt mich ungläubig an. «Ähm … Wie bitte?»

«Ach, vergiss es», winke ich ab. «Warum bist du überhaupt schon wieder so mies gelaunt?»

Katja vergräbt die Hände in ihren Jackentaschen und zieht die Schultern hoch, als müsse sie sich gegen Angreifer wehren. «Ich bin lediglich etwas unkonzentriert, weil ich ständig darüber nachdenke, wo wir jetzt noch eine Coloradotanne bekommen.»

«Man könnte meinen, du wärst auf einem Wahnsinns-Weihnachts-Workshop gewesen», pflaumt Madeleine ihre Schwester an. «An deiner Stelle würde ich umdenken und mir eine Alternative überlegen.»

«Es gibt keine Alternative zu einem *richtigen* Christbaum», wende ich betont ruhig ein und funkle Madeleine an, um die Diskussion im Keime zu ersticken. Hoffentlich erwähnt sie den albernen Plastikbaum nicht, sonst muss ich unangenehm werden.

Katja lächelt mich dankbar an.

«Ein Baum aus Eierkartons wäre eine kreative Möglichkeit», meint Madeleine plötzlich nach einer kurzen Pause. «Du bist doch ein großer Fan von Kreativität.»

Katja und ich mustern sie verdattert.

«Hab ich in einem Bioladen gesehen. Du kennst bestimmt diese langen grünen Zwölfer-Eierkartons? Die waren im Kreis sternförmig zusammengelegt, die nächste Ebene versetzt draufgeschichtet und so weiter. Daraus entsteht ein stilisierter Baum, der mit diversen Kugeln oder weihnachtlichen Figuren geschmückt wie ein alternativer Christbaum ausschaut. Super Effekt! Und umweltfreundlicher geht's nicht.»

«Eierkartons!» Fassungslos schüttelt Katja den Kopf. «Du hast doch 'ne Meise. Mein Weihnachtsbaum ist eine Coloradotanne. Punkt.»

«Vielleicht sind Coloradotannen einfach so selten geworden, dass sie bereits auf der Artenschutzliste stehen und nicht mehr geschlagen werden dürfen», unkt Madeleine amüsiert. «Oder sie sind gänzlich ausgestorben.»

Robert schaut Leni besorgt an. «Wer ist gestorben?»

«Niemand, ich habe nur überlegt, ob Coloradotannen ausgestorben sind, weil Katja und Bernd trotz intensivster Suche einfach keine auftreiben», erklärt sie mit ernster Miene. «Falls dir einer dieser seltenen Bäume begegnet, sofort verhaften.»

Katja zieht die Augenbrauen hoch. «Sehr witzig, hahaha.»

Friedrich fragt, wer welchen Glühwein möchte, und Robert stellt das Tablett mit dem Essen in die Mitte. «Bitte, bedient euch. Die helle Wurst ist für Frau Amberger, Pute. Fettreduziert.»

Ich bedanke mich überschwänglich, obwohl mir fast der Appetit vergeht. Dieses Putenzeugs schmeckt todlangweilig. Ich muss mir dringend eine List ausdenken, wie ich das rückgängig machen kann, oder Katja verdonnert mich in Zukunft nur noch zu fettlosen Mahlzeiten. Auch wenn ich nicht so versessen auf die Gans bin wie meine Älteste, möchte ich dennoch nicht geschmackloses Putenschnitzel verzehren müssen, während der Rest der Familie knusprigen Gänsebraten spachtelt.

«Ich war vor zwei Tagen draußen am Fohnsee», beginnt Friedrich zu erzählen. «Um mal nach dem Rechten zu sehen und den Kamin zu überprüfen.» Er blinzelt mir verschwörerisch zu, worauf ich sofort rot anlaufe.

«Im Wochenendhaus, warum denn?», fragt Robert hellhörig.

«Ach, einfach mal nachschauen, ob das Haus noch steht», antwortet Friedrich launig. «Und im Wald hinter dem Haus ist eine Baumplantage, da kann man Christbäume schlagen, vielleicht haben Sie dort Glück, Katja.»

Über Katjas Gesicht huscht ein kleines, hoffnungsvolles Lächeln. «Meinen Sie?»

Friedrich reicht ihr einen Becher Glühwein. «Einen Versuch ist es zumindest wert, und es wäre ein hübscher Ausflug.»

In dem Moment kommt Bernd mit den Kindern zurück. Die stürzen sich auf die Bratwürstel, und auch mein Schwiegersohn sagt nicht Nein.

«Herr Hirsch hat vorgeschlagen, an den Fohnsee zu fahren, dort gäbe es vielleicht eine Coloradotanne», informiert Katja ihren Mann. «Zudem sind die Bäume dort auch viel günstiger, weil der Zwischenhandel wegfällt.»

«Hmm … meinetwegen», sagt Bernd kauend. «Aber ich kann erst am Nachmittag … Hmm … Morgens muss ich noch mal in die Schule …»

«Ich möchte auch mitfahren», melde ich mich zu Wort. Nicht, weil ich so scharf bin aufs Baumfällen, aber Friedrichs Haus interessiert mich natürlich sehr. «Nachmittags habe ich nämlich frei. Und während ihr nach dem perfekten Baum Ausschau haltet, kümmere ich mich um die Jungs.»

Friedrich hakt sich wieder bei mir ein und strahlt in die Runde. «Und wenn ihr euren Baum gefunden habt, gibt es Tee oder Kaffee bei mir. Ich bin nämlich schon am Vormittag draußen, weil ich den Kaminbauer erwarte. Wenn alles klappt, sollte bei eurer Ankunft bereits ein Feuerchen lodern.»

Katja bedankt sich herzlich für die Einladung und wirkt plötzlich viel entspannter.

Ich lächle Friedrich verzückt an. «Die Einladung nehmen wir gerne an.»

23. Dezember, Montag, noch 1 Tag bis Weihnachten

Morgen kommt der Weihnachtsmann, summe ich gutgelaunt den Klassiker aus dem Lautsprecher mit. Mir bringt der bärtige Mann aber heute schon seine Gaben. Nach der vierwöchigen Schufterei belohne ich mich einfach mal selbst mit einem Geschenk. Denn an Heiligabend stehen noch vier Stunden Packen an. Danach werde ich wie versprochen die Gans abholen, mich für die Feier bei Katja umziehen – und was noch alles in letzter Sekunde an Katastrophen über mich hereinbricht, steht in den Weihnachtssternen. Zeit, um mir morgen in Ruhe etwas Schönes auszusuchen, bleibt garantiert nicht.

Ich liebäugle mit einem Kaschmirpulli. Dem ersten meines Lebens, von dem ich schon seit Ewigkeiten träume. Dass ich mir diesen Traum ausgerechnet jetzt erfülle, liegt an Friedrichs Einladung und der Fahrt zum Fohnsee, wo dann auch das Coloradotannen-Drama hoffentlich ein glückliches Ende findet. Natürlich kann ich mich auch in einem stinknormalen kratzigen Wollpullover zum Tannenbaum fällen aufmachen. Und damit auch Tee trinkend am Kamin sitzen. Aber in einem feinen Kaschmirpullover mit Teetasse am lodernden Feuer in Friedrichs Gesellschaft zu verweilen, intensiviert das Vergnügen um ein Vielfaches. Irgendwie englisch, fast wie bei *Rosamunde Pilcher.* So stelle ich es mir zumindest vor. Selbstredend würde ein derart edles Stück zum vollen Preis meine begrenzten Mittel übersteigen. Aber der *Christmas Sale* (wie das jetzt neumodisch heißt) läuft bereits, und ich bekomme zusätzlich noch Personalrabatt. Dadurch wird Luxus sogar für eine Postboten-Witwe erschwinglich.

Im Moment schwanke ich noch zwischen dem klassischen Pulli in Beige mit Rundhalsausschnitt und dem etwas gewagteren in Cyclamrot mit V-Ausschnitt. Wäre ich eine *Pilcher-Figur,* müsste es natürlich der konservative beige sein. Dazu würde ich einen schmalen knielangen Rock und eine echte Perlenkette tragen. Selbstredend ein Erbstück mit Brillantschließe. Aber ich bin keine Romanfigur und besitze auch keine ererbte Perlenkette, nicht mal eine unechte.

Bevor ich zuschlage, bitte ich meine Kollegin Lissy um Rat, die einen treffsicheren Geschmack hat, wie ich in den letzten Wochen neidlos beobachten konnte.

«Den V-Pulli in warmem Pink mit dem Schuss ins Lila», entscheidet Lissy, ohne lange zu überlegen. «Der wirkt super zu deinen rötlich-braunen Haaren. Du solltest dir auch noch einen passenden Lippenstift dazu leisten. Das ist *der* Trend.» Nach einem prüfenden Blick auf mein zerknautschtes Haar fügt sie hinzu: «Würde dein Budget noch einen Friseurbesuch zulassen?»

«Schon verstanden», entgegne ich lachend.

Lissy hat natürlich recht. Neuer Edelpulli mit oller Witwenfrisur ist kein besonders aufregender Look, mit dem man jemand vom Kaminfeuer weglocken könnte. Auf dem Heimweg schaue ich deshalb bei meiner Friseurin vorbei. Die treffe ich am Tresen bei ihrer Kaffeepause an. Ich wage zu fragen, ob sie vielleicht noch einen Termin frei habe. «Na klar», ist die lachende Antwort. «Jetzt!» Im ersten Moment halte ich es für einen berechtigten Scherz, denn wer ist schon so naiv zu glauben, einen Tag vor Weihnachten überhaupt noch dranzukommen. Geschweige denn ohne Voranmeldung. Aber dann versichert sie mir, eine Kundin habe abgesagt, und ich könne sofort Platz nehmen.

Das nenne ich ein Weihnachtswunder nach meinem Geschmack. Bleibt nur noch zu klären, wann Katja losfahren möchte. Wir haben vereinbart, dass ich nach meiner Schicht zu Hause auf ihren Anruf warte. Wie sich herausstellt, ist Bernd noch in der Schule und wird nicht vor drei zurückerwartet.

Mehr als *ein* glücklicher Zufall ist natürlich im doppelten Sinn beglückend, grundsätzlich finde ich dergleichen aber unheimlich. Wenn da mal nicht das dicke Ende an der nächsten Ecke wartet. Meine heimliche Angst könnte aber auch die Summe an Erfahrungen sein. Hermanns vorzeitiger Tod, beispielsweise. Er hatte sich so sehr auf einen gemütlichen Lebensabend gefreut. Auch über die Hausmeisterstelle, die unsere Haushaltskasse aufgebessert hat und uns so manchen Luxus ermöglicht hätte. Aber dann … Bei diesen trüben Gedanken erinnere ich mich, dass ich ihm ein neues Grablicht vorbeibringen wollte. Dummerweise muss ich es erst noch im Drogeriemarkt besorgen. Aber das schaffe ich auch noch irgendwie, und Hermann läuft mir ja nicht weg. Der zweideutige Gedanke lässt mich grinsen, und jetzt freue ich mich auf eine neue Frisur, die mich vom Packengel in eine attraktive Frau verwandelt.

Frisch geföhnt, getönt und um Jahre verjüngt, begebe ich mich dann auf den Heimweg. Zum Drogeriemarkt ist es nur ein winziger Umweg, dem ein kleiner Schlenker zum Friedhof folgt. Anschließend eile ich in meine Dachstube, schütze die neue Frisur mit einer Plastikhaube und spüle mir unter der heißen Dusche den Kaufhausstress ab. Als Katja sich dann immer noch nicht gemeldet hat, bereite ich mir eine belebende Tasse Kaffee zu, den ich in Kaschmir gewandet genieße. Sozusagen eine Generalprobe ohne Kaminfeuer. Herrlich.

Kurz nach drei sitze ich endlich zwischen meinen Enkeln im Fond. Bereit für das große Coloradotannen-Abenteuer. Die allgemeine Stimmung ist friedlich, Katja so fröhlich wie schon lange nicht mehr, und Bernd legt den lustigen *Christmas im Eimer*-Song ein. Alle singen mit – ich ziemlich falsch.

«Oma, wann sind wir endlich dahaaa?», fragt Eric, sobald Bernd sich durch den Stadtverkehr gekämpft hat und auf die Autobahn Richtung Garmisch-Partenkirchen einbiegt.

«Wir fragen mal den Fahrer», antworte ich ausweichend.

«Ungefähr dreißig Minuten», sagt Bernd.

«Dauert so lange wie Frühstücken bei mir», übersetze ich, denn kleine Kinder können sich unter Zeitangaben in Minuten wenig vorstellen, was Bernd eigentlich wissen sollte.

«Och, ssooo lange noch», schmollt Jan und strampelt mit seinen Beinen gegen Bernds Rückenlehne, als könne er Gas geben. «Fahr ssneller, Papa. Sooo ssnell wie der Ssumi.»

«Tut mir leid, Sohn, hier ist nicht der Nürburgring.»

«Papa is voll langweilig», motzt er.

«Wir rufen Leni an und wünschen gute Reise», lenke ich die gelangweilten Kinder ab und ernte begeisterte Zustimmung.

Jan verlangt, als Erster mit ihr zu sprechen. «Sitzt du sson im Flugzeug?», fragt er und redet sofort weiter, ohne auf Antwort zu warten: «Bringst du mir was voll Ssönes mit?»

«Ich will eine Schildkröte», ruft Eric laut dazwischen.

«Ich eine Riesensslange», trumpft Jan auf.

Madeleine hat gestern die Flora und Fauna auf Kuba in den schillerndsten Farben ausgemalt.

Die Wünsche der Jungs gipfeln in einem lebendigen Dinosaurier, worauf sich Bernd eine Vogelspinne wünscht.

«Na klar», lacht Katja. «Und noch einen Elefanten dazu.»

Schmunzelnd nehme ich das Telefon wieder an mich, wünsche Leni eine schöne Zeit und gesundes Heimkommen. Dann schlage ich den Kindern vor, etwas zu spielen: «Ich sehe was, was du nicht siehst!»

«Voll das langweilige Babysspiel», findet Jan.

«Autos, Autos!», kräht Eric. «Ich will BMW! Silberne.»

Jan ist sofort einverstanden. «Ich nehme sswarze Mercedesse.»

Da ich selbst nicht mal einen Führerschein besitze, muss ich nachfragen, wie die Spielregeln lauten.

«Das is ganz leicht, Oma, ich zähle alle sswarzen Mercedesse, die uns überholen», erklärt Jan. «Eric die BMWs, und Mama muss aufschreiben.»

«Kapiert! Dann zähle ich … ähm …» Ich überlege, ob ich Coloradotannen zählen könnte. Aber ob meine Tochter das so lustig fände? Ich möchte meinen süßen Enkeln den Spaß natürlich nicht verderben, und da ich ohnehin keine Automarken kenne, sage ich: «Lila Kühe!»

Die beiden lachen sich kringelig über ihre dumme Oma, die nicht weiß, dass lila Kühe nur für Schokolade erfunden wurden und niemals auf einer Autobahn rumlaufen.

«Oooch, nicht mal braune oder schwarz-weiße?», frage ich mit enttäuschter Miene.

«Keine Kühe, keine Ssweine und auch sonst keine Tiere, Oma, das wäre viel zu gefährlich», klärt Jan mich auf.

Eric hat eine ganz andere Begründung: «Die sind doch viel zu langsam, und dann gibt's Stau.»

«Echt?», frage ich scheinheilig, bevor ich mitlache. «Na gut, dann zähle ich eben lila Autos.»

Jan schüttelt den Kopf. «Es gibt keine lilanen, Oma, höchstens bei Sspielzeugautos, aber die fahren hier nicht. Also nimm lieber rote Autos, sonst verlierst du», orakelt er mit rührend bekümmerter Miene.

«Aber gestern habe ich eines vor meinem Haus gesehen», behaupte ich schmunzelnd und muss mich beherrschen, meinen besorgten kleinen Enkel im Überschwang meiner Zuneigung nicht an mich zu drücken.

«Einer, einer», krakeelt Eric aufgeregt dazwischen, als ein silberner Wagen an uns vorbeischießt.

«Boah, mindestens zweihundert Sachen!», schnauft Jan anerkennend. Wenige Sekunden später kann er seinen Bruder mit einem Mercedes Sportwagen übertrumpfen. «Fährt dreihundert Sspitze!»

Die Jungs sind im totalen Geschwindigkeitsrausch, und die Zeit vergeht wie im Flug. Als es dann auch noch anfängt zu schneien, drosselt Bernd klugerweise das Tempo. Auf die Weise überholen uns noch mehr silberne und schwarze Geschosse, denen die gefährlichen Straßenverhältnisse scheinbar nichts anhaben können. Die Kinder sind natürlich begeistert.

«Ausfahrt Penzberg-Iffeldorf, eintausend Meter», quäkt eine Stimme aus dem Navi.

«Ach, können wir nicht noch weiterfahren? Ich habe noch kein lila Auto gezählt», beschwere ich mich.

«Oma is der Loser, Oma is der Loser», singen Jan und Eric, als mein Schwiegersohn auf die Ausfahrt zusteuert.

«Schade», jammere ich mit angemessenem Verlierergesicht. «Aber vielleicht kommt uns auf der Landstraße noch eine lila Kuh entgegen.»

«Landssstraße güldet nicht. Du darfst nur auf der Autobahn zählen», klärt Jan mich auf und dreht den Kopf abrupt zur Seite. «Da war noch ein Mercedes!»

«Aba der güldet auch nicht», beschwert sich Eric. «Papa is schon bei der Ausfahrt.»

«Okay, dann darfst du noch einen zählen», genehmigt Jan großzügig und fragt Katja, wer gewonnen hat.

«Keiner!», antwortet sie. «Es ist unentschieden, weil ihr beide gleich viele Autos gesehen habt.»

Jan verschränkt beleidigt die Arme. «Männooo.»

«Blödes Spiel», schmollt Eric.

Meinem Gefühl nach müsste Eric eigentlich gewonnen haben, aber ich denke, Katja will keinen Streit provozieren. «Ach wie schön, zwei Gewinner!», rufe ich deshalb erfreut. «Und jetzt aufpassen, dass wir den Wegweiser zum Campingplatz nicht übersehen», wende ich mich an Bernd.

Wie Friedrich erklärt hat, finden wir sein Häuschen ganz leicht, indem wir uns Richtung Campingplatz halten. Nach 500 Metern ginge ein Feldweg namens Seestraße links ab, der direkt auf sein Wochenendhaus zuführe. Nicht zu verfehlen. Notfalls sollten wir uns per Handy melden.

«Den Campingplatz müssten wir eigentlich bald erreichen», meldet sich Katja, nachdem Bernd die Autobahn verlassen hat.

Meinem Empfinden nach ist er schon viel zu weit auf der Landstraße gefahren.

«Hmm», brummelt er. «Kann nicht mehr lange dauern. Aber wegen des Schneetreibens fahre ich lieber langsam.»

«Sehr vernünftig», lobe ich und verdränge das unangenehme Gefühl, dass er die Abzweigung verfehlt hat. Soweit ich mich erinnere, hat Friedrich von einer Minute Fahrzeit nach der Autobahn gesprochen. Aber vielleicht täusche ich mich auch, und Bernd hat ja ein Navi. Eigentlich kann gar nichts schiefgehen.

Katja dreht sich leicht zu Bernd. «Ob wir das Schild übersehen haben? Ich bilde mir ein, Herr Hirsch hat gesagt, nach der Ausfahrt links abbiegen.»

«Und?», fragt Bernd und blickt stur geradeaus.

«Na ja, du bist rechts ...»

«Ich muss Pipi», unterbricht Eric seine Mutter, und wie ich das von den beiden kenne, muss Jan natürlich auch.

«Wir sind gleich da!», vertröstet Bernd seine Söhne.

Keine Minute später drängeln sie erneut und dass es jetzt langsam gaaanz dringend wäre.

Mein Schwiegersohn gibt Gas. «Zählt mal langsam bis zehn, dann sind wir da», verspricht er.

«Will aba nicht zählen», jammert Eric.

«Ich mach gleich in die Hose», schnauft Jan gequält.

Katja wird nun auch nervös. «Jetzt fahr doch einfach bei der nächsten Möglichkeit rechts ran», kommandiert sie. «Oder sollen die Kinder mit nassen Hosen im Wald rumlaufen und sich den Tod holen?»

«Schon gut», grummelt Bernd kleinlaut.

Wenige Meter weiter findet er tatsächlich eine günstige Möglichkeit anzuhalten. Vom Seitenstreifen aus führt ein Weg nach einigen Metern in den Wald. Stotternd kommt der Wagen auf der freien Fläche zum Stehen.

«War das der Motor?», fragt Katja hellhörig.

«Nein, nur ein Ast oder so.» Bernd löst den Sicherheitsgurt

und dreht sich zu uns nach hinten. «Pinkelpause!» Dann steigt er mit den Kindern aus und verzieht sich Richtung Bäume.

«Beeilt euch, flotti Karotti», gibt Katja ihnen mit auf den Weg. «Sag mal, Mama», wendet sie sich zu mir, als wir alleine sind. «Erinnerst du dich, in welche Richtung wir nach der Autobahn fahren sollten?»

«Ich meine, Friedrich hat nach links gesagt …»

«Genau!» Katja nickt mir zu. «Und das bedeutet, dass Bernd sich verfahren hat. Schöner Mist.»

Bernd kommt mit den Kindern zurück. «Ganz schön kalt, da draußen. Heißer Tee wäre schön.»

«Omaaa», hebt Eric an, als er wieder neben mir in seinem Kindersitz thront. «Pipi im Schnee sieht aus wie Zitroneneis. Hast du das gewuuuhust?»

«Nein, mein Schatz, ich hatte keinen blassen Schimmer», grinse ich. «Das ist ja toll.»

«Es war voll kalt, aber ich hab ein Muster gepinkelt», verkündet Jan stolz. «Und wenn jetzt ein Hirss vorbeikommt und dran ssnüffelt, weiß er, dass ich da war.»

«Jan-Georg, Eric-Anton, das reicht!», ermahnt meine strenge Tochter sie jetzt.

«Ihr seid zwei tapfere Pinkel-Helden!», versuche ich das Thema zu beenden.

Die Jungs kichern hinter vorgehaltenen Händen, weil sie genau wissen, wie sehr ihre Mutter derartig *unflätige* Späßchen hasst. Aber die zwei waren schon als ganz kleine Zwerge mächtig stolz auf ihre Töpfchen-Geschäfte. Erinnere mich nicht, dass die Mädchen so ein Tamtam gemacht hätten.

«Mist!», flucht Bernd plötzlich. «Erst streikt das Navi, und jetzt springt die Karre nicht mehr an.»

Katja mustert ihn fragend. «Wieso?»

Wortlos zuckt er die Schultern, während er einen neuen Versuch startet, der leider fehlschlägt.

«Seltsam, der Wagen war doch letzte Woche in der Inspektion», bemerkt sie.

«Mama», meldet Jan sich. «Ich will was trinken.»

«Ich auch», schließt Eric sich an.

Katja angelt zwei kleine Flaschen Wasser aus ihrer Handtasche und reicht sie in den Fond.

«Aba, das ist sooo kalt», quengelt Eric. «Ich will liba Kakao.»

«Ich auch und was essen», fordert Jan.

«Tut mir leid, Kinder, für den kurzen Ausflug habe ich keinen Picknickkorb gepackt», bedauert Katja. «Außerdem habt ihr vor einer Stunde Mittag gegessen, und wenn wir bei Sarahs Opa sind, bekommt ihr was.»

Über das Hin und Her, was Friedrich uns anbieten wird, vergehen einige Minuten, in denen Katja nicht weiter darauf achtet, dass Bernds Schwierigkeiten mit dem Wagen anhalten. Ich wundere mich über die Stottergeräusche, sage aber kein Wort, denn als Nichtautofahrerin würde ich ohnehin nur Blech reden.

«Also, wieso springt der Wagen denn nicht an?», wiederholt Katja ihre Frage dann doch ziemlich ungehalten.

«Ich bin Pädagoge und kein Kfz-Mechaniker», antwortet Bernd genauso unfreundlich.

«Aber du hast den Wagen doch letzte Woche zum Kundendienst gebracht, oder?», hakt sie nach.

«Wollte ich», brummelt Bernd. «Es gab keinen Termin. Im Dezember scheint die ganze Stadt ihre Autos durchchecken zu lassen.»

«Du hättest dich eben früher anmelden sollen», schimpft Katja. «Aber das wäre nicht passiert, wenn du nach der Ausfahrt links abgebogen wärst.»

«Blödsinn», wehrt er sich. «Außerdem habe ich mich noch nie verfahren. Mein Orientierungssinn ist legendär. Mich haben schon Brieftauben nach dem Weg gefragt.»

«Hoffentlich kam die Arme auch da an, wo sie hinwollte, und ist nicht unterwegs verhungert», kommentiert Katja abfällig grinsend.

«Sehr witzig», brummt Bernd.

Oh nein! Da liegt schon wieder Streit in der Luft. Und alles nur wegen dieser vermaledeiten Coloradotanne. Eilig mache ich den Vorschlag, Friedrich anzurufen.

Katja schüttelt den Kopf. «Er kann sicher auch nichts weiter tun, als den Pannendienst zu alarmieren. Und das wird unser genialer Fahrer wohl noch selber schaffen, oder?»

«Ist ja gut, ich rufe den ADAC an», erklärt Bernd, kramt in seiner Jacke, angelt sein Handy heraus und wischt dann drauf rum.

Er besitzt eines von diesen neuen Dingern, ohne Tasten aber mit Apps für alles Mögliche, wovon ich genauso wenig Ahnung habe wie von Autos. Zum Glück habe ich clevere Enkel, die ihrer altmodischen Oma die neue Zeit erklären können. Leider hat noch niemand eine App für Coloradotannen entwickelt.

Während mein Schwiegersohn mit dem Pannendienst spricht und unsere Position durchgibt, wird es langsam ungemütlich in dem sich abkühlenden Wagen. Nur die Jungs haben Spaß und malen Lachgesichter oder schiefe Tannenbäume an die von der Atemluft beschlagenen Scheiben. Nach einer Weile wird ihnen dann doch langweilig, zudem spüren sie die Kälte und fangen an zu nörgeln. Kalt. Hunger. Durst. Mein sensibles Großmutterherz fühlt mit ihnen, ändern kann ich es leider auch nicht. Also schlage ich vor, auszusteigen und einen Schneemann zu bauen, bis der ADAC-Mann auftaucht und den Wagen repariert. Wie ich hoffe, in der versprochenen halben Stunde.

Katja steigt mit uns aus, vermummelt die Jungs noch in Mützen, Schals und Handschuhe, dann dürfen wir starten. «Aber nicht im Wald oder da, wo ihr Pipi gemacht habt», gibt sie uns mit auf den Weg. «Das ist igittigitt!»

«Keine Sorge», beruhige ich sie. «Wir bleiben dicht am Wagen.» Außerdem wird es langsam dunkel, da wäre mir auch im Wald unheimlich.

Bernd stellt das Warndreieck auf, nimmt dann aber wieder hinter dem Steuer Platz. Katja setzt sich ebenfalls ins Auto und winkt den Kindern aufmunternd zu, die voller Begeisterung Schneebälle zu Kugeln rollen. Inzwischen suche ich kleine Tannenzapfen und Stöckchen für Arme und Nase. Gleichzeitig halte ich die Augen offen, dass sie nicht zu nah an die Straße gelangen, wo die Autos ununterbrochen vorbeirauschen. Nicht einer hält an. Anscheinend sieht es so aus, als würden wir lediglich ein Päuschen machen – trotz des Pannenzeichens.

Der erste Schneemann bekommt gerade ein Gesicht verpasst, als ein blinkender Wagen langsam ranfährt. Erleichtert atme ich auf. Durch die Bewegung ist mir zwar nicht mehr so kalt, aber es wird immer dunkler und höchste Zeit, den Forst zu erreichen. Sonst sehe ich definitiv *schwarz* für Katjas Christbaum.

Die Kinder verlieren natürlich sofort das Interesse an ihren Schneegebilden, als das große gelbe Auto neben unserem anhält. Der Mechaniker und die geöffnete Motorhaube sind viel interessanter, und sie wollen unbedingt bei der Reparatur zusehen. Ich klopfe mir den Schnee von den Stiefeln und setze mich zu meiner Tochter in den Wagen. Deren Laune ist mittlerweile auf den Gefrierpunkt gesunken.

«Bei solchen Erlebnissen wundert es nicht, dass die Scheidungsraten nach Weihnachten ansteigen», grummelt sie genervt vor sich hin.

«Sieh es doch mal von der positiven Seite. Deine zwei kleinen Autonarren haben richtig viel Spaß. Und nach den Ferien können sie im Kindergarten mächtig angeben mit einem tollen Abenteuer. Weihnachtsgeschenke kriegen alle, aber eine abenteuerliche Autopanne mit ADAC-Mann erlebt nicht jeder. Für mich ist es jedenfalls die erste meines Lebens.»

«Worauf du aber auch verzichten könntest … Und es sind *drei* Autonarren», sagt sie, dreht sich zu mir und grinst versöhnt.

In den nächsten Minuten beobachten wir schweigend unsere Atemwölkchen und lauschen seltsamen Klopfgeräuschen, die zu uns ins Wageninnere dringen.

Endlich klappt der «Gelbe Engel» die Motorhaube zu, und kurz darauf steigen Bernd und die Kinder wieder ein.

Jan strahlt übers kältegerötete Gesicht. «Wow, das is voll cool!»

«Voll cool», wiederholt Eric mit ebenso leuchtenden Augen.

«Und, woran lag es?», fragt Katja, als der Wagen dann tatsächlich anspringt.

«Dampfblasenbildung im Kraftstoffsystem», antwortet Bernd lässig, als wäre er nur mal eben kurz tanken gewesen.

«Aha!», schnauft Katja. «Dampfblasen erklären natürlich alles.»

Ohne darauf zu antworten, wendet Bernd den Wagen und fährt in die entgegengesetzte Richtung. Offensichtlich hat er den Mechaniker nach dem Weg gefragt.

Katja lässt das Wendemanöver unkommentiert, worüber ich

sehr froh bin, denn auch nur die kleinste Anmerkung hätte garantiert eine unangenehme Diskussion zur Folge gehabt. Noch mehr freue ich mich über die voll aufgedrehte Heizung, die meine Eisfüße auftaut und die beschlagenen Scheiben trocknet.

Kaum herrscht wieder klare Sicht, verkündet ein Schild besagten Campingplatz, wir biegen kurz davor in die Seestraße ein und steuern dann auf ein kleines Holzhaus mit Spitzdach zu. Endlich. Inzwischen ist es nämlich dunkel, und wer weiß, ob wir Katjas Traumtanne überhaupt sehen können.

Als wir aussteigen, wird die Haustür geöffnet und Friedrich tritt heraus. Gefolgt von Churchill, der mit gespitzten Ohren und freundlich wedelnd neben seinem Herrchen steht.

Kaum haben die Kinder das Tier wahrgenommen, stürmen sie mit Freudengeschrei auf ihn zu: «Uiii, ein Hund, ein Hund!»

Churchill freut sich offensichtlich ebenso, kleine Menschen zu sehen, und saust ihnen mit einem fröhlichen «Wuff» entgegen.

«Wie schön, dass ihr endlich da seid.» Friedrich begrüßt uns herzlich und schnauft erleichtert. «Langsam habe ich mir nämlich Sorgen gemacht, bei diesem Wetter passieren die schlimmsten Unfälle.»

«Alles halb so wild, Herr Hirsch», beschwichtigt Bernd, als sie sich die Hände schütteln. «Wir hatten nur eine lächerliche Autopanne.» Den genauen Hergang erwähnt er nicht. «Dank ADAC aber kein Thema.»

«Hauptsache, ihr sind heil gelandet», wiederholt Friedrich. «Bitte, kommt rein.»

Katja zögert. «Hmm … Eigentlich sollten wir gleich los, es ist bereits dunkel … Wer weiß, ob wir nicht sowieso schon viel zu spät sind …»

«Einen Moment haben wir doch noch Zeit», wende ich ein, denn ich bin natürlich sehr neugierig auf Friedrichs Haus.

Wir klopfen uns kräftig den Schnee von den Schuhen, und treten in einen länglichen Vorraum. Links eine Tür, die vermutlich zu einem Bad oder einer Toilette führt. An der Wand gegenüber hängt ein nierenförmiger Spiegel, und daneben wurden altmodische verschnörkelte Garderobenhaken angebracht. Die Jungs wollen ihre Jacken ausziehen, was Katja verhindert. Inzwischen wirkt sie hochgradig nervös, als müsse sie zu einem Rennen, an dessen Ziel sie der schönste Baum der Welt erwartet.

«Bitte, hier herein.» Friedrich öffnet die Tür zu einem rechteckigen Raum mit Holzdielen, der schätzungsweise 40 Quadratmeter misst.

Mein Blick fällt zuerst auf den runden rustikal gemauerten Kamin. Hinter einer Glastür lodert ein Feuer über dicken Holzscheiten, eine umlaufende Sitzbank lädt zum Verweilen ein. Daneben ein leicht durchgesessenes grün gemustertes Sofa und zwei Sessel in Beige, auf denen man nach einem langen Spaziergang gut ausruhen kann. Dazu ein dunkler Couchtisch, auf dem ich vor meinem geistigen Auge Tee und Gebäck sehe. An der Stirnseite des Raumes befindet sich ein großes Fenster mit Ausgang zur Terrasse. Draußen brennt eine Lampe, die schneebedeckte Bäume beleuchtet. Links, gleich neben der Eingangstür, hinter einer Art Theke gibt es eine Küchenzeile mit Herd und Spüle, darüber ein offenes Hängeregal. Gegenüber der Küche befindet sich eine naturbelassene Holzkommode mit zahlreichen Schubladen. Obendrauf eine längliche Holzschale mit Nüssen. Insgesamt ein sympathisches Sammelsurium, das weniger repräsentativ als gemütlich wirkt.

Churchill stürmt auf ein unförmiges Etwas zu, das unter dem

Couchtisch auf dem Teppich liegt, schnappt es und bringt es den Jungs.

«Das ist sein geliebter Kauknochen», erklärt Friedrich und wendet sich dann an uns. «Ich möchte euch gerne etwas zeigen.» Er schreitet voran zur Kommode, über der gerahmte Fotos an der Wand hängen.

Katja wirft mir hinter Friedrichs Rücken einen genervten Blick zu, als befürchte sie, ein dickes Familienalbum mit Bildern von allen möglichen Festivitäten bewundern zu müssen.

Doch Friedrich nimmt nur einen Rahmen von der Wand und reicht ihn Katja. «Sie erinnern sich bestimmt an meine verstorbene Frau?»

Katja nickt. «Und an die leckeren Schnittchen, mit denen sie uns während des Lernens immer versorgt hat.» Sie stockt und starrt auf das Bild.

Ich luge über ihre Schulter und sehe auf dem Foto Erika, die einen Baum pflanzt. Jemand hat mit Filzstift dazugeschrieben: *Mama pflanzt eine Coloradotanne.*

«Das war vor vierzehn Jahren», erklärt Friedrich.

Katja schnappt hörbar nach Luft. «Steht die etwa hier am Haus?», fragt sie dann aufgeregt, als könne sie das Bäumchen aus dem Foto herausnehmen.

Friedrich nickt und deutet zur Tür, die nach draußen führt. «Inzwischen ist sie ziemlich gewachsen. Sie ist auch von hier drinnen zu sehen …» Er deutet zum Fenster. «Der große Baum, direkt an der Terrasse.»

Katja eilt ans Fenster, wir hinterher. Dort drückt sie sich fast die Nase platt, wie ein Kind an der Weihnachtsauslage eines Spielzeugladens. «Ist die schöööön!», haucht sie ergriffen. «Genau so eine wünsche ich mir.»

«Ich schenke sie Ihnen!», sagt Friedrich.

Katja dreht sich abrupt um und starrt Friedrich fassungslos an. «Wie bitte?»

«Sie ist zu groß geworden, und bald werden ihre Wurzeln die Terrassenplatten anheben und lockern.»

«Aber … aber …», stammelt meine Tochter mit feuchten Augen. «Die hat doch Ihre Frau gepflanzt. Das ist ein Andenken.»

«Genau genommen war es ein Familienprojekt», antwortet Friedrich gelassen. «Früher haben wir sie in der Weihnachtszeit immer mit einer Lichterkette geschmückt.» Er blinzelt mir verschwörerisch zu.

«Sehr großzügig, Herr Hirsch», mischt Bernd sich nun ein. «Das Angebot nehmen …»

«Nein», schneidet Katja ihm das Wort ab. «Das Angebot können wir nicht annehmen. Ich würde doch auch kein Andenken an meinen Vater verschenken. Wir finden bestimmt eine im Forst. Und vielen, vielen Dank, Herr Hirsch, ich bin wirklich gerührt. Los Kinder, flotti Karotti zur Christbaumsuche.»

«Menno, wir wollen lieber mit dem Hund spielen», meckern Jan und Eric, die ihre Stiefel ausgezogen haben und mit Churchill um den Kauknochen ringen.

Erst als Friedrich anbietet, uns mit Churchill zu begleiten, springen die beiden hoch.

«Na dann, Schuhe anziehen …», weist Katja sie an, und bevor sie noch das übliche Kommando anhängen kann, kreischen die zwei: «Aber floootti Karooootti!»

Ich suche inzwischen das Badezimmer auf, dann kann es losgehen. Friedrich leint den Hund an und führt uns noch kurz ums Haus zur Coloradotanne.

Katja betrachtet sie ehrfürchtig. «Sie ist wirklich besonders schön.»

«Mein Angebot steht», betont Friedrich.

«Soll ich die Säge holen?», fragt Bernd, der hörbar keine Lust drauf hat, im dunklen Wald einen passenden Baum zu suchen.

Ach, Bernd, du müsstest deine Frau eigentlich besser kennen, denke ich, und tatsächlich schüttelt sie nur wortlos den Kopf. Andenken an Verstorbene sind ihr nun mal heilig.

Der Weg in den Forst zur Plantage, wo die Bäume angeboten werden, ist keine 500 Meter weit. Bernd fährt mit dem Wagen vor, um die Tanne gleich auf dem Dach festbinden zu können. Wir anderen laufen das kurze Stück. Es hat aufgehört zu schneien, ich genieße die klare Luft und den Geruch des Waldes. Die Jungs sind wunschlos glücklich, sie würden auch fünf Kilometer laufen, solange sie den fröhlich springenden Churchill an der Leine führen dürfen.

Auch Friedrich bemerkt es zufrieden. «Der alte Knabe scheint richtig aufzublühen. Kinder sind nicht nur für alte Menschen ein Jungbrunnen.»

«Das unterschreibe ich sofort», stimme ich ihm zu. «Auch wenn die beiden Racker manchmal ziemlich anstrengend sind, fühle ich mich mit ihnen so jung wie sonst nie.»

Die Christbaum-Plantage entpuppt sich als Mini-Weihnachtsmarkt. In einer ehemaligen Scheune werden bereits gefällte Bäume sowie Christbaumschmuck und heiße Getränke angeboten. An den vier Adventssonntagen kann der Kunde sich sogar mit Würstchen vom Holzkohlengrill stärken, wie eine Tafel verrät.

Vom Bauern erfahren wir, dass er nur wenige Coloradotannen

angebaut habe, da diese edle Spezies im Verhältnis teuer und deshalb nicht sehr gefragt wäre. Die schönsten und größten seien so kurz vor dem Fest leider ausverkauft, respektive vorbestellt. In der gewünschten Zimmerdeckengröße gäbe es leider nur noch günstige Randbäume, die dem Wetter mehr ausgesetzt waren und daher nicht ganz so perfekt gewachsen wären. Zu denen würde er uns wegen der Dunkelheit gerne führen.

Die Aussicht, in Kürze ihre Traumtanne – selbst eine wettergegerbte – in Augenschein nehmen zu können, lässt Katja vor Aufregung strahlen.

Bernds Gesicht strahlt bei dem Wort *günstiger* – kein Wunder, nachdem er bereits in zwei Bäume investiert hat.

Friedrich freut sich, den richtigen Tipp gegeben zu haben, und nimmt es gerne in Kauf, Churchill tragen zu müssen, damit er keine Markierungen absetzt.

Nur die Jungs ziehen einen Flunsch, weil sie den Hund ans Herrchen abgeben müssen. Erst die Aussicht, auf dem Rückweg wieder mit ihm spielen zu dürfen, versöhnt sie.

Bernd, bewaffnet mit Säge und Taschenlampe, folgt dem Bauern, und wir trotten den beiden durch romantisch-schneebedeckte Baumreihen hinterher. Trotz der Dämmerung sind die Tannenbäume nicht vollkommen schwarz, denn die weiße Pracht sorgt für etwas Helligkeit.

Unterwegs zeigt Katja mehrmals auf den einen oder anderen Baum, an denen Reservierungsschilder hängen, die begehrliche Seufzer auslösen. «Schade, dass wir erst so spät von dieser Plantage erfahren haben», flüstert sie mir zu.

«Nächstes Jahr schaust du einfach schon mal im Oktober hier vorbei und reservierst dir ein Exemplar», entgegne ich und ernte ein heftiges Nicken.

Am Ende der Baumreihe angekommen, bietet der Bauer eine etwa zwei Meter große Tanne an, die für mein Empfinden sehr schön gewachsen ist. Nur auf der Wind und Wetter zugewandten Seite sehen die Zweige ziemlich zerrupft aus. Na, ob Katja so einen mickrigen Baum akzeptiert.

«Gekauft!», sagt Katja trotzdem. «Und die etwas weniger perfekte Seite drehen wir einfach zur Zimmerecke.»

Ich atme erleichtert auf, das glückliche Ende ist in greifbare Nähe gerückt. Der Bauer zieht einen Zollstock aus dem Mantel, misst die Höhe und nennt einen moderaten Preis. Aber der interessiert Katja so sehr wie rosa Plastikchristbäume. Bernd stößt einen erlösenden Schnaufer aus und zahlt an Ort und Stelle. Bevor sich der Bauer verabschiedet, gibt er Bernd noch den Tipp, zuerst die unteren dürren Stammäste mit der Axt zu entfernen, dann wäre das Absägen in fünf Minuten erledigt.

«Wird gemacht», bedankt sich Bernd.

Der große Moment ist gekommen. Die gesamte Mannschaft starrt gespannt auf Bernd, der sein Werkzeug ablegt, in die Hände spuckt und mit weit ausholender Geste zur Axt greift.

«Attacke!», jubelt er, schwingt die Axt und lässt sie wieder sinken. «So geht das nicht, jemand muss die schönen Äste nach oben drücken.»

Ich biete meine Hilfe an, doch Jan schreit begeistert: «Ich, ich, ich … Ich bin sson groß, das ssaffe ich … Darf ich, Mama?»

«Meinetwegen», genehmigt Katja mit gierigem Blick auf *ihre* Tanne, die sie offensichtlich so schnell wie irgend möglich nach Hause schleppen möchte. Doch als Jan mit vollem Körpereinsatz die Zweige hochbiegt und Bernd wieder mit der Axt ausholt, scheint ihr Beschützerinstinkt Schreckliches vorauszusehen. Entsetzt schreit sie: «Stooopp!», eilt zu Jan, schiebt ihn zur Seite und legt selbst Hand an. «Aber genau zielen, damit du mir nicht aus Versehen die Hand abhackst», fordert sie.

«Was denkst du denn?», grinst er. «Ohne Hände kannst du mir doch keine Weihnachtsgans braten.»

Unvermittelt fängt Eric zu weinen an.

Augenblicklich lässt Katja die Zweige los, um sich ihrem Jüngsten zu widmen. «Warum weinst du denn, mein Schatz?»

«Weil …», schluchzt er und klammert sich an Mamas Hals. «Papa … deine Hände … abhacken will …»

«Aber nein, mein Schatz, das hast du falsch verstanden», tröstet sie ihn.

Der große Bruder lacht. «Baby, Baby …»

«Dann ist es wohl klüger, wenn ich den Job übernehme», sage ich, werde aber von Friedrich zurückgehalten.

«Nein, Ursel, das ist Männerarbeit!» Er drückt mir den Hund in die Arme. «Hätte ich Dussel eigentlich sofort anbieten sollen.» Damit schreitet er zum Baum und greift beherzt in die Zweige.

Katja, die Kinder und ich mit Churchill im Arm treten etwas zur Seite und beobachten die Aktion aus sicherer Entfernung.

Nach einigen ungenauen Axthieben, die zu unser aller Erleichterung nur böse Kerben in den Waldboden schlagen, fällt der erste Zweig. Nach weiteren vier kraftvollen Hieben wird der Stamm so weit sichtbar, dass Bernd meint, er könne nun die Säge ansetzen. Friedrich ist ihm auch hierbei behilflich. Nach wenigen Minuten ist der Stamm dann auch tatsächlich durchtrennt. Es knackst. Die Herren «Holzfäller» springen zur Seite – und der Baum fällt. In die falsche Richtung. Nämlich in die Nachbarbäume, wobei die wunderschöne lange Spitze abknickt.

«Musste das sein?», jammert Katja. «Wie sollen wir denn jetzt den Engel draufsetzen?»

«Mist!», stöhnt Bernd. «Das war doch keine Absicht.» Er kratzt sich am Kopf. «Ich könnte oben ein paar Zweige absägen, dadurch entsteht eine neue Spitze», schlägt er dann vor.

«Untersteh dich», warnt Katja. «Wir wollen ihn erst einmal zu Hause aufstellen, dann kann man beurteilen, wie er aussieht. Zweige entfernen können wir immer noch.»

«Na dann tragen wir ihn zum Wagen», schlägt Friedrich vor.

Er und Bernd schultern den Baum. Weil er aber doch ziemlich lang ist und Katja offensichtlich fürchtet, ihr Traum von einem perfekten Christbaum könnte noch auf den letzten Metern platzen, übernimmt sie die Position an der empfindlichen Baumspitze.

«Immer geradeaus, im Gleichschritt marsch», befiehlt Bernd mit dem vergnügten Ton eines Mannes, der die größte Herausforderung des Jahres erfolgreich bewältigt hat.

Ich trabe mit den Kindern und Churchill, der müde in meinen Armen liegt, hinterher. Unterwegs beginnt es wieder zu schneien, was der Weihnachtsstimmung den Klischeedeckel aufsetzt. Ansonsten erreichen wir den Wagen ohne Hindernisse oder Zwischenfälle, und ich kann Churchill endlich den Kindern übergeben. Was für eine Erleichterung. Nach streikendem Navi, Autopanne und falschem Weg hat das Baumdrama tatsächlich ein glückliches Ende gefunden.

An der Scheune verpackt der Bauer den Baum noch für den Transport in ein Plastiknetz – und alles ist gut!

Fast alles!

Denn Bernd hat nicht daran gedacht, dass er Gurte oder sonst irgendetwas benötigt, um die Coloradotanne auf dem Dachgepäckträger festzubinden. Der Bauer kennt das Problem. Aber er kann helfen. Und zwar mit einem langen Seil – das er grinsend gegen einen winzigen Unkostenbeitrag von 10 Euro anbietet. Clever.

Doch Hauptsache, Katja ist happy. Sie strahlt wie der Weihnachtsstern persönlich, während sie diese wichtige Aktion überwacht, sämtliche Knoten dreifach kontrolliert, bevor sie ihren Segen erteilt und zu Bernd in den Wagen steigt. Die Jungs wollen lieber mit dem Hund zu Friedrichs Hütte laufen. Dort erwartet uns eine kleine Stärkung, und ich kann endlich in meinem neuen Kaschmirpulli am prasselnden Kaminfeuer sitzen. Die Kinder sausen mit Churchill hin und her, der nach Schneeflocken schnappt. Ich schlendere an Friedrichs Arm durch den anhaltenden Schneefall.

«Ich danke dir, Friedrich, dass du Katjas Weihnachten gerettet hast», seufze ich erleichtert. «Sozusagen in letzter Minute.»

«Kleinigkeit», wehrt er nonchalant ab und drückt fast unmerklich meine Hand. «Aber um ehrlich zu sein, träume ich immer noch von einem *etwas anderen* Fest.» Er blickt mich kurz an. «Und damit meine ich nicht Roberts launige Xmas-Party, wenn du verstehst.»

«Das wäre mir auch viel zu hektisch», entgegne ich lächelnd.

Am Wochenendhaus angekommen erwarten uns Katja und Bernd. Katja steht neben dem Wagen, die Hand beschützend auf ihrem Baum. «Kann der auch nicht geklaut werden, während wir Kaffee trinken?»

«Du übertreibst mal wieder», sagt Bernd.

«Wie immer», setze ich noch eins drauf, und zu meinem Erstaunen lacht sie nur.

Friedrich beruhigt sie. Kein Mensch würde sich in diese Abgeschiedenheit verlaufen, und bei Dunkelheit sei die Abzweigung von der Landstraße nicht zu erkennen.

«Wie wir, respektive ein dusseliger Fahrer, vorhin selbst erlebt haben», bestätigt Bernd mit einer Portion Selbstironie.

Damit ist das Thema erledigt, und Friedrich schließt die Haustür auf. Die Jungs wollen noch eine Weile mit dem Hund toben. Friedrich nickt zustimmend, und Katja bleibt bei ihnen, damit sie sich nicht vom Haus entfernen.

Drinnen ist das Feuer fast runtergebrannt, aber der Raum ist immer noch gemütlich warm. Während Bernd Holz nachlegt und Friedrich Teewasser aufsetzt, übernehme ich das Tischdecken. Die letzte Tasse fällt mir beinahe aus der Hand, als nach einigen fröhlichen Wuffs plötzlich ein alarmierender Aufschrei von draußen zu uns dringt.

Friedrich unterbricht das Füllen der Teekanne. «Was war das?»

«Katja», antworte ich und stürme mit klopfendem Herzen nach draußen. «Hoffentlich ist nichts mit den Kindern.»

«Oder der Baum ist vom Wagen gefallen», lästert Bernd.

Den Jungs geht es gut. Auch der Baum ist noch da. Nur Churchill liegt reglos im Schnee. Jan, Eric und Katja kauern daneben.

«Was hat er?», fragt Friedrich und eilt zu ihnen.

Auch Bernd ist uns gefolgt. «Was haben die Jungs angestellt?»

«Nichts.» Katja zuckt die Schultern. «Churchill hat plötzlich gehustet, sich dann gekrümmt, als wolle er etwas ausspucken, und ist gleich darauf einfach umgefallen.»

«Er hat immer nach Ssneeflocke gessnappt … und dann … dann hat er sich verssluckt», stammelt Jan mit kummervoller Miene.

Friedrich kniet sich neben den leblosen Churchill, legt ihm die Hand auf den Hals und zieht ganz sachte ein Augenlid hoch. Aber da sich das Tier nicht bewegt, vermute ich das Schlimmste.

Eric, dem die Tränen übers Gesicht laufen, blickt zu seiner Mutter. «Ist er jetzt tot wie der Opa?»

Wortlos hebt Friedrich seinen Hund hoch. Es ist ihm deutlich anzusehen, dass er mit seinen Gefühlen kämpft und nach Worten sucht. «Ja, Eric, er ist gestorben, aber es war nicht eure Schuld», sagt er dann leise. «Sei nicht traurig, er hat ein schönes Leben gehabt und war …», Friedrich schluckt, «bestimmt sehr glücklich, als er mit euch im Schnee gespielt hat.» Er nickt den Kindern aufmunternd zu und trägt das Tier ins Haus.

Ich spüre einen dicken Kloß im Hals und kann meine Tränen nur mit Mühe zurückhalten. Am liebsten würde ich Friedrich nachlaufen, ihm tröstende Worte zuflüstern oder ihn einfach nur festhalten. Aber ich wage es nicht, und keine noch so lieben Worte würden seinen geliebten Hund wieder zum Leben erwecken.

Katja gibt mir ein Zeichen, dass wir vielleicht sofort nach Hause fahren sollten.

«Ja, das denke ich auch», antworte ich leise. «Ich will mich nur kurz von Friedrich verabschieden.»

Im Haus finde ich Friedrich auf dem Sofa, mit dem Hund auf seinem Schoß.

«Es tut mir so unendlich leid. Kann ich irgendwas für dich tun?»

Traurig blickt er zu mir auf. «Danke, Ursel … Aber im Moment … ähm … Ich wollte doch eigentlich … ach ja, Kaffee …» Er will sich erheben.

«Bitte, bleib sitzen», sage ich. «Es ist ziemlich spät geworden, und die Kinder müssen ins Bett. Deshalb möchte Katja lieber zurück.»

Einen Moment starrt er in den Raum, als habe er nicht zugehört. «Hmm», brummelt er dann. «Ich wollte … Vielleicht begrabe ich Churchill gleich hinter dem Haus …» Er stockt. «Falls der Boden nicht durchgefroren ist …»

«Bernd könnte dir helfen», biete ich an. «Dann bleiben wir noch.»

Kraftlos schüttelt er den Kopf. Ich spüre ganz deutlich, dass er lieber allein sein möchte und verabschiede mich mit der eindringlichen Bitte, sich zu melden, falls ich ihm irgendwie helfen könne.

Die Heimfahrt verläuft wortlos. Bernd konzentriert sich auf die Straße, Katja blickt aus dem Seitenfenster in die Dunkelheit und die Kinder wollen auch keine lustigen Weihnachtslieder hören. Mich plagt das schlechte Gewissen, und ich kann nicht aufhören, an Friedrich zu denken.

24. Dezember, Dienstag, Heiligabend

06.27 Uhr Endlich. Die Nacht ist vorbei. Das letzte Mal, als ich solch zermürbende Stunden verbracht habe, war Katja hochschwanger mit Bernd in die Klinik gefahren, und ich bin bei Jan geblieben. Damals hat mich die freudige Erwartung auf das zweite Kind wach gehalten und natürlich auch ein bisschen die Sorge, ob alles gut verlaufen würde. In der vergangenen Nacht haben mich die Sorge um Friedrich und mein schlechtes Gewissen nicht zur Ruhe kommen lassen. Trotz einer doppelten Dosis Baldrian. Kurz vor dem Wegsinken schreckte ich jedes Mal wieder hoch, weil ich an das Erlebnis am Fohnsee denken musste. Der arme Friedrich und der arme Hund, dachte ich im Kreis. Und ob Churchill auch gestorben wäre, wenn er nicht so wild mit den Jungs getobt hätte. Zudem quälte mich der Gedanke, dass im Grunde Katjas Weihnachtswahn und die depperte Coloradotanne der eigentliche Auslöser gewesen waren. Ohne die Tanne wäre ich alleine mit Friedrich an den Fohnsee gefahren, und Churchill würde vielleicht noch leben. Ich fühlte mich schuldig, und nur mit Mühe gelang es mir, mich daran zu erinnern, dass der Hund Herzprobleme und der Tierarzt ein baldiges Ende vorhergesagt hatte.

Der große Zeiger springt auf die Sechs. Es ist halb sieben, Zeit aufzustehen. Ich stelle den Weckalarm ab und rapple mich auf.

Das Leben geht weiter, heißt es doch. Meines um acht Uhr. Wo mich der Endspurt am Packtisch erwartet. Vier Stunden lang mit freundlichem Lächeln Päckchen fabrizieren und fröhliche Weihnachten wünschen. Keine Ahnung, wie ich das überstehen soll.

Benommen schlüpfe ich in meine Puschen, öffne die Vorhänge und werde von glitzerndem Weiß geblendet. Es muss die ganze Nacht über geschneit haben, denn alles ist zentimeterdick eingehüllt, und nur eine einsame Reifenspur durchzieht die schneebedeckte Straße. Dieses Jahr klappt es also mal wieder mit dem allseits erhofften weißen Weihnachten, und wenn ich nicht ständig an Friedrich und seinen verstorbenen Liebling denken müsste, fände ich es durchaus romantisch. Aber bei mir will einfach keine Weihnachtsstimmung aufkommen, selbst wenn die ganze Welt im Schnee versinkt.

Fröstelnd schlurfe ich in die Küche, um Kaffee aufzusetzen, entscheide dann aber doch, erst zu duschen und mich anzuziehen. So verschlafen und unkonzentriert wie ich mich fühle, würde ich sonst noch die Wohnung in Brand setzen. Und mein Bedarf an Katastrophen ist für die nächsten zehn Jahre gedeckt.

Damit ich mich nicht im Bad vertrödle, nehme ich die Eieruhr mit. Normalerweise schalte ich das Radio ein, aber ich kann keine Weihnachtslieder mehr ertragen. Und doch werde ich nachher im Job eine Überdosis abbekommen.

Ich genehmige mir eine luxuriöse Sieben-Minuten-Dusche. Während das heiße Wasser auf mich prasselt, spüre ich langsam meine Energie erwachen. Der Kaffee fällt heute etwas stärker aus, und ich habe sogar Appetit auf ein Stück Brot.

Als ich im Kühlschrank nach einem kräftigenden Belag suche,

schrillt das Telefon in die morgendliche Stille. Augenblicklich schlägt mein Herz zwei Takte schneller. Wer ruft denn so früh am Morgen an? Noch dazu an Heiligabend, wo jeder damit beschäftigt ist, Christbaumkugeln am Baum zu verteilen oder die Füllung für den Gänsebraten vorzubereiten. Innständig hoffend, dass nichts Schlimmes passiert ist und alle meine Lieben wohlauf sind, stürze ich zum Telefon.

Es ist Katja.

«Mama?», begrüßt sie mich ohne ein «Guten Morgen», aber mit einem beunruhigenden Fragezeichen in der Stimme.

Meine Alarmglocken schrillen schmerzhaft auf. «Was ist los? Ist was mit den Kindern? Bist du krank oder Bernd?»

«Nein, die Jungs sind in Ordnung, wir auch. Jan-Georg und Eric-Anton wollten gestern Abend zwar nicht ins Bett und haben auch sehr unruhig geschlafen. Aber heute Morgen waren sie sehr früh wach und wollten Bilder von Churchill für Herrn Hirsch malen.»

Erleichtert atme ich auf. «Das ist ja süß.»

«Ich mache mir Vorwürfe, weil die Kinder vielleicht zu ungestüm mit dem armen Hund waren, und er deshalb … Du weißt schon …»

«Hmm. Ich habe auch die ganze Nacht gegrübelt, ob wir für den Tod des armen Tiers mitverantwortlich sind», antworte ich und beruhige sie mit dem, was der Tierarzt gesagt hat. «Außerdem war er ja tatsächlich sehr alt. Über einhundert Jahre, in Menschenjahren gerechnet. Friedrich war sicher auf seinen Tod vorbereitet, jedenfalls hat er mit mir darüber gesprochen. Obwohl es natürlich immer ein Schock ist.»

«Vielleicht sollten wir uns bei ihm entschuldigen …», fährt Katja fort.

«Wie meinst du?», unterbreche ich sie.

«Ich dachte, wir bringen ihm die Zeichnungen, eine gute Flasche Wein und einen weihnachtlichen Blumenstrauß vorbei. Damit er sieht, dass uns der Vorfall nicht gleichgültig ist und wir mit ihm fühlen.»

«Das ist eine schöne Idee, Katja. Das machen wir. Ich habe um zwölf Uhr Feierabend, dann kümmere ich mich um die Blumen. Moment … ich wollte ja auch die Gans abholen …»

«Sekunde, Mama, die Blumen besorge ich.»

«Lass mal, du hast genug anderes zu tun. Ich schaff das schon, mach dir keine Sorgen. Die Blumen kann ich telefonisch bei meiner Blumenhändlerin bestellen, der Laden ist ja nur wenige Meter von meiner Wohnung entfernt und bis vierzehn Uhr geöffnet. Ich habe also genügend Zeit, ihn auch abzuholen, kein Problem. Danach ziehe ich mich um und könnte gegen drei bei euch antanzen. Ist das früh genug? Ich meine, wegen der Gans, die du doch für morgen vorbraten wolltest.»

«Ja … Dafür ist reichlich Zeit … Aber …», antwortet sie zögernd.

Ich spüre deutlich, dass sie noch etwas auf dem Herzen hat. «Existiert etwa doch noch irgendwo eine Problembaustelle?»

«Ähm … Nein, nein, alles bestens», beeilt sie sich zu versichern. «Wir sehen uns also später.»

«Ja, bis nachher.»

Höchst seltsam, grüble ich nach dem Auflegen. Doch trotz aller Anstrengung komme ich nicht dahinter, was sie mir verheimlicht. Vielleicht hat mich der ganze Stress und die vielen Katastrophen in den letzten Tagen auch nur überempfindlich werden lassen, und ich wittere plötzlich hinter jedem Zögern ein neues Desaster. Wundern würde es mich nicht.

07.50 Uhr Bevor ich meine Handtasche in den Spind sperre, stecke ich noch mein Handy in die Hosentasche. Eigentlich sind Privatgespräche während der Arbeitszeit verboten, Zeit dafür ist ohnehin keine. Aber ich möchte heute unbedingt erreichbar sein. Meine Familie scheint zurzeit Katastrophen anzuziehen wie Christkindlmärkte Kinder, da riskiere ich lieber einen Anpfiff. Ich schnappe mir die Packengel-Mütze und eile zur Schicht. Lissy hat bereits sämtliches Verpackungsmaterial vorbereitet und wischt eben noch ein paar Staubfussel vom Tisch.

«Morgen, Ursel … letzter *Saunatag*», scherzt sie vergnügt. «Ich kann dir gar nicht sagen, wie froh ich bin, wenn ich diese alberne Engelmütze nicht mehr tragen muss. Ansonsten ist der Job hier wirklich sehr angenehm, genau wie die Kolleginnen.» Sie lächelt mich freundlich an. «Bist du eigentlich nur für den Dezember eingestellt?»

Ich stülpe mir die Mütze auf den Kopf. «Ursprünglich ja. Aber letzte Woche hat der Personalchef gefragt, ob ich in der Warenannahme weiterarbeiten möchte. Ich habe angenommen. Ein paar Stunden die Woche sind leicht zu bewältigen, und es ist ein willkommenes kleines Zubrot.»

Lissy strahlt mich an. «Mich hat er auch gefragt. Dann sehen wir uns im neuen Jahr wieder …»

Der erste Kunde tritt an den Packtisch und angelt seine Einkäufe aus der Tüte. Es sind die üblichen Last-Minute-Präsente: Parfüm, Parfüm und noch mehr Parfüm. Ich zähle neun Flaschen in unterschiedlicher Größe und Preisklasse. Entweder hat der Mann einen Harem oder massenhaft weibliche Verwandte. Neugierig blicke ich ihn an.

«Für meine Angestellten», erklärt er mit verschmitztem Zwinkern, als habe er meine Gedanken erraten.

«Selbstverständlich», antworte ich.

«Moment ...» Er kramt in der Tasche seines schwarzen Mantels und fördert kleine Namenskärtchen zutage, die er dann den unterschiedlichen Geschenken zuordnet. «Wenn Sie so freundlich wären und die mit den Schleifen befestigen würden. Sonst überreiche ich der Praktikantin aus Versehen den teuren Flakon, den ich für meine Chefsekretärin vorgesehen habe. Was äußerst fatal wäre.»

«Verstehe», nicke ich.

Die Duftwässerchen beschäftigen mich gut zwanzig Minuten. Auch danach entstehen keine Pausen, worüber ich heute nicht traurig bin, denn die Arbeit lenkt mich von den trüben Gedanken ab. Wenn auch nicht völlig. Denn ein Kunde trägt einen ähnlichen Kamelhaarmantel wie Friedrich, und sein Anblick versetzt mir einen kleinen Stich. Ich überlege, wie es ihm wohl geht, ob er den kleinen Churchill beerdigen konnte und danach wohlbehalten nach München zurückkam.

Irgendwann ist es dann kurz vor zwölf. Ich gebe mir gerade besonders große Mühe mit dem allerletzten Päckchen der Saison und bekomme sogar ein kleines Trinkgeld überreicht, als Kinderstimmen zu mir dringen. «Omaaa! Omaaa!» Meine Enkel stürmen auf mich zu, gefolgt von Katja.

Ich habe das Gefühl, mein Herzschlag würde kurz aussetzen. Himmlisches Weihnachtsglöckchen, welche Tragödie hat sich denn nun schon wieder ereignet? Wir waren doch bei ihr zu Hause verabredet. Sie trägt Jeans, einen dunkelblauen Anorak, ihr Haar ist schlampig zusammengebunden, und sie sieht nicht gerade schick aus. Immerhin sind die Kinder ordentlich angezogen, was mich einigermaßen beruhigt.

«Alles in Ordnung», versichert Katja, als sie meinen nervösen

Blick realisiert. «Die Kinder wollten dich nur gerne von der Arbeit abholen.»

«Na, so was!» Wer's glaubt, wird selig, feixe ich im Stillen, denn diese plötzliche Planänderung passt nicht zu ihr. Überhaupt nicht. Daher bin ich gespannt, was sie wirklich will.

«Musst du jetzt nicht mehr ssufften?», fragt Jan.

«Nein, mein Schatz. Aus die Maus, für dieses Jahr. Ab sofort bin ich nur noch für euch da.» Ich drücke beide an mich. Dann verabschiede ich mich von Lissy und überreiche ihr noch eine der Einladungen zu Roberts Fest. Sie ist Single und verbringt den Heiligabend bei ihrer Schwester, wie sie mir erzählt hat. «Falls dir später nach einer lustigen Weihnachts-Party im amerikanischen Stil zumute ist, ich werde versuchen, auch da zu sein.»

«Oh, vielen Dank, das klingt verlockend», freut sie sich.

Ich wünsche auch den anderen Kolleginnen ein schönes Fest und alles Gute fürs neue Jahr.

Jan winkt meinen Kolleginnen auch noch mal zu. «Ssöne Weihnachten!»

«Und happie Neujahr!», fügt Eric an.

«Servus, ihr süßen Schneckerln», winkt Lissy ihnen nach.

«Willst du hier im Haus noch irgendwas einkaufen?», frage ich Katja, als sie mich zum Aufzug begleitet, der in die oberste Etage zum Personalraum fährt. «Mit dem Angestelltenrabatt lohnt es sich.»

«Nein, es ist alles da, also bis auf die Blumen, die Gans und …»

Ah, jetzt springt die Katze aus dem Sack. «Ja?»

«Die Coloradota…»

«Katja, wenn ich noch einmal dieses Wort höre, werde ich so was von stinksauer, wie du mich noch nie erlebt hast», fahre ich sie zornig an.

«Aber … Mama», stammelt sie.

Ich drücke den Aufzugknopf. «Es reicht! Du hast uns alle lange genug damit genervt.» Ich ringe um Fassung, um ihr nicht doch noch eine Mitschuld an Churchills Tod zu geben.

«Tut mir leid», entschuldigt sie sich mit zittriger Stimme und holt tief Luft.

«Der Weihnachtsmann hat den Christbaum abgeholt», unterrichtet mich Eric, und Jan ergänzt: «Zum Ssmücken.»

«Ah! Dann lassen wir uns mal überraschen.» Ich blicke verwundert von den Kindern zu Katja. Ist das jetzt noch ein Weihnachtsbrauch, von dem ich nichts weiß?

Der Aufzug ist da, die Tür öffnet sich mit einem leisen *Pling*, wir steigen ein und fahren schweigend nach oben. Ein sicheres Indiz für die sich anbahnende nächste Hiobsbotschaft.

In der oberen Etage befindet sich auch die Spielwarenabteilung und in Sichtweite der Playmobil-Stand.

«Sie ist weg», zischelt sie und sagt zu den Jungs: «Ihr dürft euch die Sachen anschauen. Aber nicht rumrennen, verstanden?»

«Verssprochen!» Jan nickt mit großen Augen, schnappt nach der Hand seines Bruders und schleift ihn mit sich.

«Drehst du jetzt komplett durch?», flüstere ich genervt, als sich die Kinder außer Hörweite befinden. «Wo sollte sie denn sein? Nicht mal die edelsten Tannen verschwinden spurlos. Hast du auf dem Balkon nachgesehen, vielleicht hat Bernd sie dorthin geschafft, um den Stamm zurechtzusägen.»

Sie blickt um sich, ob uns auch niemand hören kann, streicht sich nervös eine Strähne aus der Stirn und sagt: «Jemand hat sie geklaut!»

«Also bitte, Katja, mir fehlt wirklich der Sinn für deine Scherze», stöhne ich gequält.

«Das ist leider kein Scherz», versichert sie. «Die Tanne wurde gestohlen.»

«Aus der Wohnung?» Meine Stimme kippt über bei dem Gedanken, dass bei Katja eingebrochen wurde, und in meinem Kopf laufen die schlimmsten Horrorbilder ab.

«Nein, nein. Gestern Abend, direkt vom Dachgepäckträger des Wagens», erklärt sie.

Ich mustere sie fassungslos, weil sich das für mich wie eine komplette Räuberpistole anhört. «Als ihr mich zu Hause abgesetzt habt, war sie doch noch auf dem Dach. Dann müsste sie jemand gemopst haben, als ihr an einer Ampel gestanden seid. Wann sonst könnte das passiert sein?»

«Sie wurde direkt vor unserem Haus entwendet», antwortet sie weinerlich. «Die Schnur war durch das Schneetreiben und den eisigen Fahrtwind derart festgefroren, dass Bernd sie nicht mit bloßen Händen lösen konnte. Dummerweise hatte er die Axt und die Baumsäge in der Plantage liegen gelassen und kein anderes geeignetes Werkzeug im Wagen, um den Strick zu zerschneiden. Also ging er mit mir und den Kinder nach oben, um ein Messer zu holen …»

«Aber das kann doch kaum länger als zwei Minuten gedauert haben», unterbreche ich sie immer noch ungläubig.

«Normalerweise nicht. Doch unglücklicherweise läutete das Telefon, als wir die Wohnung betraten. Es war ein Kollege aus der Schule, der seit Stunden versucht hatte, ihn zu erreichen. Es ging um ein dringendes Problem, das unbedingt noch vor den Weihnachtsferien geklärt werden musste. Na ja, das Gespräch dauerte dann etwa zehn Minuten, und als Bernd nach unten kam, war der Baum weg.»

«Unglaublich!», entfährt es mir, und im ersten Impuls bin ich ehrlich geschockt. Mein armes Kind. Nach all den Irrungen und Wirrungen findet sie endlich eine fast makellose Coloradotanne, und die wird ihr dann quasi aus den Händen gestohlen. Wäre ich esoterisch veranlagt, würde ich bei meiner Tochter extrem schlechtes Karma vermuten. Doch es sind die auf ihren Vorteil fixierten, schlechten Menschen, die vor nichts Achtung haben. Und dann flackert in meinem Hinterkopf ganz plötzlich ein frecher Gedanke auf, der mir ein verschmitztes Grinsen entlockt: Ohne Baum steigt die Chance auf abgespeckte Weihnachten! Ohne Baum hat sie vielleicht auch keinen Appetit mehr auf Gans. Ohne Baum könnte es ein ganz entspanntes, unaufgeregtes Fest werden. Diese ketzerischen Visionen behalte ich natürlich für mich.

Stattdessen frage ich mit angebracht sorgenvoller Stimme: «Was willst du denn jetzt tun?»

«Bernd ist gleich heute Morgen losgedüst, noch bevor er in die Schule musste, um noch einen Baum aufzutreiben. Leider erfolglos, wie er mir vorhin am Telefon berichtet hat. Es ist wie verhext!»

Ich schwanke zwischen mütterlichem Bedauern und verwerflicher Erleichterung. Mein Mitgefühl siegt. «Es tut mir unendlich leid, Katja, und ich würde dir wirklich gerne helfen. Aber wie?»

«Schon gut, Mama», seufzt sie. «Du kannst ja nichts dafür. Wie du eben mitbekommen hast, glauben die Kinder an das Märchen vom Weihnachtsmann, der den Baum abgeholt hat. Ich wollte dich bitten, die zwei zu übernehmen. Ich treffe mich nämlich gleich mit Bernd, damit wir in Ruhe nach einem neuen Christbaum suchen können. Weiß der Himmel, was wir in den letzten Stunden noch ergattern», fährt sie deprimiert fort.

«Selbstverständlich nehme ich die Jungs. Am besten, wir gehen zu mir, denn ich muss ja noch den Blumenstrauß für Friedrich abholen. Du müsstest dich dann aber selbst um die Gans kümmern. Und vielleicht findet ihr ja noch den perfekten Baum.»

«Ich mache mir keine großen Illusionen», entgegnet sie ernüchtert. «An Heiligabend ist doch nur noch dürres Gestrüpp übrig, das den Namen Christbaum eigentlich nicht verdient … Wie auch immer. Ich werde nehmen müssen, was rumsteht. Beim Metzger fahren wir natürlich auch vorbei …»

«Gut, dann werde ich mich schnell umziehen und die Jungs übernehmen.»

Wir verabreden uns vor dem Haupteingang, sie sammelt ihre Kinder ein, ich hetze in den Personalraum, um endlich die doofen Packengel-Klamotten loszuwerden.

13.49 Uhr Leicht durchgefroren schließe ich die Tür zu meiner Dachstube auf. Das Abholen der Blumen hat etwas länger gedauert, denn meinen cleveren Enkeln entging natürlich nicht, dass wir uns an der Ecke zu Pink Christmas befanden. Und sie ließen nicht eher locker, bis ich eine Runde auf dem Kinderkarussell genehmigte. Aus der einen Fahrt wurden dann doch mehr – fünf, um genau zu sein. Die Oma konnte mal wieder nicht nein sagen. Auch nicht zu den Bratwürsteln. Aber die Kinder hatten Hunger, und mein Kühlschrank war wegen der anstehenden Weihnachtsverköstigung außer Haus nur spärlich gefüllt. Und irgendwie muss ich ja den Nachmittag gestalten, denn wie lange Katjas Baum-Odyssee dauern wird, liegt in den Weihnachtssternen.

Im Flur reißen sich Jan und Eric die Mützen von den Köpfen, lassen wie üblich ihre Anoraks fallen und setzen sich dann auf den Fußboden, um ihre Schuhe auszuziehen.

«Meine Socken sswitzen», behauptet Jan, zieht sie flugs von den Füßen und hält sie mir entgegen. «Ssau mal.»

Vor wegen, schwitzen! Die Dinger sind klatschnass und Jans Füße eiskalt. Er muss Schnee in die halbhohen Stiefel bekommen haben, vermute ich, als ich feststelle, wie sehr die Schuhe durchnässt sind. Auch Erics Füße sind kalt, und seine Stiefelchen ebenfalls klamm. Na, super, von kalten Kinderfüßen ist es nicht mehr weit bis zum Schnupfen oder Schlimmerem. Das fehlt mir noch zum Weihnachtsglück. Mal abgesehen von Katjas Anschiss, auf den ich liebend gerne verzichte.

Ich stopfe Zeitungspapier in die Stiefel, lege die nassen Socken auf die Heizung und verordne mein altes Hausrezept gegen Erkältung: «Ab, in die heiße Badewanne!»

Ein Kommando, dem die zwei Racker nur zu gerne folgen. Plantschen in Omas Wanne gehört zu ihrer Lieblingsbeschäftigung. Noch dazu, wo eine Batterie Badeenten und Schiffe drauf wartet, endlich mal wieder bespielt zu werden. Ich spendiere einen Klecks von dem neuen Schaumbad mit Weihnachtsduft, das Lissy mir netterweise zum Superschnäppchenpreis besorgt hat.

«Hmm», schwärmt Jan. «Der Ssaum riecht gaaanz doll nach Ssokolade …»

Bei Eric löst der Duft Gelüste aus. «Oma, kann ich heiße Schokolade haben?»

«Mal sehen, ob noch genügend Milch im Kühlschrank steht», sage ich und lasse die zwei für eine Minisekunde allein. Ertrinken können sie nicht, die Wanne ist kaum halbvoll, und die Gummimatte am Boden sorgt für Rutschsicherheit.

Milch ist noch reichlich da, die Jungs müssen also nicht auf Kakao verzichten. Als ich ins Bad zurückkehre, erfinden meine süßen Enkelkinder gerade ein neues Spiel. Eric quetscht das edle Schaumbad aus der Flasche, und Jan hat das Wasser aufgedreht, um mit dem Duschkopf Schaumberge zu erzeugen.

«Ssau mal Oma», strahlt er mich an. «Ssokoladenduftssnee, das kann nicht mal Frau Holle.»

In letzter Sekunde kann ich einen Schrei unterdrücken, der die Jungs unnötig erschrecken würde. Stattdessen nehme ich Eric die Flasche ab und drehe das Wasser zu.

«Ja seid ihr denn von der wilden Hummel gebissen worden, ihr Lausejungs?», schimpfe ich. «Das ist Omas Weihnachts-Badeschaum und kein Spielzeug.»

«Hihihi ...», kichert Eric. «Im Winter gibt's keine Hummeln und keine Bienen und keine Wespen und sowie Tiere.»

Jan blickt mit ernsten Augen zu mir auf. «Wertvolle Sachen musst du versstecken», klärt er mich dann auf.

«Na, dann werde ich euch Lausejungs mal verstecken, denn ihr seid das Wertvollste überhaupt», lache ich und hole die beiden aus der Wanne.

Wieder angezogen, vorübergehend mit Omas Socken, verfrachte ich sie aufs Sofa.

«Ihr bewegt euch nicht von der Stelle, sonst gibt's keinen Kakao», drohe ich scherzhaft, während ich sie noch in Decken einhülle.

Aber ohne Beschäftigung würden sie keine zwei Minuten ausharren, deshalb lege ich die uralte Kinderkassette *Wir warten aufs Christkind* ein, die schon Katja und Madeleine geliebt haben.

Mit Kakaotassen in den Händen lauschen wir dann gemeinsam der Geschichte vom traurigen kleinen Schokoschwein. Das arme Schweinchen kann nämlich nicht unter dem Christbaum Weihnachten feiern, weil es sonst im Kerzenschein schmelzen würde. Zum Glück hat es Freunde, die ihm helfen wollen: ein Marienkäfer mit Ohrenschützern, ein eitles Stachelschwein, ein frierender Goldfisch, ein Frosch mit Handschuhen und ein Floh. Sie beschließen, mit dem Schokoschwein an den Nordpol zu reisen und Weihnachten mit den Eisbären zu feiern. Dort ist es eiseeisekalt, und das Schwein muss nicht fürchten, in der Wärme zu schmelzen. Leider weiß keiner, wie sie dorthin kommen sollen. Willi der Wal lässt dann alle in seinem großen Maul Platz nehmen und schwimmt durch das Meer zu den Eisbären. Und Heiligabend feiern sie gemeinsam unter einer geschmückten Tanne und sind glücklich.

Ob meine beiden Enkel dieses Jahr überhaupt einen Weihnachtsbaum zu sehen bekommen, bezweifle ich inzwischen sehr. Denn es ist bereits halb vier – und von Katja immer noch kein Lebenszeichen.

«Oma, kommt jetzt Bescherung?», fragt Eric dann prompt, als die Geschichte zu Ende ist.

«Oooch», sage ich gedehnt, um Zeit für eine plausible Antwort zu finden, die mir leider nicht einfällt. Deshalb vertröste ich ihn. «Ein bisschen müssen wir noch warten.»

«Waruuuhum?»

«Bis der Weihnachtsmann unseren Baum gessmückt hat», klärt Jan ihn auf.

«Aber der Weihnachtsmann kann doch zaubern», behauptet Eric.

Schön wär's, seufze ich im Stillen, dann würde Katja heute Abend eine zimmerhohe, fertig geschmückte Coloradotanne in ihrem Wohnzimmer vorfinden. Aber das Vertrauen der Kinder in den bärtigen Mann möchte ich natürlich nicht zerstören, und deshalb bestätige ich die Zauberkünste zu gerne. Insgeheim hoffe ich ja auch immer noch auf *mein* Weihnachtswunder, und als genau in diesem Moment die Türglocke schrillt, durchfährt mich ein aufgeregtes Kribbeln. Ob sich meine heimlichen Wünsche nach entspannten Feiertagen erfüllen? Oder steht nur Frau Janatscheck draußen, die kurz vor Schluss noch 'ne Ladung Plätzchen backen möchte und wieder mal den Staubzucker vergessen hat? Gespannt sause ich los und schließe noch die Tür zum Wohnzimmer, bevor ich öffne. Vielleicht steht ja doch die ersehnte Weihnachtsüberraschung draußen.

15.51 Uhr Es ist meine Tochter mit Mann. Ich starre sie an, als sähe ich das Paar heute zum ersten Mal. Zumindest standen sie noch nie mit sooo großem Gepäck vor meiner Tür! Im wörtlichen Sinne. Man könnte meinen, sie wollten bei mir einziehen.

Bernd steht neben einer Umzugskiste, die die Aufschrift *Christbaumschmuck* trägt. In einer Hand hält er den alten gusseisernen Baumständer und in der anderen einen Tannenbaum, dessen lange, dürre Spitze über seinen Kopf ragt. Auch sonst ist der Immergrüne so krumm und schief und hässlich, dass er mühelos den ersten Platz bei *Deutschland sucht die hässlichste Tanne der Welt* belegen würde.

Auf Katjas grau-lila Mütze schimmern geschmolzene Schneeflocken und ihre Wangen glänzen rosig von der Kälte. Könnte aber auch aufgrund der Anstrengung sein, denn an ihrer Schulter hängt eine prall gefüllte Umhängetasche, und mit den Händen umklammert sie eine wuchtige Bratraine. Darin befindet sich eine nackte, noch ungebratene Gans, als wär's ein armes Findelkind. Oder eine arme Findelgans.

«Was … ähm … soll das werden?», stammle ich verwirrt.

«Weihnachten muss bei dir stattfinden!», antwortet Katja,

stampft kurz den Schnee von den Schuhen auf der Fußmatte ab und drängelt dann an mir vorbei. «Wir haben alles Nötige mitgebracht! Auch das Abendessen.»

Das sehe ich, dennoch kann ich es nicht glauben. Ich *muss* mich verhört haben. «Wie bitte?»

Bernd greift nach dem Baumständer, schiebt den Karton mit einem kräftigen Fußtritt vor sich her und entert mitsamt Krüppelbaum meinen Flur. «Wir hatten einen Stromausfall», informiert er mich keuchend.

«Wo?»

«Na, bei uns zu Hause», antwortet Katja kopfschüttelnd, als sei das logisch. «Irgendein depperter Nachbar musste seine neue Bohrmaschine unbedingt an Heiligabend ausprobieren, hat vermutlich eine Hauptleitung angebohrt und damit einen Kurzschluss in allen Wohnungen fabriziert ...»

«Leider verfügt das Haus über kein Notstromaggregat», fährt Bernd fort. «Wir können also die Gans nicht vorbraten, beziehungsweise überhaupt kein warmes Essen zubereiten, und würden im kalten Zimmer sitzen müssen, denn die Heizung ist auch ausgefallen, da sie elektronisch gesteuert wird. Die paar Christbaumkerzen würden lediglich ...»

«Aha», murmle ich abwesend und starre entsetzt auf den Fußboden, wo seine Schuhe Schneewasserpfützen hinterlassen, in denen Tannennadeln wie Froschlaich schwimmen. «Der nadelt ja, als wäre er hundert Jahre alt. Ihr wollt den doch nicht hier aufstellen?» Unwillig stemme ich die Fäuste in die Taille und blicke von Katja zu Bernd und wieder zu Katja.

«Also, Mama, welchen Teil von ‹Weihnachten muss bei dir stattfinden› hast du nicht verstanden?», entgegnet sie vorwurfsvoll. «Denk bitte an deine Enkelkinder, die freuen sich doch schon seit Tagen auf die Bescherung. Und die willst du ihnen doch nicht versagen, oder?»

Ach so, *meine* Enkel! Wie konnte ich die nur vergessen? Und wer denkt an mich? Ich will kein Weihnachten, keine Gans und schon gar keinen Krückentannenbaum in meiner Wohnung! Natürlich werde ich meinen geliebten Lausejungs nicht das Fest verderben, doch eigentlich würde ich viel lieber ausbüxen. Vielleicht nach Paris, mit einem gewissen Herrn Hirsch! Aber ich bin ja nur die olle Oma in der Weihnachts-Komödie, und deren Meinung interessiert eben nicht.

«Mamaaa!» Katja wird ungeduldig. «Lässt du uns jetzt endlich rein, oder sollen wir im Flur Wurzeln schlagen?» Sie hebt mir die Bratraine entgegen. «Die Gans muss ins Rohr.»

Ich trete zur Seite. «Wie, Gans für heute Abend?», frage ich geschockt, denn mit schwerem Gänsebraten und Knödel im Magen würde mir garantiert eine schlaflose Nacht bevorstehen.

«Nein, keine Panik», entgegnet sie, weil sie anscheinend meinen sorgenvollen Unterton gehört hat. «Aber du weißt, dass ich sie lieber vorbrate, um morgen Vormittag nicht in Superstress zu geraten.»

«Morgen wird der Strom sicher wieder fließen, dann findet das Essen wie geplant bei uns statt», erklärt Bernd weiter.

«Ach so, ja …», stammle ich erleichtert, nehme Katja aber zuerst die Raine ab und fixiere wortlos ihre Schuhe, die mittlerweile wie Bernds Treter ekelige Schmutzpfützen hinterlassen haben.

«Waren die Kinder brav?», fragt sie beim Ablegen des Mantels, unter dem ein edles rotes Wollkleid zum Vorschein kommt.

«Ja, wir haben uns die alte Weihnachtskassette …»

«Ohhh, diese supersüße Geschichte vom armen Schokoschwein und seinen Freunden …» Sie stellt ihre Stiefel zur Seite.

«Wie habe ich die geliebt … Ach, und Klaus Havenstein, den Sprecher … Seine Stimme gehört für mich unbedingt zu Weihnachten wie …»

«Der perfekte Christbaum!», krächzt Bernd, der mit schräger Grimasse immer noch den Krückenbaum festhält und offensichtlich einen Lachanfall unterdrücken muss.

«Was auch immer. Aber das da …», ich blicke verächtlich auf dieses erbarmungswürdige, nadelnde Etwas, «ist jedenfalls kein perfekter Tannenbaum. Gab's den zum Schnäppchenpreis?»

«Den gab's sogar geschenkt», antwortet Katja. Sie nimmt die Findelgans wieder an sich und schildert die dramatische Jagd nach dem vierten Tannenbaum. Oder ist es schon der fünfte? Ich hab die Übersicht verloren.

Bernd übergibt mir die Tanne, damit er seine Garderobe ablegen kann. «Die meisten Händler hatten ja längst dichtgemacht. Aber schließlich haben wir noch eine Händlerin erwischt, die den da gerade zerschneiden wollte. Nachdem sie unsere Story gehört hat, standen ihr Tränen in den Augen, und sie hat uns die Tanne dann aus Mitleid geschenkt.»

Mitleid mit dem Baum oder dem Pärchen, frage ich mich und warum eigentlich keiner mit mir Mitleid hat. Seufzend ergebe ich mich dem Unausweichlichen und öffne die Wohnzimmertür. «Na dann, rein damit!» Offensichtlich gibt es kein Entrinnen.

Wenigstens haben die Kinder inzwischen nichts angestellt, sitzen unverändert brav auf dem Sofa und lauschen dem fröhlichen Lied *Schneeflöckchen, Weißröckchen*, das sich ebenfalls auf der Kassette befindet. Beim Anblick ihrer Eltern springen sie vergnügt auf. Eric verheddert sich dabei in der Decke und stolpert. Bernd lässt den Krückenbaum fallen, um seinen Sohn vor was auch immer zu retten. Hat der Baum die Hälfte seiner Nadeln bereits im

Flur verloren, bröselt nun auch noch der traurige Rest ab. Eric steht wieder auf sicheren Beinen, und Bernd befördert die Tanne zurück in die Horizontale.

«Dieses Jahr feiern wir mal bei Oma», verkündet Katja.

«Waruuuhum?», will Eric wissen.

«Weil Oma auch sooo gerne mal einen Baum in ihrer Wohnung haben möchte», erklärt Katja, ohne mit der Wimper zu zucken.

Ich möchte einen Baum? Da springt doch die Gans aus der Bratraine. Wütend schnappe ich nach Luft, um meiner weihnachtssüchtigen Tochter nicht die Meinung zu geigen oder zu zerplatzen.

Jan baut sich neben dem Baum auf und betrachtet ihn zweifelnd. «Das ist aber ein gaaanz sseußlicher Christbaum», stellt er dann ungerührt fest.

Tja, Kindermund …

«Nein, nein, das ist genau der, den wir aus dem Wald geholt haben», schwindelt Katja, als habe sie sich die Ausreden schon zurechtgelegt.

«Er ist ja noch gaaa nicht gessmückt!», beschwert er sich.

Katja sendet mir einen hilfesuchenden Blick.

«Der Weihnachtsmann hat wahnsinnig viel zu tun und es einfach nicht mehr geschafft», fabuliere ich.

Eric nickt mir verständig zu. «Der is auch im Superweihnachtsstress wie du, Oma, gell?»

«Genau!», bestätige ich nur zu gerne. «Und deshalb dürft ihr den Baum jetzt selber schmücken.»

Ich ernte ein dankbares Nicken von Katja und stürmische Begeisterung von den Kindern.

Aber bevor sie beginnen können, befestigen Bernd und Katja

die Tanne im Ständer. Dann geht's los. Nicht ohne Streitereien, wie man sich vorstellen kann. Wer darf welche Kugel wo zuerst aufhängen? Das Problem ist schnell gelöst, denn der größere Jan reicht weiter hinauf als Eric. Zum Ausgleich darf der Kleine die großen Kugeln an den unteren Zweigen verteilen und Jan die kleineren drüber. Mama und Papa reichen die Kugeln an und dirigieren möglichst unauffällig die Verteilung. Ich verzichte freiwillig und beobachte das Ritual lieber von der Küche aus, wo ich mich inzwischen um die Gans und das geräucherte Forellenfilet kümmere, das wir später verspeisen werden.

17.00 Uhr «Omaaa, der Christbaum ist fertig!», schreien die Jungs pünktlich mit eintretender Dunkelheit.

«Heiliges Weihnachtsglö...» Der Rest bleibt mir vor ungläubigem Staunen im Hals stecken. Jetzt biegen sich die dürren Äste zwar unter einer unüberschaubaren Menge Kugeln, Engelshaar und sonstigem Glitzerkram, aber die Nadeln muss man mit der Lupe suchen. Die paar, die vor dem Schmücken noch übrig waren, haben sich offensichtlich während des Dekorierens verabschiedet. Unschwer am Nadelteppich zu erkennen, der nun meinen Fußboden ziert. Gegen diesen ... diesen Möchtegern-Christbaum waren die vorherigen Bäume die reinsten Prachtgewächse. Trotzdem betrachte ich das vollendete Werk natürlich mit gebührender Ehrfurcht.

«Das habt ihr wirklich schön gemacht, ihr Lausejungs», lobe ich und geniere mich weder für meine unverschämte Lüge noch für die Tränen in den Augen – die allerdings vom Meerrettichreiben herrühren.

«Kommt jetzt Bescherung?», fragt Eric erneut mit begehrlichem Glitzern in den Augen, als er und sein Bruder mit Bernd den nicht verwendeten Baumschmuck zurück in die Kartons räumen.

«Bestimmt», verspreche ich vollmundig und blicke Katja fragend an.

«Ach du Schei...benkleister», entfährt es ihr, und sie wird ganz blass.

Ich ahne Schreckliches. «Was ist?», flüstere ich ihr zu.

«In der Aufregung haben wir die Geschenke vergessen», zischelt sie mir ins Ohr.

Von wegen, *ich* würde nicht an die Kinder denken und ihnen die Freude verderben wollen! Obwohl man bei *der hässlichsten Tanne der Welt* eher von Strafe als von Freude sprechen müsste. Denn auch in voller Weihnachtspracht, und egal wie viele Päckchen darunterlägen, würde die jämmerliche Krücke doch immer krumm und schief aussehen. Einfach scheußlich. Im Grunde nur noch zum Verheizen geeignet. Schade, dass ich keinen Kamin besitze. Apropos Kamin, da fällt mir Friedrich ein. Wir wollten ihm doch den Blumenstrauß und eine Flasche Wein vorbeibringen.

Katja schubst mich an. «Mama, was machen wir denn jetzt?»

«Wir besuchen Friedrich und bringen ihm die Blumen und den Wein», flüstere ich ihr zu. «Wo sind die Zeichnungen der Jungs?»

«Ich glaube, in meiner Handtasche ...» Sie überlegt eine Sekunde. «Ja, ich bin sicher.»

«Gut ... In der Zwischenzeit kann Bernd die Geschenke holen und dann die Bescherung vorbereiten.» Laut verkünde ich dann: «Alle Mann Schuhe anziehen.»

«Waruuuhum?», wollen die Jungs wissen.

«Damit der Weihnachtsmann und die Weihnachtselfen die Geschenke bringen können», antworte ich. «Denn solange Menschen in der Wohnung sind, kommen die nicht.»

Eric verschränkt die Arme und rührt sich nicht von der Stelle. «Ich bleib hier. Ich will zuschauen.»

«Ich will auch zussauen», schließt Jan sich mit frechem Grinsen an. «Wir versstecken uns unterm Sofa.»

Eric ist sofort dabei. «Au ja! Dann können wir den Weihnachtsmann endlich mal sehen.»

«Kommt nicht in Frage», spricht Katja ein Machtwort. «Wir verlassen Omas Wohnung und besuchen Friedrich Hirsch. Ihr wolltet ihm doch die Zeichnungen schenken.»

Eric guckt mich neugierig an. «Der Mann mit dem toten Hund?»

«Ja, der Hund ist gesstorben, weil er mit uns gespielt hat!», klärt Jan seinen Bruder auf.

Eric starrt einen Moment ins Leere und fängt dann an zu weinen. Katja nimmt ihn in den Arm. «Es ist nicht eure Schuld. Der kleine Churchill ist jetzt im Hundehimmel und feiert dort mit allen verstorbenen Hunden große Hunde-Weihnachten.»

«Und da kriegen die Hunde auch Christbäume mit Weißwursst und Kauknochen und Quietschesspielzeug», weiß Jan.

Schniefend wischt Eric sich die Tränen aus dem Gesicht. «Bratwürstel auch?»

Ich nicke. «Na klar, und noch Wurstketten um die Hälse.»

Die Vorstellung zaubert ein Strahlen auf sein kleines Gesicht, und er ist bereit, sich anzuziehen.

18.00 Uhr Dick eingemummelt, mit Blumen und Wein aus meinem Vorrat (den hat Katja nämlich vergessen) treten wir auf die Straße, wo uns ein weiß glitzerndes Wintermärchen empfängt. Der seit den Nachmittagsstunden anhaltende Schneefall hat Autos, Hausdächern und Fenstersimsen dicke Hauben verpasst und die Straßen komplett bedeckt. Bernd bietet an, uns zum Holzplatz zu chauffieren, doch die herrlich frische Luft verlockt, die paar Meter zu laufen.

Gemütlich schlendern wir durch menschenleere Straßen, vorbei an hellerleuchteten Wohnungen, und bestaunen prächtig geschmückte Christbäume hinter Erdgeschossfenstern. Überall ist Bescherungszeit. Katja läuft schweigend mit gesenktem Blick neben mir her und klammert sich an der Weinflasche fest. Mein armes Kind leidet, das spüre ich überdeutlich. Wenn ich könnte, würde ich ihr die prächtigste Coloradotanne der Welt herzaubern. Schon allein, um die Krücke in meiner Wohnung wieder loszuwerden.

Das Klingeln meines Handys schreckt mich auf. Mein erster Gedanke gilt Madeleine, und ich frage mich, ob alles in Ordnung ist. Doch es ist Lissy, mit der ich Handynummern ausgetauscht habe. Sie langweilt sich bei ihrer Schwester, freut sich zu hören, dass wir auf dem Weg zu den Hirschs sind und kündigt an, auch bald dort aufzutauchen.

Eric zupft mich am Ärmel. «War das der Weihnachtsmann?»

«Nein, das war Lissy, meine Arbeitskollegin», erkläre ich.

«Wenn aba keiner bei dir zu Hause ist, kann der Weihnachtsmann gaaa nicht rein», sagt er nachdenklich. «Nimmt er dann meine Geschenke wieder mit? Meine Schwerter und meine Ritterrüstung und die Drachenburg …»

«Und meinen Fußball und die Kakaotasse und die Kusseldecke mit dem Bayernlogo?», schließt Jan sich besorgt an.

Worüber Kinder sich Gedanken machen. Gar nicht dumm. «Keine Angst, der Weihnachtsmann hat einen Zauberschlüssel, mit dem er alle Türen öffnen kann», beruhige ich sie. «Wenn wir zurückkommen, liegen eure Geschenke unter dem Christbaum», verspreche ich vollmundig und hoffe inständig, dass Bernd die Schneeverwehungen heil übersteht.

Die Vorstellung scheint den Kindern zu gefallen, denn sie hüpfen nun fröhlich singend vor uns her: «Hat ein Zauberschlüssel ... Zauberschlüssel ... Zauberschlüssel ...»

18.20 Uhr Fünfzig «Zauberschlüssel» später erreichen wir den Holzplatz. Die Fenster zur Hirsch-Wohnung sind ebenso hellerleuchtet wie die im restlichen Haus, nur der baumelnde Weihnachtsmann am Seil ist verschwunden.

«Warte!», stoppt Katja mich, als ich klingeln will. «Hätten wir uns nicht lieber anmelden sollen? An Heiligabend einfach so reinzuplatzen zeugt nicht gerade von feiner englischer Art.»

«Mach dir keine Gedanken, Robert feiert doch heute seine große amerikanische Xmas-Party», antworte ich. «Friedrich ist also auf Gäste eingestellt.»

«Waaas?» Katja guckt entsetzt. «Diese dämliche Fete findet bei Friedrich statt?»

«Wo sonst?», entgegne ich verwundert. «Schließlich wohnt Robert seit seiner Scheidung wieder da.»

«Na, super, der Jungapotheker mit seinen spinösen Ideen fehlt mir heute noch zu meinem Glück. Das hättest du mir auch früher sagen können», beschwert sie sich schmollend wie ein Teenager, der den Schulfreunden außerhalb der Schule nicht begegnen möchte.

«Ich dachte, du wüsstest es, nachdem du ihm doch im Kindergarten begegnet bist. Mir hat er eine Einladung überreicht, ich habe angenommen, dass er dir ebenfalls eine gegeben hätte.»

«Außer beim Krippenspiel hat dieser Schnösel sich noch nie im Kiga blickenlassen», schimpft sie leise.

Jan zupft seine Mutter am Anorak. «Was ist ein Ssnösel?»

«Ähm … das ist …», stottert sie.

«Ein neuer Hund?», tippt Eric hoffnungsvoll.

«Nein, Friedrich trauert noch um Churchill und wird sich bestimmt so schnell keinen neuen Hund anschaffen», beantworte ich Erics Frage und lenke ihn ab, indem er klingeln darf.

Der Türöffner summt wenig später, ohne Nachfrage über die Gegensprechanlage. Im Hauseingang schütteln wir uns den Schnee von den Mänteln und klopfen kräftig die Schuhe ab, bevor wir uns auf den Weg nach oben begeben.

«Benimm dich bitte», raune ich Katja auf der Treppe zu. «Du musst Robert ja nicht abknutschen, aber ein Mindestmaß an Höflichkeit wirst du doch wohl zustande bringen.»

«Pah!», schnappt sie zurück und verstummt, denn wir erreichen die letzte Treppenstufe.

An der Wohnungstür erwartet uns ein strahlend lächelnder Robert im dunklen Anzug mit roter Krawatte, auf der sich Schneemänner tummeln. Sein brünettes Haar ist mit Gel zurückgekämmt, was ihn unverschämt attraktiv aussehen lässt.

«Herzlich willkommen und fröhliche Weihnachten», begrüßt er uns heiter und streckt Katja zuerst die Hand entgegen: «Wie schön, dass du auch keine Lust auf ein langweiliges, deutsches Weihnachtsfest hast und den Abend lieber in geselliger Runde verbringen möchtest.»

Peng! Das war garantiert das größte Fettnäpfchen seines Lebens!

«Fröhliche Weihnachten.» Schwer schluckend ringt Katja sich ein gequältes Lächeln ab, sagt aber sonst kein Wort.

«Eigentlich wollten wir nur kurz zu Friedrich», greife ich ein, bevor sie doch noch unhöflich wird, was durchaus denkbar ist.

Robert tritt zur Seite und weist mit einer einladenden Handbewegung in den Flur. «Kommt rein, mein Vater wird sich bestimmt freuen …»

«Weint der Onkel Friedrich sowie dem gestorbenen Churchill?», unterbricht Eric ihn zaghaft, als wage er nicht, die Wohnung zu betreten.

«Nur ein kleines bisschen», antwortet Robert. «Aber euer Besuch wird ihn aufheitern, und dann ist er nicht mehr traurig.»

Robert nimmt uns die Mäntel ab und hängt sie auf Bügel an die Garderobe. Katja hat die Stoppersocken für die Kinder dabei, die sich auf dem Fußboden niederlassen, um sie anzuziehen.

«Duhuuu, habt ihr auch einen Weihnachtsbaum und Gessenke?», fragt Jan aufgeregt.

«Logisch!», nickt Robert. «Einen ganz, ganz großen. Die Spitze reicht bis an die Zimmerdecke. Gleich wirst du ihn sehen. Da hängen ganz viele schöne Sachen dran und auch Überraschungen für Kinder.»

Jesses, Maria und Josef! Zimmerhohe Tanne mit Kinderüberraschungen. Und das ausgerechnet bei *Schnösel* Robert. Hoffentlich verkraftet meine arme Katja so viel Ungerechtigkeit.

«Habe ich richtig gehört?» Friedrich tritt aus der Wohnzimmertür am Ende des Flurs. «Ursel mit Familie! Das nenne ich eine freudige Überraschung.» Er kommt mir mit offenen Armen entgegen. «Welch Glanz in unserer bescheidenen Hütte!»

Ich erröte geschmeichelt und freue mich, dass ich noch schnell in mein kleines Schwarzes geschlüpft bin und in diesem Outfit nicht hinter Friedrichs feinem, dunklen Anzug zurückstehen muss.

Die Jungs springen auf und verlangen die Zeichnungen von Katja.

«Wir haben was für dich gemaaalt!», verkündet Eric.

Jan faltet sein Blatt auf. «Ssau mal, das ist dein Churchill … Der sspringt im Ssnee!»

«Vielen Dank.» Gerührt nimmt Friedrich die Blätter entgegen und betrachtet lächelnd die bunten Kunstwerke. «Toll! Das hast du gut hingekriegt, Jan, und du auch, Eric.»

«Dann musst du jetzt nicht mehr weinen, Onkel Friedrich», sagt Eric. «Weil deinem Hund jetzt nix Schlimmes mehr passieren kann.»

Friedrich stutzt einen Augenblick, dann lächelt er. «Nein, dem geht's bestimmt prächtig. Eure tollen Bilder werde ich einrahmen und an einen Ehrenplatz stellen, wo ich sie jederzeit ansehen kann …» Er rollt die Zeichnungen vorsichtig zusammen, reicht mir die Hand und drückt sie sanft. «Frohes Fest, liebe Ursel.» Er blinzelt mir fast unmerklich zu.

«Das wünsche ich dir und deinen Lieben ebenfalls, Friedrich.» Ich erwidere den Druck und lächle ihn an, als ich den weihnachtlichen Strauß aus seidigen Föhrenzweigen, Deko-Apfel, getrockneten Orangenscheiben, Tannenzapfen und Blaue-Beeren-Zweigen übereiche. «Eine kleine Aufmunterung.»

«Ursel, was für ein wunderschöner Strauß. Herzlichen Dank. Aber das wäre wirklich nicht nötig gewesen», entgegnet er verlegen.

«Doch, doch», mischt Katja sich ein und überreicht ihm den Wein. «Als Entschuldigung für … Nun ja … Die Kinder sind vielleicht etwas zu wild mit dem …»

«Machen Sie sich bitte keine Gedanken», unterbricht Friedrich ihr Gestammel. «Es war ohnehin nur eine Frage von Tagen oder …» Er schüttelt Katja die Hand. «Herzlichen Dank … auch Ihnen und Ihrer Familie gesegnete Weihnachten.»

Nun unterbricht Robert seinen Vater und bittet uns, ihm zu folgen. «Die Feier findet schließlich nicht im Flur statt.»

Friedrich entschuldigt sich für einen Moment, um den Strauß zu versorgen. Wir folgen Robert.

Katjas Lächeln verschwindet. Sie wirft mir einen genervten Blick zu, den ich einfach ignoriere. Stattdessen schiebe ich sie unauffällig vor mir her. Eine halbe Stunde wird sie sich ja wohl benehmen können, sonst war meine Erziehung komplett für die Katz.

Die Jungs sind ins Wohnzimmer vorangesaust, bleiben aber nach ein paar Schritten stehen und blicken sich neugierig in der fremden Umgebung um.

«Uiii», staunt Jan den unübersehbar prächtig geschmückten Christbaum an. «Voll der ssöne Baum!»

Eric legt den Kopf in den Nacken und bewundert ihn schweigend mit offenem Mund. Auch wir stoppen an der Türschwelle und blicken in ein üppig dekoriertes Wohnzimmer, aus dem leise Klänge von *Jingle Bells* zu uns dringen. Doch Katja und ich hören kaum hin, denn wir sind nicht weniger fasziniert als die Kinder. Mit großen Augen starren wir auf einen unfassbar prächtigen Christbaum. In meiner Wohnung steht die hässlichste Tanne der Welt – hier die schönste. Jedenfalls ist es mit Abstand die schönste, die ich jemals gesehen habe. Sie muss knapp drei Meter hoch sein, damit sie in diese herrschaftlichen Altbauwohnungen hineinpasst. Und sie ist dermaßen verschwenderisch geschmückt, als habe Robert den gesamten Baumschmuck der Stadt aufgekauft, um damit einen Märchenbaum gestalten zu können. Dicht an dicht drängeln sich klassisch runde Kugeln neben bärtigen Nikoläusen, lila Fröschen, rosa Engelchen, rot-weißen Fliegenpilzen, frechen Gartenzwergen, bunt schillernden Vögelchen und lustigen Hunden mit Hüten und Katzen mit Röckchen. Rudolf, das rotnasige Rentier, darf an einem amerikanischen Weihnachtsbaum natürlich auch nicht fehlen, dieser hier hat ein Glitzergeweih und goldene Glöckchen um den Hals. Dazwischen baumeln, ebenfalls ganz im amerikanischen Stil, echte rot-weiße Zuckerstangen, pastellfarbige Fondantkringel und knusprige Spekulatius an roten Bändern. Und: Weihnachtsgurken! Jede Menge Weihnachtsgurken. Ich bin überwältigt. Gleichzeitig schmunzele ich still vor mich hin. Auch wenn Robert vielleicht nichts von einem besinnlichen Heiligabend hält, dieser Baum verrät überdeutlich, dass er mindesten genau so ein Weihnachtsjunkie ist wie Katja.

Eric und Jan haben sich mittlerweile direkt vor der Tanne aufgebaut und kommentieren begeistert die Dekoration.

Eric zeigt mit ausgestreckter Hand auf einen der unteren Zweige. «Ein Hexenhaus und ein Engel, und da is ein grünes Polizeiauto!»

Jan entdeckt auch etwas Besonderes: «Ein Ssneemann mit Zylinder und gaaanz viele Gessenke!»

Robert beobachtet die beiden mit glänzenden Augen, als wäre es sein eigener Nachwuchs. «Später gibt's dann Bescherung», verspricht er.

Strahlend stürmt Jan auf mich zu. «Oma, Oma, der Weihnachtsmann hat unsere Gessenke hierhingebracht.»

«So ein Schlingel», entfährt es mir verblüfft über diese Wendung, die mich auf eine Idee bringt. Mal sehen, ob Katja mitspielt. Doch sie reagiert nicht auf mein «Psst».

«Das ist ja …», keucht sie plötzlich, als wache sie aus einem Traum auf, in dem sie etwas ganz und gar Unwirkliches gesehen hat.

«Wunderschön, nicht wahr?», presche ich vor und schubse sie leicht an, um ihr zu signalisieren, sich ja nicht unhöflich auszudrücken. Doch zu meinem Erstaunen bemerke ich, wie sie mühsam versucht, ihre Tränen wegzublinzeln und schließlich stammelt: «Eine … eine Coloradotanne!»

«Also mir wurde gesagt, es sei eine Grau-Tanne», korrigiert Robert freundlich. «Gefällt sie dir?»

Sie nickt stumm, als könne ein lautes Wort die Tanne verschwinden lassen, und starrt unverwandt auf den Baum ihrer unerfüllten Weihnachtsträume. Offensichtlich dauert es eine Weile, bis Roberts Erklärung in ihrem Bewusstsein ankommt. «Ja, teilweise werden sie auch als Grau-Tannen bezeichnet», antwortet sie nach einer Weile. «Aber ich bin ganz sicher, dass es sich um eine echte Coloradotanne handelt. Der totale Waaahnsinn.» Sie lässt sich auf das große braune Ledersofa in die roten Samtkissen fallen, wo sie das Prachtexemplar direkt im Blick hat. «Mein absoluter Lieblingsbaum, und wie herrlich er duftet! Dieser ist aber auch ein ganz besonders schönes Exemplar. Wo hast du den gefunden? Wir haben wochenlang die ganze Stadt danach abgesucht.»

«Auf der Christbaumplantage von Schloss Otting, in der Nähe von Odelzhausen. In Amerika ist es ja auf dem Land üblich, sich seinen Baum selbst zu schlagen. Die Amis nennen das *Christmas Tree Hunt*», berichtet Robert, während er uns Getränke anbietet. «Eierpunsch, Wein oder Sekt? Ich kann auch einen selbstgebrannten Obstler von einer kleinen Destille anbieten, falls euch nach etwas Stärkerem ist. Für die Kinder gibt's natürlich Saft.»

Friedrich ist mit dem Strauß in einer Vase und in Begleitung eines jungen Mannes zurück, den er als Adrian, Roberts Apothekenhelfer, vorstellt.

Die Kinder möchten O-Saft, Katja gerne den Punsch kosten und ich nehme ein Gläschen Sekt. Während wir auf die Getränke warten, finde ich Zeit, mich genauer umzusehen. Das weitläufige Erker-Zimmer ist mindestens so groß wie meine gesamte Wohnung. Den Blickfang bildet eine hellbraune Ledergarnitur mit Knopfpolsterung, wie in englischen Clubs, zu der ein antiker Tisch gehört. Der Raum verfügt auch über einen Kamin aus grauweißem Marmor, in dem aber kein Feuer brennt. Stattdessen umrankt ihn eine Tannengirlande, an der rote Kugeln und goldene Schleifen befestigt sind. Die gleichen Girlanden zieren die drei hohen Fenster und auch die beiden Fenster im Erker, wo eine zweite Sitzecke mit rundem Tisch sechs Besuchern Platz bietet. Überall stehen rote Weihnachtssterne in goldenen Übertöpfen und Teller mit bunten Plätzchen. An der längsseitigen Wand dient eine antike Anrichte als Buffet. Auf durchsichtigem grünem Sternentüll sehe ich kalte Speisen auf goldgeränderten Tellern, Platten und Schüsseln.

«Auf ‹Christbaumjagd› waren wir auch seit Wochen und gestern auf der Plantage am Fohnsee», sagt Katja und schildert unser Baum-Abenteuer, ohne Churchills trauriges Ende und den peinlichen Baum-Diebstahl zu erwähnen.

Friedrich gesellt sich mit den gefüllten Gläsern auf einem Tablett zu uns. «Mit ganz spezieller Weihnachtsmagie, Ursel!» Er lächelt verschwörerisch.

Natürlich weiß ich, dass er auf unseren heimlichen Weihnachtswunsch anspielt. Aber ob daraus etwas werden wird? Im Moment sieht es jedenfalls nicht danach aus. Na ja, vielleicht nächstes Jahr, vertröste ich mich im Stillen.

«Die Plantagenbesitzer pflanzen nur sehr wenige Bäume dieser Gattung an», redet Robert weiter, während er seinem Vater beim

Verteilen der Gläser assistiert. «Deshalb war ich schon im August da, um einen vorzubestellen. Meine Mutter war ein großer Fan dieser Baumsorte, und irgendwie erinnert mich das an sie.»

«Ich weiß», sagt Katja. «Dein Vater hat uns ein Foto gezeigt.»

«Coloradotanne habe ich noch nie gehört», sagt Adrian. «Bei uns zu Hause steht immer eine Nordmanntanne.»

Katja starrt nachdenklich ins Leere, und ich kann ihr ansehen, dass sie an ihren Vater denkt. «Danke für den Tipp, Robert, werde ich nächstes Jahr beherzigen», sagt sie dann. «Nie wieder Weihnachten ohne Coloradotanne!» Sie steht auf, erhebt ihr Glas und grinst mich dabei an.

Ich lächle Friedrich zu, als wir gemeinsam auf ein friedliches Fest anstoßen. «Im August also wieder am Fohnsee.»

«So lange kann ich nicht warten», lacht er und schenkt mir einen tiefen Blick, der mir einen Hitzeschauer über den Rücken jagt.

Wir nehmen alle einen großen Schluck, und zu meiner Erleichterung lobt Katja das Getränk überschwänglich. «Das ist mein erster Eierpunsch, und ich muss zugeben, er schmeckt unglaublich lecker. Werde ich mir fürs nächste Jahr notieren.»

Ach du Schreck, schon wieder eine neue Tradition. Na ja, zumindest sind die Zutaten in jedem Supermarkt erhältlich.

Die Kinder bekommen die Erlaubnis, Zuckerstanden vom Baum zu pflücken, und sind erst mal glücklich. Weihnachtsfrieden breitet sich aus wie eine kuschelige Daunendecke. So gefällt mir Heiligabend. Friedvoll, aber zum Glück nicht besinnlich-melancholisch. Nur die Frage der Bescherung kann die Idylle noch stören. Denn lange wird es nicht mehr dauern, bis die Jungs unruhig werden, und schließlich können wir das wichtigste Event des Jahres nicht ewig hinauszögern.

Friedrich entschuldigt sich, er habe noch in der Küche zu tun. Robert und Adrian begeben sich zu den Kindern, die es alleine nicht schaffen, die Zuckerstangen aus den Schleifen zu lösen.

Katja und ich nehmen wieder auf dem Sofa Platz. «Auf einen entspannten Abend.» Ich proste ihr zu. «Richtig gemütlich hier. Im Grunde kaum ein Unterschied zu unserm normalen Familien-Weihnachten, oder?»

Sie lässt ihr Glas an meinem klingen. «Auf dich, Mama, und vielen Dank für deine Unterstützung!»

«Jederzeit wieder», erwidere ich amüsiert. «Was hältst du davon, wenn wir hierbleiben, bei diesem Super-Christbaum, und mitfeiern?»

«Ach, das wäre schön», seufzt sie zufrieden, dreht sich dann aber erschrocken zu mir. «Aber …»

«Ja, bleibt doch und feiert mit uns», bittet auch Robert, der ihren Seufzer gehört hat.

«Die Kinder warten doch auf die Bescherung», raunt sie mir leise zu.

«Dann müssen wir uns eben etwas einfallen la…» In der Sekunde schrillt die Türglocke.

«Weihnachtsglöckchen», lacht Robert auf dem Weg nach draußen, dem die Freude auf noch mehr Gäste anzusehen ist.

Einen Moment später bimmelt es in Katjas Handtasche.

Eric hat das Klingeln gehört und kommt angelaufen. «Mama, schnell rangehen. Vielleicht ruft der Weihnachtsmann an, weil er unsere Geschenke gebracht hat …»

Katja hat ihr Telefon hervorgekramt, nimmt Eric auf den Schoß und übergibt ihm dann das Telefon. «Hier, du darfst mit ihm reden!»

«Hallo, lieber Herr Weihnachtsmann», kiekst er aufgeregt.

«Hast du meine Geschenke schon unter den Baum gelegt? Ich war auch ganz, ganz brav.» Er lauscht einen Moment, dann gibt er das Telefon an Katja zurück und sagt schmollend: «Das is gaaa nich der Weihnachtsmann … bloß der Papa.»

«Na so was!» Grinsend hält sich Katja das Telefon ans Ohr, schiebt Eric sanft zur Seite und verzieht sich an den Kamin, wo er sie nicht hören kann. Doch auch ich kann jetzt nicht vernehmen, was sie mit Bernd verabredet. Aber ich gehe mal davon aus, dass sie meine Andeutung vorhin kapiert hat und ihn mitsamt der Geschenkelawine hierherbittet.

Robert erscheint im Türrahmen. Hinter ihm eine junge Frau mit zwei kleinen Töchtern, die ich aus der Apotheke kenne. Die Mädchen tragen entzückende Samtkleider mit weißen Strumpfhosen, dazu rote Stiefel und rote Haarreifen in den dunkelblonden Locken. Die junge Frau hat schwarze Jeans an, dazu einen silberfarbenen Pulli und schwarze Stiefeletten.

«Hier kommt Verstärkung», sagt er. «Eric, Jan, das sind Emma und Nele …» Die Kinder beäugen sich neugierig. «Zeigt den Mädchen doch mal, was ihr am Christbaum für tolle Sachen entdeckt habt. Emma und Nele, ihr dürft euch natürlich auch Zuckerstangen nehmen.»

«Au jaaaaa», kreischen die vier plötzlich, als wären sie seit Ewigkeiten Freunde, und sausen davon.

Dann stellt Robert uns einander vor. «Adrian kennen Sie ja aus der Apotheke … Frau Griesbach … Frau Amberger … Ihre Tochter Katja, die junge Dame dort drüben am Kamin.»

«Wir sind uns schon mal begegnet», sage ich.

«Oh ja, als die Mädchen mal wieder die Apotheke auf den Kopf gestellt haben», erinnert sie sich, peinlich berührt. «Aber bitte, nennen Sie mich Laura.»

«Gern», sage ich und strecke ihr die Hand entgegen. «Ich bin Ursel.»

«Freut mich sehr … Ich bin übrigens mit einer Katja Amberger …»

Katja hat ihr Telefonat beendet und gesellt sich zu uns. «Das gibt's doch nicht», ruft sie dann erfreut. «Laura Breitner! Erkennst du mich? Wir haben gemeinsam die Grundschule besucht. Ich saß zwei Bänke hinter dir.»

«Na klar!», nickt Laura. «Was für ein lustiger Zufall … In der Sekunde habe ich zu deiner Mutter gesagt, dass ich mit einer Katja die Schulbank gedrückt habe. Aber ich heiße jetzt Griesbach.»

«Klasse, dass wir uns hier begegnen. Ich hab oft an dich gedacht … Ich bin übrigens auch verheiratet, und das sind meine Jungs», erwidert Katja. «Erzähl, wie geht's dir, was treibst du?»

«Hamburger … Chicken Wings!» Friedrich tritt ins Zimmer, in beiden Händen eine Platte mit knusprigen Hähnchenflügeln und Mini-Burgern, die er zum Buffet trägt und dort abstellt.

Die Kinder reagieren wie auf Knopfdruck «Uiiii … Ich will ein Burger … Ich auch … Ich will ein Wings … Ich ein Burger …»

Katja zieht ganz kurz die Brauen hoch. So etwas Profanes wie Hähnchenflügel würde sie niemals an Heiligabend servieren.

«Geflügel bleibt Geflügel», scherze ich, bevor sie eine unpassende Bemerkung fallen lässt. Offensichtlich hat sie ihren Traum vom idyllischen Familien-Weihnachten in trauter Runde doch noch nicht vollkommen gestrichen.

Robert unterstützt seinen Vater bei der Futter-Verteilung, und die Kinder dürfen im Erker Platz nehmen. «Das ist unser Kinder-Restaurant», preist er die Sitzecke an und erntet stürmische Begeisterung.

Die Nachwuchs-Fütterung ist die Gelegenheit, um Katja nach

ihrem Gespräch mit Bernd zu fragen. Doch die unterhält sich mit Laura. Wie ich aus den Gesprächsfetzen entnehme, hat Laura sich heftig mit ihrem Ehemann gestritten und ist nur deshalb hier.

«Ich habe ihm gesagt, wo ich bin, und dass er gerne nachkommen kann, wenn er sich abgekühlt hat», erzählt Laura.

«Na, vielleicht taucht er ja noch auf», entgegnet Katja. «Ich freue mich auf jeden Fall über unser Wiedersehen.»

«Was darf ich Ihnen zu trinken anbieten, Frau Griesbach?» Robert tritt zu den beiden Frauen.

Laura möchte gern den Eierpunsch probieren, und ich nutze die Gelegenheit, mit Katja zu sprechen. «Was hast du denn vorhin mit Bernd ausgemacht?», frage ich im Flüsterton, denn Kinderohren hören oft besser als Erwachsene, vor allem, wenn es sich um Geheimnisse handelt.

«Er ist unterwegs …»

Mein Handy schrillt in ihre Antwort. Auf dem Display leuchtet Madeleines Name auf. Na so was, hatte ich da vorhin vielleicht eine Vorahnung. Eigentlich sollte sie doch längst abgeflogen sein. «Das ist Leni», sage ich. «Darf man denn während des Fluges telefonieren?»

Katja zuckt die Schultern. «Genau weiß ich es nicht, aber ich glaube schon.»

Um nicht panisch zu klingen, atme ich einmal tief durch, bevor ich mich melde. «Leni, was ist los?»

«Mamilein, wo seid ihr denn alle?» Irgendwie klingt sie verzweifelt.

«Wieso fragst du?», wundere ich mich. «Schwebst du denn nicht im Flieger über den Wolken gen Kuba?»

«Schön wär's, der Flug wurde wegen Schneechaos gecancelt …

Wir saßen schon in der Maschine, mussten aber wieder aussteigen …»

«Jesses Maria und Josef! Und wo …»

«Ich steh vor deinem Haus, aber du bist nicht da!», unterbricht sie mich weinerlich. «Zuerst war ich bei Katja, doch da ist auch keiner, und alles ist dunkel …» Sie zieht hörbar die Nase hoch. «Einer von Katjas Nachbarn hat mir dann von einem Stromausfall im gesamten Haus berichtet … Deshalb dachte ich, die ganze Family ist bei dir, aber Pustekuchen … Mir ist kalt, es schneit ohne Unterlass und … Mami, jemand muss mich retten!»

«Schon gut, mein armes Kind, beruhige dich, wir sind bei Robert Hirsch auf der Weihnachtsparty, also ums Eck», erkläre ich.

«Echt?» Sie klingt nicht überzeugt. «Mit Katja auf der Xmas-Party? Guter Witz!»

«Kein Witz. Katja, die Kinder und ich sind bei den Hirschs. Bernd ist unterwegs, der muss noch was erledigen. Ich versuche ihn zu erreichen, aber es geht vermutlich schneller, wenn du dir ein Taxi rufst.»

«Ich bin schon vom Flughaften zu Katja und dann zu dir mit dem Taxi gefahren, meine Kohle ist alle …»

«Oh, dann lauf doch die paar Meter.»

«Mamaaa … Ich hab Gepäck, und das durch den Schnee zu schleppen, ist kein Vergnügen, außerdem bin ich viel zu dünn angezogen, weil ich heute Morgen davon ausgegangen bin, in der Karibik zu landen.»

«Na gut, ich werde Friedrich um Hilfe bitten. Stell dich so lange im Hauseingang unter, dort bist du etwas geschützt.»

«Ich quetsch mich doch schon ganz dicht an die Mauer wie eine arme Obdachlose … Mach bitte schnell», fleht sie bibbernd.

«Höchstens fünf Minuten», tröste ich sie und verabschiede mich. «Bis gleich.» Hektisch verstaue ich das Telefon in der Handtasche und sehe mich nach Friedrich um.

«Der ist in die Küche, um frische Servietten zu besorgen», erfahre ich von Robert. «Kann ich vielleicht irgendwie helfen?»

«Na ja … Möglicherweise», antworte ich zögernd. «Das war eben Madeleine, ihr Flug wurde abgesagt …»

«Wie schön … ähm … Ich meine, wie unangenehm für Madeleine.» Er sieht mich mit funkelnden Augen an, als habe ich ihm ein teures Geschenk überreicht. «Ihre Tochter ist selbstverständlich herzlich eingeladen, herzukommen und mitzufeiern.»

«Vielen Dank, Robert, leider besteht da ein kleines Problem», sage ich und schildere Madeleines missliche Lage.

«Überhaupt kein Problem», sagt er und wendet sich zum Gehen. «Ich hole sie selbstverständlich ab.» Und damit eilt er davon.

Ob er die Adresse noch weiß, überlege ich, stelle mein Glas zur Seite und folge ihm. «Moment …» Im Türrahmen knalle ich um Haaresbreite mit Friedrich zusammen, der einen Packen sternenverzierter Papierservietten in den Händen hat.

«Wohin so eilig, schöne Frau?», lacht er.

«Auf der Suche nach einem Helden», gebe ich albern zurück.

«Schon gefunden», sagt er mit durchdringendem Blick. «Was immer ich für dich tun kann, ist so gut wie erledigt, unter einer Bedingung …»

«Und die wäre?»

Verschmitzt blickt er nach oben, wo ein Mistelzweig über uns hängt. «Weihnachten ist die Zeit der Wünsche. Deshalb musst du dir jetzt was wünschen.» Noch ehe ich etwas entgegnen oder antworten kann, klemmt er die Servietten untern Arm, packt mich und drückt mir einen schnellen Kuss auf die Lippen. Ich schließe die Augen, wünsche mich mit ihm in die Stadt der Liebe und genieße das wohlige Kribbeln, das mich dabei durchläuft.

«Bis später!», ruft Robert uns zu, der sich inzwischen den Mantel angezogen hat.

Ertappt fahren wir auseinander. Friedrich dreht sich zu Robert um. «Wohin?»

«Madeleine abholen. Sie steht bei Frau Amberger vorm Haus», antwortet er und zieht auch schon die Wohnungstür ins Schloss.

«Ah, im ersten Moment dachte ich, er holt sie aus Kuba ab», scherzt Friedrich.

Ich muss lachen. «Nein, sie ist noch immer in der Stadt, das Wetter hat mal wieder die Flugpläne durcheinandergebracht.» In wenigen Worten erkläre ich die Umstände.

«Wie schön ... für Robert, meine ich», sagt Friedrich heiter, hakt mich unter und dirigiert mich Richtung Erker.

Dort ermahnen Katja und Laura die Kinder, zivilisiert zu essen, nicht rumzukleckern oder sich gar die Finger an den Möbeln abzuwischen. Adrian fotografiert die Szene mit dem Handy und scheint sich königlich zu amüsieren.

«Das ssmeckt aber nur mit Ssweinsauerei», lacht Jan, steckt den Flügel quer in den Mund und sonnt sich in den bewundernden Blicken von Emma und Nele.

Friedrich reicht Katja die Servietten. «Solange die Kinder Spaß haben, sind die Möbel unwichtig ... und falls nötig, stecken wir sie allesamt in die Badewanne ...»

Adrian beruhigt die Mütter ebenfalls. Gegen Flecken hätte er ein prima Wässerchen im Laden, das alle Missgeschicke im Nu beseitigt.

«Und jetzt, liebe Ursel», sagt Friedrich, nachdem wir eine Weile die Kinder beobachtet haben. «Darf ich dir vielleicht auch etwas vom Buffet kredenzen? Zum größten Teil von meiner Wenigkeit selbst zubereitet. Wenn ich dich schon nicht nach Paris entführen darf, würde ich dich gerne mit ein paar kulinarischen Köstlichkeiten verwöhnen.»

In dem Moment wird mir bewusst, dass ich seit dem Kakao heute Mittag und einigen Plätzchen beim Baumschmücken nichts mehr zu mir genommen habe. Und die Speisen sehen ohne Ausnahme appetitlich aus. «Sehr gern, Friedrich.» Ich betrachte die beachtliche Auswahl, und mir läuft das Wasser im Mund zusammen.

Er legt sich eine Stoffserviette über den Unterarm und greift nach einem Teller. «Verehrteste!», hebt er an, als ich meine Wünsche nicht sofort äußere. «Heute im Angebot am Buffet à l'américaine: Pflaumen im Speckmantel, gegrillte Champignons mit Ziegenkäse, Kartoffeltaler oder Blinis mit saurer Sahne und Kaviar oder Lachs, Wurstbällchen in knuspriger Käsehülle, kleine Pizzen mit pikanter Tomatensugo und Feta sowie diverse italienische Antipasti. Nicht zu vergessen, den Salat aus Meeresfrüchten.»

«Es sieht alles köstlich aus», lobe ich, und weiß nicht, wofür ich mich entscheiden soll.

«Wonach gelüstet es dich?»

«Ich würde gerne von jedem Gericht kosten», sage ich unbescheiden.

«Darauf bestehe ich sogar!» Er nimmt den Vorlegelöffel und befördert gekonnt einen Kartoffeltaler auf den Teller. «Falls du dich über die eher europäischen Gerichte wunderst, sei dir verraten …»

«… dass ein amerikanisches Weihnachtsessen ziemlich europäisch ist, denn Amerika besteht im Prinzip nur aus Einwanderern, die ihrer Heimatküche treu geblieben sind.»

Es sind Robert und Madeleine, die unvermittelt auftauchen.

«Das ging aber schnell», bemerke ich überrascht.

«Mit dem Wagen beträgt die Entfernung ja auch nur wenige Minuten», entgegnet Robert. «Und den Weg kenne ich noch aus dem Effeff von früher.»

Madeleine küsst mich auf die Wangen. «Hallo, Mami.» Ihr Gesicht ist kältegerötet, die dunklen Locken durchnässt wie die sommerlichen rosa Turnschuhe an den Füßen. Sie wirkt tatsächlich wie ein armes Kind ohne Zuhause. Hoffentlich hat sie sich keine Erkältung geholt, denke ich, als sie auch schon die Nase hochzieht.

«Ha… ha… Hatschi!», niest sie und kann sich gerade noch das Ende ihres durchsichtigen Schals vor die Nase halten. «Guten Abend, Herr Hirsch.»

Besorgt bietet Robert trockene Socken oder eine heiße Dusche an. Friedrich empfiehlt die Wundertropfen.

Madeleine reagiert nicht auf die fürsorglichen Angebote. «Ich hab totalen Kohldampf.» Begierig fixiert sie das Buffet. «Es schaut himmlisch aus. Darf ich?» Sie blickt Robert fragend an. «Entschuldige, wenn ich meine Manieren vergessen habe, aber ich war seit heute Mittag auf dem Flughafen und bin total ausgehungert. Die meisten Snack-Bars waren nämlich ausgeplündert von Durchreisenden, die nicht weiterfliegen konnten.»

«Selbstverständlich, bitte, bedien dich …», antwortet er, ganz der vollkommene Gastgeber. «Ich bringe dir aber auch gerne etwas zum Sofa, falls du müde bist und dich erst mal setzen möchtest.»

Nicht nur ein guter Gastgeber, auch ein vollendeter Kavalier. Das nenne ich Schwiegersohn-Qualitäten.

«Du solltest dir unbedingt trockene Sachen anziehen», mahne

ich. «Sonst liegst du morgen flach, und die Karibikreise fällt ins Wasser.»

«Ist sie doch längst, Mamilein!» Madeleine greift nach einer Speckpflaume und beißt herzhaft ab. «Mmm … Mein Chef versucht gerade, den gesamten Trip neu zu organisieren … Wow, sehr lecker … Aber, ob er das so schnell geregelt bekommt, wage ich zu bezweifeln. Auf dem Flughafen war das totale Chaos, weil seit Stunden keine Flieger starten konnten.»

«Madeleine! Wo kommst du denn her?»

Katja hat ihre Schwester entdeckt, stürmt auf sie zu und mustert sie, als wäre sie der Stern von Bethlehem.

«Servus, Schwesterlein.» Madeleine greift nach einem Blini, beißt ein Stück ab und spult kauend ihren Chaos-Bericht hinunter.

«Super!» Katjas Augen leuchten. «Du hier, der absolute Wahnsinn! Ich meine, das ist echt blöd für deinen Chef, aber andererseits schön, dass du an Heiligabend nicht mit fremden Menschen in einem Flugzeug hockst.»

«Gut erkannt! Allerdings …» Madeleine betrachtet ihre Schwester kritisch. «Könnte man glatt auf die Idee verfallen, dass *du* dir das Schneechaos gewünscht hast.»

«Vorsicht, ganz dünnes Eis!», fährt Katja sie an.

Ach, du himmlisches Weihnachtsglöckchen. Schwesternkrieg im Anmarsch! Das i-Tüpfelchen in meiner Heiligabend-Katastrophen-Sammlung. «Wollen wir uns nicht setzen?», gehe ich dazwischen.

«Würde ich auch vorschlagen», unterstützt Friedrich mich, als ich den Teller mit den Köstlichkeiten entgegennehme.

«Mamaaa … feeertiiig», brüllt Eric plötzlich und kurz darauf stürmt Jan auf Katja zu: «Kommt jetzt Beeesseeerung?»

Hilfesuchend blickt sie mich an. «Also …», stammelt sie nach einer Antwort suchend.

«Ach, es gab noch keine Geschenke?», mischt Madeleine sich ein und wendet sich an Jan und Eric. «Das ist aber gar nicht nett vom Weihnachtsmann. Wart ihr vielleicht keine braven Kinder?»

«Voll, voll brav», nickt Jan heftig.

«Ich auch», beteuert Eric. «Schon drei, zehn oder sowie Tage.»

Robert hat den kurzen Wortwechsel aufmerksam verfolgt. Er klatscht kurz in die Hände. «Herhören, liebe Kinder … Wollen wir jetzt mit der Bescherung anfangen?»

«Jaaa, jaaa, jaaa, jaaa», kreischen alle euphorisch.

«Zuerst dürft ihr Weihnachtsgurken suchen», verkündet er.

Madeleine guckt ihn mit leuchtenden Augen an. «Spitze! Du hast Weihnachtsgurken? Für mich auch eine?»

«Jede Menge», antwortet er, wobei er sie verliebt betrachtet.

«Gurken ssmecken bääähh», beschwert sich Jan.

«Diese Sorte kann man nicht essen.» Geduldig erklärt Robert, was es mit den geheimnisvollen Gurken auf sich hat. Die Aussicht auf ein Geschenk lässt die Kleinen jubelnd Richtung Christbaum schauen. Robert folgt ihnen. Adrian zückt das Fotohandy.

Katja ist zum zweiten Mal sprachlos. Ich würde Robert am liebsten um den Hals fallen. Er hat die Situation gerettet. Jedenfalls vorerst. Abgesehen davon, dass er mir immer sympathischer wird. Da bin ich aber nicht die Einzige, wenn ich sehe, wie Madeleines Augen begehrlich glitzern.

«Darf ich den Ladys noch etwas zu trinken besorgen?», übernimmt Friedrich wieder die Rolle des Gastgebers.

«Ja, vielen Dank, ich könnte noch ein kleines Schlückchen Sekt vertragen.»

Katja bedient sich am Buffet, dann begeben wir uns gemeinsam zu der Couchgarnitur, wo Laura genüsslich einige Vorspeisen verzehrt und den Kindern bei der abenteuerlichen Gurkensuche zusieht.

«Wo bleibt eigentlich Bernd?», erkundige ich mich nach meinem Schwiegersohn. «Ich nehme doch an, dass du ihm vorhin am Telefon gesagt hast, dass wir die Bescherung hier veranstalten könnten.»

Katja nickt. «Hab ich und auch mit Robert geredet, ob es ihm recht ist, wenn wir die Kinder hier bescheren. Ihm gefiel die Idee, und er wollte sich sogar etwas einfallen lassen, wie wir die Kinder ablenken, um die Päckchen unter den Baum zu schmuggeln. Er ist überhaupt kein Schnösel, wie ich bisher geglaubt habe», gibt sie zu.

«Hmm», nicke ich. «Mir ist er auch sehr sympathisch.»

«Jetzt fehlt nur noch Bernd ... Er müsste längst ...»

Kaum ausgesprochen, hören wir die Türklingel. Katja springt auf, um zu öffnen, da Friedrich am Getränketisch hantiert. «Madeleine, hilfst du mir bitte?»

«Ich geh auf keinen Fall noch mal in den Schnee raus», grummelt sie und bleibt unbeweglich in ihrem Sessel sitzen.

Adrian bietet seine Hilfe an und begleitet Katja.

«Das wird mein Schwiegersohn sein», erkläre ich Friedrich, als er mit zwei Gläsern Sekt erscheint, von denen er mir eines reicht.

«Wie schön, je mehr Gäste, desto besser. So wird es doch noch eine richtig große Party.» Er setzt sich neben mich. «Robert hatte wirklich Bammel, mit mir allein feiern zu müssen. Und schau ihn dir jetzt an ...» Er weist mit einer Kopfbewegung zu seinem Sohn, der die Kinder anfeuert. «Endlich sieht er total entspannt aus und denkt mal nicht an die Apotheke oder den Umsatz ... Ich muss aber gestehen, dass mir auch mulmig war bei dem Gedanken, mit ihm allein zu bleiben und mich vielleicht auch noch zu streiten. Euch habe ich zu verdanken, dass dieser Abend so friedlich …»

«Guten Abend. Hallo, Ursel.»

An der Tür steht Lissy, festlich gekleidet im kleinen Violetten, mit einer Flasche Wein in der Hand, und winkt mir mit der anderen zu.

«Lissy, wie schön», freue ich mich, stelle meinen Teller ab, begrüße sie und stelle sie Friedrich vor: «Das ist Lissy, meine Packengel-Kollegin … Robert hatte mir Einladungen für Freunde mitgegeben …»

Friedrich erhebt sich. «Herzlich willkommen und fröhliche Weihnachten!»

«Vielen Dank, auch Ihnen fröhliche Weihnachten!» Sie überreicht ihm den Wein. «Die Wohnungstür stand offen», erklärt sie und berichtet, dass Katja ihr auf der Treppe begegnet ist.

Ich mache Lissy mit Robert bekannt, der sich riesig über den Gästezuwachs freut. «Fühlen Sie sich ganz wie zu Hause», sagt er. «Bedienen Sie sich am Buffet, mein Vater wird Sie mit Getränken versorgen.»

«Darf ich das übernehmen?», prescht Adrian vor, der Lissy vom ersten Moment an mit den Augen verschlungen hat.

Lissy streicht sich eine blonde Locke hinters Ohr. «Danke schön … wie aufmerksam», haucht sie verführerisch.

Na so was, hat da vielleicht der Weihnachtsblitz eingeschlagen?

«Ich hab eine, ich habe eine!»

Erics Siegesschrei unterbricht meine Gedanken. Mit vollem Körpereinsatz wirft er beide Hände nach oben, als er die erste Weihnachtsgurke entdeckt.

«Sehr gut!», lobt Robert und nimmt sie ab, denn die anderen Kinder müssen natürlich nach einer unentdeckten Gurke suchen. Er verstaut den Anhänger in einer Schachtel, und Eric darf sich eines der grünen Päckchen aussuchen.

Doch so schnell kann Eric sich nicht entscheiden. Und weil alle gleich groß sind, nimmt er jedes einzelne in die Hand und schüttelt es wie die Überraschungseier im Supermarkt. Schließlich hat er eines ausgewählt und kommt damit zu mir. «Oma, hast du mich gesehen?»

Ich streichle ihm über den Kopf. «Na klar, mein Süßer. Dann mach mal auf …»

Das Päckchen ist etwas zu gut verknotet, und ich muss helfen, das Band zu lösen. Ungeduldig reißt er dann das Papier auf, fördert drei grüne Plastikteile an Gummis hervor, die er sich wie Ringe auf die Finger steckt. «Uiii, sowie Fingerlichter!»

Die kleine Nele hat ebenfalls eine Gurke entdeckt und darf sich ein rotes Päckchen aussuchen. Sie verzieht sich damit in den Erker, schafft es aber auch nicht allein und sucht bei ihrer Mama um Hilfe. Die Überraschung ist ein blinkender, rosafarbener Plastikring. Er ist etwas zu groß, passt aber am Daumen. «Duuuhuuu!», sagt sie zu Eric und hält ihm den Ring vor die Nase. «Das ist ein Verliebungsring. Willst du meine Verliebung sein?»

Eric zuckt die Schultern. «Okay!»

Nele drückt ihm ein Küsschen auf die Wange, und noch ehe Eric kapiert, was geschehen ist, läuft die Kleine zu ihrer Schwester. «Ätschibätschi, ich bin jetzt eine Verliebte.»

Friedrich und ich blicken uns an, und wir müssen uns schwer beherrschen, um nicht laut aufzulachen. Eine Sekunde später werden wir schon wieder von Jan abgelenkt, der ganz weit oben, fast an der Tannenspitze, eine Gurke entdeckt hat.

«Daaa, daaa, daaa …» Aufgeregt hüpft er von einem Bein aufs andere und deutet nach oben.

Robert spielt noch ein bisschen mit ihm, fragt zwei, drei Mal: «Wo denn?», bis er endlich die gesuchte Gurke in knapp drei Meter Höhe sichtet. Aber ohne Hilfsmittel reicht er nicht ran, deshalb nimmt er einen der Stühle aus dem Erker, der als Leiter denkbar ungeeignet ist.

«Wir haben doch eine Leiter», ruft Friedrich besorgt.

«Nicht nötig, die Gurke ist schnell abgenommen», lehnt Robert ab.

«Wie du meinst», entgegnet Friedrich und beugt sich zu mir. «Die Kinder kommen offensichtlich ganz gut alleine zurecht. Was hältst du davon, wenn wir zwei uns davonstehlen?»

«Hmm …», murmle ich unkonzentriert, während ich Robert beobachte.

Er steigt auf die Sitzfläche, die ein wenig knarrt, aber hält. Doch als er sich nach oben streckt, verliert er das Gleichgewicht und der Stuhl schwankt bedenklich.

Madeleine ist panisch aus ihrem Sessel aufgesprungen und läuft mit warnendem «Vorsicht, der kracht» zu ihm.

Adrian und Lissy unterbrechen ihren Flirt und starren gebannt auf den Vorgang. Ich frage mich ebenfalls, ob das gutgeht, und auch Friedrich schnauft besorgt «Oh, oh …»

Aber Robert schafft es, abzuspringen und unversehrt auf dem Parkett zu landen.

Madeleine ist bei ihm und erkundigt sich fürsorglich: «Bist du verletzt?»

Er lächelt sie verliebt an. «Nichts geschehen!»

«Das hätte auch schiefgehen können», setzt sie entgegen. «Die meisten Unfälle passieren doch im Haushalt. Für einen Augenblick sah es so aus, als würdest du den Rest des Abends in der Unfallstation verbringen.»

Was so ein kleines Missgeschick doch an Emotionen auslöst, sinniere ich. Alle Gäste sind erleichtert, dass die Party ohne größere Störung weitergeht. Jan darf ein grünes Päckchen auswählen, das er ungeduldig aufreißt. Heraus kommt eine Flugscheibe, die auf einen Griff gesetzt und mittels Zugseil abgeschossen wird. Die gab's schon zu meiner Kindheit. Genau das Richtige für kleine Jungs – und genau das falsche Spielzeug in Wohnungen. Und noch ehe ich ihn ermahnen kann, die Scheibe nicht abzuschießen, saust sie auch schon quer durchs Zimmer. Wir ziehen instinktiv die Köpfe ein.

«Jan-Georg, der Bauuum!»

Bernd stürmt ins Zimmer. Leider kommt sein aufgebrachter Warnruf zu spät. Die Scheibe donnert mit voller Wucht direkt in die schönste Tanne der Welt.

23.00 Uhr Was für ein Tag! Langsam lässt mein Herzklopfen nach, und auch mein Puls beruhigt sich. Nicht in meinen kühnsten Träumen wäre mir eingefallen, wie aufregend so eine Xmas-Party sein kann.

Ich höre immer noch Bernds panischen Schrei und sehe seine entsetzte Miene vor mir. Obwohl Jans Flugscheibe lediglich zwei Kugeln zerdeppert und ein paar Nadeln abrasiert hat, war auch Katja völlig mit den Nerven runter. Zum Glück hatte Robert den prächtigen Christbaum in weiser Voraussicht (vielleicht auch in der Hoffnung auf eine richtig wilde Party) gut festgebunden. Deshalb hat der prächtige Baum auch die ebenso heftige Flugscheiben-Attacke von Eric ohne größeren Schaden überstanden. Logisch, dass der Kleine auch unbedingt schießen wollte. Natürlich hätte Katja das mit aller mütterlichen Macht verhindert. Also musste Eric nur abwarten, bis Mama mal auf die Toilette verschwand. Als sie zurückkam und gesehen hat, dass drei weitere Kugeln zu Bruch gegangen waren, folgte ein Donnerwetter und die Drohung, dass der Weihnachtsmann nun doch keine Geschenke bringen würde. Robert rettete die Situation mit der Behauptung, so schlimm würde es vermutlich nicht werden, denn er habe bereits einen vollbeladenen Schlitten im Hinterhof erblickt. Die Kinder sollten selber nachsehen, wozu sie nur aus dem Küchenfenster schauen müssten. Ein cleverer Trick, um die Kleinen aus dem Zimmer zu bekommen. Inzwischen konnten wir Erwachsen die Geschenke aufbauen, was schnell erledigt war.

Nach der Bescherung räumte Katja ein, dass eine lustige Party gar nicht sooo verkehrt wäre. Die Kinder hätten jedenfalls Spaß gehabt. Doch auch sie hat die amerikanische Weihnachtsparty genossen, das habe ich ihr deutlich ansehen können. Madeleine versicherte ihrer Schwester, die Jungs hätten die Feier bei Robert garantiert lustiger gefunden als ein besinnliches Fest im trauten Familienkreise. Und so sehr hätte sich der Abend doch nicht unterschieden. Schlussendlich hätten wir alle zusammen mit einer Coloradotanne gefeiert, worauf es Katja doch angekommen wäre. Ich habe den Verdacht, als stünde für Madeleine und Robert das nächste gemeinsame Weihnachtsfest bereits fest, so, wie die einander angegrinst haben. Als hätten sie was ausgeheckt. Ich wäre sofort dabei, denn ein vergnüglicher Abend ist doch die schönste Belohnung für die vorangegangenen stressigen Wochen.

Zufrieden lehne ich mich zurück.

«Du bist so still, alles in Ordnung?» Friedrich sitzt mir gegenüber und schaut mich gespannt an.

«Ja, alles in bester Ordnung», beteure ich. «Mich beschäftigt nur eine halbgare Gans», antworte ich. «Außerdem muss ich an die hässlichste Tanne der Welt denken, die bei mir zu Hause rumsteht. Eine nadellose Krücke, die den Namen Tanne eigentlich gar nicht verdient.»

Friedrich runzelt die Stirn, als spräche ich über einen Einbruch in meiner Wohnung. «Wie das?»

Vergnügt gebe ich einen Bericht der Geschehnisse. «Und das mir, wo ich im Grunde auf das Fest verzichten wollte», sage ich am Ende.

Schmunzelnd hat Friedrich mir zugehört. «Wie das Leben so spielt», entgegnet er dann. «Und wer weiß, wie Heiligabend ohne Katjas verrückte Tannenjagd verlaufen wäre.» Er beugt sich etwas vor und nimmt meine Hände in seine. «Hätte sie ihren perfekten Baum gefunden, wärt ihr doch niemals bei uns aufgetaucht.»

Fragend sehe ich ihn an. «Bist du denn nicht mehr traurig wegen Churchill?»

«Doch. Ein ganz kleines bisschen, und natürlich wird es eine Weile dauern, bis ich seinen Tod realisiere», antwortet er leise. «Aber er hatte ein schönes, langes Leben und liegt jetzt hinterm Wochenendhaus begraben. Der Tierarzt hat mich bereits seit Wochen auf Churchills Ende vorbereitet, und wenn der Hund noch leben würde, könnten wir nicht …»

Mein Telefon schrillt, und obwohl ich damit gerechnet habe, zucke ich doch zusammen. Ich atme tief durch, bevor ich mich melde. «Hallo, Katja.»

«Mama, wo bleibt ihr denn? Wir machen uns Sorgen. Ist euch was passiert?», sprudelt sie los.

«Nein, nein, uns geht es gut», beruhige ich sie. «Sogar sehr gut!»

Ein erleichterter Seufzer dringt an mein Ohr. «Aber wo seid

ihr?», hebt sie erneut an. «Habt ihr aus einem kleinen Verdauungsspaziergang eine Marathonwanderung gemacht?» Sie lacht fröhlich auf. «Ich will dich ja nicht kontrollieren, aber es geht auf Mitternacht zu, und so langsam müssen die Jungs ins Bett. Deshalb möchten wir bald heimfahren und dich natürlich mitnehmen.»

«Nicht nötig», wehre ich ab. «Wir sind ... also wir kommen nicht zurück ...»

«Was soll das heißen?», unterbricht sie mich in einem Ton aus Besorgnis und Verärgerung, als wäre ich die Tochter und sie die Mutter.

«Nun ja ...», beginne ich, denn die Situation ist nicht einfach zu erklären. Eigentlich ist sie richtig seltsam. Sogar ein klein wenig verrückt, um genau zu sein. Und da hilft kein langes Drumherumgerede. Die knallharte Wahrheit ist wohl das Beste. «Ich sitze mit Friedrich im Zug nach Paris!»

Einen Moment lang höre ich sie nur atmen. Dann schreit sie mich an: «Mama!»

«Es war eine spontane Entscheidung, und wir bleiben über Silvester», informiere ich sie und rede eilig weiter: «Frau Janatscheck hat einen Schlüssel zu meiner Wohnung, sie ist morgen bestimmt zu Hause. Wegen deiner Gans ...»

«Die Gans?», wiederholt sie verblüfft.

«Ja, die wollt ihr doch sicher morgen verspeisen, oder?», frage ich heiter. «Ach ja, und es wäre schön, wenn du zwischen den Jahren meine Wohnung etwas aufräumen könntest.»

«Aufräumen?», wiederholt sie erneut.

«Ich möchte bei meiner Rückkehr nicht von einer nadellosen Baumkrücke empfangen werden», verdeutliche ich zur Sicherheit. «Grüß mir die Jungs und Leni. Habt noch schöne Feiertage – und bis zum nächsten Jahr. Servus, meine Große.» Eilig drücke ich die Auflegetaste.

Kaum zwei Minuten später klingelt Friedrichs Handy. Er führt ein ähnliches Telefonat mit seinem Sohn. «Robert war genauso verblüfft wie Katja», erklärt Friedrich nach dem Gespräch. «Aber im Gegensatz zu deiner Tochter hat er sich auch für mich gefreut und uns viel Vergnügen gewünscht. Ich glaube, er ist froh, die Wohnung ein paar Tage für sich zu haben – jetzt, wo Madeleine in der Stadt ist.» Er schmunzelt vor sich hin. «Und wir beide müssen uns keine Gedanken machen, weil wir uns sozusagen bei Nacht und Nebel heimlich davongestohlen haben. Nach den aufreibenden letzten Tagen haben wir eine kleine Belohnung redlich verdient.»

«Ich freue mich sehr auf Paris», erwidere ich. «Aber eine *kleine Belohnung* würde ich die Reise nicht nennen», sage ich, und mit einem Mal fällt mir auf, dass es auch ein ziemliches Risiko ist. Auch wenn ich Friedrich schon ewig kenne, sind wir uns doch ziemlich fremd. Andererseits fühle ich mich so gut wie lange nicht, beinahe unverschämt glücklich.

Friedrich mustert mich fragend. «Du bereust deinen Entschluss hoffentlich nicht?»

«Nein, nein, ich habe nur überlegt ... Also ich war ... Wie soll ich sagen ... Na ja, seit Hermanns Tod mit keinem Mann mehr ...»

Friedrich wechselt auf den Platz neben mich und nimmt mich in die Arme. «Wenn es dich beruhigt, ich auch nicht!»

Frau Janatschecks Eierlikör

8–10 Eigelb von ganz frischen
Bioeiern (je nach Größe)
250 g Puderzucker
Mark einer Vanilleschote
1 Becher süße Sahne
1 Flasche Wodka 0,7 l

Eier mit Puderzucker und dem Vanillemark über Wasserdampf zu einer schaumigen Masse aufschlagen. Das geht am besten in einer großen Metallschüssel. Dabei dauernd schlagen, damit die Masse nicht zu Rührei wird. Sie soll aber ca. 50° warm werden. Wer kein spezielles Thermometer hat, einfach mit dem kleinen Finger testen, bis es sich heiß anfühlt.

Schüssel vom Dampf nehmen, Sahne einrühren und dabei weiterschlagen.

Den Wodka zum Schluss ebenfalls unter Rühren dazugeben.

Den fertigen Likör in Flaschen abfüllen und kühl lagern. Hält sich mindestens bis Silvester.

Danksagung

Schreiben ist für mich der schönste Job der Welt, wenn auch oft ein sehr einsamer. Bis ein Buch im Laden liegt, vergehen viele Monate, die ich alleine am Schreibtisch verbringe und in denen ich mich täglich neu motivieren muss. Zum Glück unterstützen mich dabei viele liebe Menschen.

Deshalb möchte ich danke schön sagen:

Ditta Kloth und Friederike Ney vom Rowohlt Verlag und meiner Lektorin Silke Kramer-Goretzky für die entspannte Zusammenarbeit.

Allen Leserinnen und Lesern, die meine Bücher kaufen oder mit einer Rezension den Tag vergolden.

Und nicht zuletzt allen Facebook-Fans und Buchbloggern, die mich bei allen Fragen immer so zahlreich unterstützen, mir bei der Namensfindung lustige Vorschläge posten, meine Bücher auf ihren Blogs präsentieren, liebevolle Besprechungen samt Sterne verteilen und mich zum Weiterschreiben motivieren.

Weiße Weihnachten in London

Bea weiß nicht mehr, wo ihr der Kopf steht. Das erste Weihnachtsfest allein mit ihrem kleinen Sohn naht, in ihrem Café ist die Hölle los, und sie hat die ganze Nachbarschaft für den ersten Feiertag eingeladen. Eigentlich hat sie keine Zeit für neue Menschen in ihrem Leben, ganz zu schweigen von einer neuen Liebe. Doch Weihnachten ist die Zeit der Wunder, und in der duftenden Wärme des Honey Pot Cafés werden aus Fremden allmählich Freunde. Aber kann Bea ihr Herz wirklich noch einmal verschenken?

rororo 25731

Ro 211/1 · Rowohlt online: www.rowohlt.de · www.facebook.com/rowohlt

Der ganz normale Weihnachtswahnsinn

Eingeladen oder nicht, da sind sie wieder: großkotzige Onkels und stachlige Tanten, betrunkene Schwager, esoterische Nichten, Patchwork-Cousins. Die Großeltern fordern Gedichte, die Eltern zanken, die Schwester schmollt, der Bruder will eine Auszeit. Die ganze bucklige Verwandtschaft krönt Jahr für Jahr das Fest. Einziger Trost: Bei anderen zu Hause läuft es nicht besser. Im Gegenteil.

rororo 63014

FSC
www.fsc.org
MIX
Papier aus verantwortungsvollen Quellen
FSC® C083411

Das für dieses Buch verwendete FSC®-zertifizierte Papier
Holmen Book Cream liefert Holmen, Schweden.